住友を破壊した男

江上 剛

PHP
文芸文庫

○本表紙デザイン＋ロゴ＝川上成夫

住友を破壊した男　目次

プロローグ

三井住友銀行の広報部員、森田隆志《たかし》は部長から、取引先に同行してインドネシアへの出張を命じられた。その際、部長が「プロボリンゴに行ってこい。お前にはいい勉強になる」と意味ありげな笑《え》みを浮かべたのである。

プロボリンゴ？

森田にはピンとこない。

「それはどこにあるのですか？」

「バリ島は知っているだろう？　地理的にはその周辺だな。ジャワ島の東。スラバヤから車で三時間ほどドライブすると美しい森と港に出会う。そこがプロボリンゴだ。その街の住友林業を訪ねてこい。段取りはつけてあるから心配するな。これからの三井住友銀行の広報を担うお前が、住友の精神を学ぶには絶好の場所だと思う」

森田は、私立の明慶《めいけい》大学を平成二十四年（二〇一二年）に卒業し、その年に三井住友銀行に入行した。入行五年目の若手広報部員だ。

入行時の配属は都内の大規模店虎《とら》ノ門《もん》支店。そこで銀行員としての基礎を習い、平成二十八年（二〇一六年）に広報部へ異動となった。

広報と広告の区別もつかなかったが、新聞やテレビなどマスコミを担当し、訳のわからないまま今日まで突っ走っている。

「住友の精神って……。私、三井住友銀行の入行ですが」

「そんなことは百も承知だ。合併すると、旧銀行へのこだわりを捨てようと、お互いの歴史を消したがる。それは間違いだ」

三井住友銀行は、平成十三年（二〇〇一年）に住友グループの住友銀行と三井グループのさくら銀行（旧・太陽神戸三井銀行）が合併して誕生した。当時、旧財閥の壁を越えたと大きな話題となった。

「間違いですか？」

部長の断定的な言い方に驚く。

「それぞれの銀行には、それぞれに数百年の歴史がある。先人たちの思いがある。それを受け継いでこそ、新しい歴史の担い手になれるんだ。私は、そう確信している。だから森田に今回は住友の精神を学んでほしい。次の機会に三井の精神を学び、お前の中で本物の三井住友の精神を築いてくれればいいと思っている」

「そのプロボリンゴという街に行けば、住友の精神が学べるというのですか」

部長の強い思いが、空気を圧するように伝わってきて、森田は、ややたじろぎ気味に聞いた。

「学べるというより全身で感じられる。私もそうだったから、きっとお前も同じだろう。案ずるより産むが易《やす》しだ。とりあえず行ってこい」

部長に強く背中を押されてインドネシアに旅立った。ジャカルタで取引先とのいくつかの案件をこなした後、別れて一人で格安航空（ＬＣＣ）でスラバヤに飛んだ。

飛行時間は約一時間半。航空運賃は邦貨換算で七千円ほど。

プロボリンゴ……。面白い響きだ。可憐《かれん》さを感じさせる名前。その街では住友の精神が全身で感じられると部長は言う。いったい何があるというのだろうか。

スラバヤに着いた。空港には、住友林業の渡里裕也《わたりゆうや》総務部長が迎えに来てくれていた。

渡里が用意してくれた自動車に乗り込む。

「ここから三時間ほどのドライブです。お疲れでしょうから後ろでお休みください」

助手席に座った渡里が言った。

「お名刺を拝見しましたらＫＴＩとなっていますが、住友林業ではないんですか」

「この会社は、ボルネオのクタイ王国の末裔《まつえい》と昭和四十五年（一九七〇年）に作った合弁企業なのです。ＫＴＩはクタイ・ティンバー・インドネシアの略です。クタイ材木株式会社ってところですね。今ではクタイ王国の末裔は株を売却しまして九九・九％住友林業の会社なのですが、名前はそのままなんです。住友は、戦前から南洋材を日本に送るためにインドネシアで事業をしていましたが、森林伐採権をクタイ王国の末裔から提供されていました」

「戦前からですか？」

「ラワンや黒檀《こくたん》、紫檀《したん》などという南洋材を伐採し、日本へ輸出していたのです」

車は、未舗装の赤土の道を走る。道路は狭く、左右から森が迫ってくる。時々、開けた場所に出ると、粗末な草の葉で屋根を葺《ふ》いた家が並ぶ。その周りで日焼けした子どもたちが遊んでいる。ワルンと呼ばれる小さな雑貨屋も見える。日常の買い物はここで済ませているのだろう。ジャカルタで見た近代的なショッピングモールが夢か幻のようだ。経済発展から取り残されたような貧しさが胸に痛い。しかし、森田の視線の先には子どもたちの屈託《くったく》のない笑顔がある。

「森田さん、着きましたよ」

渡里の声で、目が覚めた。いつの間にか眠っていたようだ。

潮の匂いが鼻をくすぐる。車窓を大きく開けた。港だ。漁船やヨットが停泊している。沖合には、大きな貨物船も見える。漁師の家なのだろうか。鯵《あじ》のような小魚を干している。日本の漁港のような、どことなく懐かしさを感じる景色だ。

「街路樹も整備されていて、きれいな街ですね」

「素敵でしょう。インドネシアで最もきれいな街の一つに選ばれているんです。ところで、この街の市長は住友林業の元社員なのですよ」

渡里が得意げに言う。

「本当ですか？」

森田は驚いた。

「人口二十万人の街ですが、住友林業はここで三千八百人も雇用しています。三代、四代と住友林業で働いている人がいるんです。さあ、会社に到着です」

玄関先には合板工場の責任者の浅見武彦《あさみたけひこ》合板部長、そして植林担当の藤本耕介《こうすけ》部長が迎えてくれていた。

浅見は工場内を案内しながらＫＴＩの業務内容を説明する。

それによると、ここでは地元の木材を無駄なく利用するためにパーティクルボードと呼ばれる合板を作り、日本へ輸出するばかりではなく、インドネシア国内でも多く販売しているという。

森田は、少し焦っていた。説明を受けても、それは通常の事業説明だ。いったいこの会社のどこに住友の精神があるというのか、理解できない。

「では、工場の説明はこれくらいにして藤本植林部長と交代します。ＫＴＩの集会場に案内してもらってください」

浅見のそばに藤本が立った。

植林部長？　珍しいポスト名だ。それにＫＴＩの集会場とは、いったい何だろうか？

森田は藤本が運転する車に乗り込んだ。

車は港町から離れ、森へと向かって行く。赤土がむき出しになった未舗装の細い道が続く。自動車が、時に大きく揺れる。道路の深く抉《えぐ》れた轍《わだち》にタイヤを取られたのだろう。

「あれがＫＴＩの集会場です」

藤本の指さす方向に、さほど大きくはない白い矩形《くけい》の建物がある。その前に白い上衣、黄金色の巻きスカート状の民族衣装、白い帽子というい で立ちの顎鬚《あごひげ》を伸ばした老人が立っている。

白い帽子を被るのは、イスラム教徒の中でメッカ巡礼《じゅんれい》を果たした者の証《あかし》でハッジというらしい。インドネシアはイスラム教徒の国だ。白い服と黄金色の巻きスカート状の民族衣装は宗教指導者の正装だという。

車が停まった。森田は車を降りた。

「こちらはこの地区のイスラム教の宗教指導者パ・ハビブさんです。ここは植林を支えてくださっている協同組合の集会場なのです。会員は千二百九十六人もいます。ハビブさんはそのリーダーなのです」

　藤本がハビブを紹介する。

　ハビブは優しく微笑《ほほえ》んで森田に握手《あくしゅ》を求めた。森田はその手を握り、「初めまして、森田といいます」と英語で挨拶をする。

　ハビブが森田を集会場の中に案内する。壁一面に写真パネルが貼られている。その壁に沿って苗木の詰まったケースが置かれている。

「私たちは住友林業のお陰で豊かになりました。植林をすることでメッカに行くことができるのです」

　ハビブは写真パネルを指さしながら説明する。人々が苗木を植えている様子が写っている。

「これは植林をしている様子ですか？」

　森田は、藤本に聞いた。

「私たちは戦前から、この地でラワンなどの天然木を伐採して日本に輸出していました。しかしラワンは、伐採基準である直径五〇センチ以上の幹に生長するのに三十年から四十年もかかるのです。そんな貴重な天然木を伐採し続けたら、どうなると思われますか？」

「森は荒れ果てると思います」

森田は深刻な表情で答えた。

「その通りです。そこで私たちはファルカタという、六年から七年で直径二五センチになる木を植林して、それを私たちの技術で天然木と合板にして、天然木の伐採を減らすことにしました。そのファルカタの植林をハビブさんたち組合員の方々にお願いしています」

藤本が話し終えると、ハビブが苗木のところに近づいた。

「この苗木を住友林業から無償で提供していただき、私たちは自分の畑に植えています。大きく育ったら、すべて住友林業が買い取ってくれるのです。私たちの合言葉は、木を植えてメッカに行こう、なのです。どうぞこちらへ」

ハビブは森田を外に連れ出し、集会場を取り巻く森に案内した。

藤本が静かに語りだす。

「住友家の家訓には国土報恩というものがあります。会社の利益より国土、地元への利益還元を優先するという考えです。もともと、住友林業は住友の祖業だった別《べっ》子《し》銅山の林業部門から出発しています。別子の山々は銅の精錬から排出される亜《あ》硫酸《りゅうさん》ガスの煙害によって、草木も生えないほど荒れ果てていました。近くの農家にも甚大《じんだい》な被害を与えたようです。別子銅山では、ほそぼそと植林を続けていたようですが、それでは到底《とうてい》、山は元の緑を回復しません。そのとき、住友の責任者だったのが伊庭貞剛《いばていごう》です」

伊庭貞剛とは、「住友中興の祖」とも言われる二代目の住友家総理事だ。森田は名前を聞いたことがあるだけで詳しくは知らない。

「当時は、銅は国家を支える産業でしたから、住友は銅の生産を最優先にしていました。それに対して伊庭貞剛は、住友を破壊しても構わないという覚悟でこの問題に取り組んだのです」

「住友を破壊しても構わないとは凄《すさ》まじい決意ですね」

「そのお陰で今日まで四百年以上も住友グループが存続しているのです。この生長した木々、豊かな森の姿が住友の精神なのです」

藤本はファルカタの木を見上げた。

——この森が住友の精神……。

「伊庭貞剛の思いが、このインドネシアにも生きているということなのですね」

森田は言った。

木々の間を風が抜けると葉が揺れ、その擦《す》れあう音は、まるで人の囁《ささや》きのように聞こえる。

森田の耳に、これまでほとんど知らなかった伊庭貞剛という男が囁く。

──君たちは、自己の、目先の利益ばかり追っていたら駄目だぞ。常に社会を考えた経営を為《な》すべきだ。

企業は人間の組織だ。それは成功すればするほど保守的になっていく。成功は、日々、過去になっていく。人は過去に執着し、成功体験を壊すことはできない。その結果、企業は低迷する。成功体験を破壊する強い意志を持って行動しなければ、すぐに陳腐《ちんぷ》な企業になってしまう。

プロボリンゴ、この場所に立てば住友の精神が体感できると部長は言ったが、まだまだ十分ではない。それよりも森田は、伊庭貞剛に強く惹《ひ》かれていくのがわかった。

胸を大きく膨《ふく》らませて息を吸いこむ。空気が美味《うま》い。森を抜けてくる風が頬を撫《な》でる。心地よい感触だ。ここが熱帯のインドネシアだとは到底思えない。ジャカルタあたりの湿気を多く含み、肌にねっとりとまとわりつく空気とは、まったく別物だ。爽《さわ》やかで、心までもが軽快になる。

「住友を破壊する覚悟か……」

森田は独りごちた。

伊庭の覚悟の凄まじさは想像もできない。いったいどんな男だったのだろうか……。

第一章　出会い

1

どうして父がいないのか。一緒に遊ぶ友人たちからは、お前は父無《てて》し子だと言われ、からかわれるときがある。

父はいる。離れて暮らしているだけだ。そう友人たちに反論する。しかし腹立たしく悔しい思いが消えることはない。

母田鶴《たづ》に父の不在を問い質《ただ》すと、お父様は、ご立派な方でお忙しいのでなかなか御目通りが叶わないのだ、そのうちに、そのうちにと言い、寂しそうな顔をする。その顔を見ると、それ以上、父のことを話題にしてはならないという気になる。

父伊庭貞隆《いばさだたか》は、母の話では非常に真面目で厳格な人のようだ。

近江国《おうみのくに》（滋賀県）蒲生《がもう》郡西宿《にしじゅく》村に住んでいる。

貞剛《ていごう》が暮らす母の実家である近江国野洲《やす》郡八夫《やぶ》村から、北東の方角にある。それほど離れているわけではない。歩いても行くことができる距離である。

なぜ父母は離れて暮らしているのだろうか。母は頻繁に父の住まいを掃除するために通っている。それならば一緒に暮らせばいいではないか。

離れている理由は判然としない。母は、自分を懐妊《かいにん》しているときに父の怒りに触れ、実家に帰されてしまったらしい。だから貞剛は、この八夫村で生まれ、七歳になった。

今も母は、じっと父の怒りが収まるのを待っている。

ひどい話だ。極めて理不尽だ。いくらなんでも怒りに任せて、自分の子どもがお腹《なか》にいるのに母を追い出すことはないだろう。

この間、父には何回か会ったことがある。母に連れられて会いに行ったからだ。

父はいつも気難しい顔をしていて近づきがたい。決して頭を撫《な》でたり、小遣《こづかい》をくれたりすることはない。可愛《かわい》がってもらったという記憶はない。

貞剛の成長を確認するように、上から下までじっとなめるように見つめる。そして庭の木のそばに立つように言われ、その木と背比べをさせられる。

時には「ちゃんと学んでいるか」と聞かれることがある。「はい」と答えると、そのときだけは相好《そうごう》を崩して「そうか、そうか」と嬉しそうにする。

母は、その様子を見るともなく見ながら、書き物で乱雑になった父の部屋を片づけていた。

父はいったいどういう人なのだろう。どうして母と自分を他の家族のように身近においてくれないのか。いつになったら一緒に住む許しが出るのだろうか。もっと父といろいろなことを話してみたい。

父は癇癪《かんしゃく》持ちだというが、癇癪とは怒りが抑えきれなくなることだ。自分も父の遺伝子を継いでいるから、癇癪持ちになるのだろうか。

貞剛は、ならないと思っている。父の振る舞いの理不尽さに怒りが爆発しそうになるが、母の我慢強さを見ていると、自分を抑えねばならないと思う。

癇癪持ちの父と我慢強い母、自分はどちらの資質を強く受け継いでいるのだろうか。

「湖を見てまいります」

貞剛は、気分が滅入《めい》ったとき、一人で琵琶《びわ》湖を目指す。

貞剛は友人たちと群れて遊ぶより、一人になって物事を考える方を好んだ。

何を考えているか十分に把握《はあく》できなくても、それでも何かを考えたいと思うときが人にはある。そういうときは琵琶湖の湖畔《こはん》に立つことにしている。

湖から吹いてくる風に全身を委《ゆだ》ね、風にそよぎ、岸に打ち寄せる波を見ていると、鳥にも魚にもなったような気がして、心が解放され、自由になる。

八夫村は、琵琶湖の南に位置し、江南《こうなん》と言われる地域だ。

家から外に出ると、地平線まで稲田が広がっている。

稲は緑の葉を伸ばしている。太陽の光をとにかくたくさん浴びようと必死で空に向かって葉を伸ばしている。緑の海が琵琶湖までずっと続く。

秋になると、稲穂がたわわに実り、黄色く色づく。満月の夜、月光に照らされて揺れる稲穂ほど美しいものはない。まさに黄金の波だ。いつまでも見ていたいという気になり、いつしかその美しさに涙が流れることさえある。

田園の緑の中の道を家から南西の方角に歩くと、野洲川の流れに当たる。野洲川は近江太郎の異名を持つ、鈴鹿《すずか》山系に降り注いだ雨を集めて琵琶湖へ流れ込む大型河川である。

川の土手を北西にまっすぐ歩く。やがて松林の向こうに光を浴びて輝く湖が姿を現す。

湖岸に下りて行き、岸辺に腰を下ろす。大きく息を吸い、そして吐く。湖の気を体内に取り入れる。気が体内を巡り、血を勢いづかせる。気分が高揚し、気宇壮大《きうそうだい》になる。耳を澄ます。波音が心地よい音楽を奏でている。

多くの船が往来しているのが見える。荷物を運ぶ丸子船《まるこぶね》だ。

琵琶湖は水運の要《かなめ》。北陸地方の産物が北の塩津湊《しおつみなと》などから南の堅田《かたた》、大津湊《おおつ》に運ばれ、陸揚げされる。そこから京都や大坂に運ばれて行く。

人々は湖と共に生きている。自然の恩恵を受け、自然に逆らうことなく、その偉大さにひれ伏すのだ。琵琶湖を眺めていると、自然の偉大さをひしひしと実感する。

一方、周囲の山々に目を転ずると山肌が赤茶けているところが目立つ。

以前、そこには緑を湛《たた》えた木々が茂っていた。人々は薪炭《しんたん》用に、また家屋を造るために木々を伐採した。さらには湖を利用しそれらの木々を他国へ運び、金に換えた。木々が伐採され、土がむき出しになった山肌は自然が流す血に染まって赤い。痛々しく、悲しい。

さらに母のことを考える。

母は、野洲の名門北脇《きたわき》家に生まれた。

北脇家は室町幕府の創始者足利尊氏《あしかがたかうじ》に仕え、軍功があったために野洲郡八夫村の地頭《じとう》となった。以来、帰農し、母の父、理三郎景瑞《けいずい》で十数代二百年以上にもなる。

景瑞の弟、すなわち母の叔父、治右衛門百禄《ひやくろく》は幼い頃より住友家に仕え、別子《べっし》銅山の支配人となった。

その縁で母の弟である叔父、宰平《さいへい》はわずか九歳で伊予《いよ》国（愛媛県）別子銅山に行き、十一歳から勘定場で働いている。今ではひとかどの重責を担っていると聞いている。

景瑞のもう一人の弟、大叔父将監淡水《しょうげんたんすい》は、京都の天台宗門跡《てんだいしゅうもんぜき》寺院である曼殊院《まんしゅいん》などに呼ばれて四書五経などを講義する学者となっている。

父のことを考える。

伊庭家も名門である。近江源氏の流れをくみ、宇多《うだ》天皇の子孫である佐々木一族にまで辿《たど》ることができる。

佐々木一族は蒲生郡の佐々木宮の宮司を務めていた。この一族の中の武将が伊庭邑《むら》に居住し、伊庭姓となったという。

その後は多くの戦《いくさ》などがあり、その都度、先祖たちは戦いに明け暮れ、戦国の世に西宿村に居住するに至った。

徳川の治世になり、先祖が仕えていた槍の半蔵こと、渡辺丹後守守綱《たんごのかみもりつな》の孫、吉綱《よしつな》が大坂泉州伯太《せんしゅうはかた》藩一万三千石の大名となった。

そのとき、伊庭氏は乞《こ》われて代官となり、近江国における藩の飛び地（西宿、虫生《むしゅう》など五か村三千石）を任され、父貞隆の代にまで及んでいるのである。

今、自分がここにいるのは偶然のことではない。千年もの昔から絶えることなく続く命の流れがあってこそだ。そう思うと、貞剛は深い感慨にとらわれる。

しかしそれは、目の前に広がる琵琶湖の存在とは、比ぶべくもないほど小さいのだろう。

この広大な湖は、気が遠くなるほど昔から人々の命の誕生と死を黙って見守りつつ、ここに存在している。

ああ、なんと自然とは偉大なものであるか。それに引き換え人間はいとも小さきものであり、それだからこそ愛《いと》おしくもある。

「満溢《まんいつ》を懼《おそ》るれば、すなわち江海の百川に下るを思う」

母に教えてもらった『貞観政要《じょうがんせいよう》』の十思の一節を思い浮かべる。

北脇家は、学者を輩出《はいしゅつ》するだけに学問に関心が深い。女性である母も弟たちと一緒に経書などを学んでいる。

母は、幼い頃から貞剛に『論語』や『貞観政要』などを読み聞かせていた。

――人の上に立つ人は、人より低いところにいなければなりません。低ければ、至るところから川が流れ込み、満々と水を湛《たた》えることができます。人は、琵琶湖のようでなければいけないのですよ。

母は『貞観政要』の言葉の意味を教えた。

いつか父のもとに帰る日がくるだろう。そのときのために人としての心構えを学んでおかねばならない。

琵琶湖は、今日も静かに波を打っている。遥か昔から変わらずに……。

「早く準備しなさい」

琵琶湖から戻ってくると、母が慌てている。

硬い表情の中にこぼれ落ちるような笑みを浮かべている。

「どうしたのですか？」

「お父様のお許しがでたのです。さあ、西宿に帰ります」

母が荷造りの手を休めずに言う。

ついに父のもとで暮らす日がきたのだ。貞剛は、なぜか武者震いが起きた。

2

父貞隆と暮らすようになって気づいたことがある。

父は怖さと優しさという極端な二面性を持ち合わせているということだ。

その怖さは恐怖ではなく、威厳とか厳格さとかに言い換えた方がいい。いわば畏《い》怖《ふ》だ。

――嘘はいけませんよ、絶対に。

母は父との対面において注意すべきこととして、「嘘をつかない」ことを繰り返し言い含めていた。

これは非常に良い忠告だった。父は自らに厳しいだけでなく、不正、不実な行いをする者を徹底的に罰した。とにかく嘘つきが死ぬほど嫌いなのだ。

代官として五か村を統治するにあたって、「嘘を許さない」というのを絶対的な信条にしているようだ。

不正や不実を働いた者を叱責《しっせき》する声は四方に響き、まさに雷が落ちたかのようだと噂された。

誰もが二度と嘘をつかない、不正を働かないと誓わざるを得ないのは、この雷への恐れだった。

一方で大いなる優しさを持っていた。

父には、身分により人々を分けるという発想はない。武士が一番偉く、農民や商人は下等であるとはまったく考えていない。

貧しい人たちに我が家にある米や金《かね》を喜捨《きしゃ》することを厭《いと》わず、農民、町民の子どもたちを自分の子どものように心底可愛がる。

あるときなど、薄汚れた着物をきた農民の子どもを膝の上に乗せ、なにやら話を聞かせていた。おおかた桃太郎などの昔話を聞かせていたのだろう。

「庭に盥《たらい》を持ってこい。そこに湯をはれ」

父は母に命じた。

何をするのかと思って見ていると、父は垢《あか》にまみれた子どもを湯に入れ、たわしで熱心に体を洗ってやっている。

他の子どもたちも、「我も洗ってくれ」と父の周りにまとわりついた。

「みんな裸になれ」と父は言い、子どもたちに頭から湯を浴びせかけ、一人ずつごしごしとたわしを動かした。父は、この上ないほどの笑顔を見せた。

複雑な思いがした。

これほど子どもが好きなら、どうして自分を七年も手元に置かず、八夫村に離れて暮らさせたのだろうか。この疑問への答えは見つからない。

貞剛は、自分も洗ってほしいという思いを我慢した。ただ喜び、はしゃぐ子どもたちを眺めていた。

自分は我慢しなければならない立場なのだ。

父も、「お前も裸になれ」とは言わない。それどころか「貞剛、湯が足らんぞ。湯を持ってこい」と命じる。

貞剛は、父の声に促されて、母の沸かす湯を桶に入れ、せっせと盥に注《つ》ぎ足す。

父は漢籍の『春秋左氏伝《しゅんじゅうさしでん》』の言葉を借りて、「子を愛するは、之《これ》に教うるに義《ぎ》方《ほう》を以《もっ》てす」と貞剛に言ったことがある。

その意味するところは、自分の子どもには、ただ可愛いと甘やかすだけではなく義務とか忠義とかを教えねばならないということだろう。

父は、代官として人々の上に立つためには、他の人に尽くすという姿勢が必要だと教えている。

他の子どもたちを無条件に可愛がる父の姿に、一抹《いちまつ》の寂しさを感じたのは事実だった。

また父は、屋敷内に私塾を作り、村の子どもたちに読み書きや『論語』などを教えた。貞剛も彼らと机を並べて漢籍を学んだ。このときは、父は父ではなく師に変わる。

「子《し》のたまわく、学びて時に之を習う、またよろこばしからずや。朋《とも》あり、遠方より来《きた》る、また楽しからずや……」

意味はわからなくとも、子どもたちは父の声に合わせて、唱和する。

大きな声を出さないと、父は容赦《ようしゃ》なく拳《こぶし》で頭を叩く。

声を出せば、菓子を振る舞う。子どもたちは菓子欲しさに、まるで猛獣《もうじゅう》のような大声で『論語』を唱和する。

「お前たち、偉くなるんだぞ。一生懸命、勉強すれば偉くなれるからな」

父は子どもたちに学問をする意義を強調した。

「でも先生、百姓は百姓じゃないのか。父ちゃんが百姓に学問なんかいらんと言うていたぞ」

一人の子どもが生意気にも憤慨《ふんがい》した顔をしている。

「そんなことはない。学問さえすれば侍にも学者にも医者にもなれるぞ。また百姓でも学問をした百姓は、美味《うま》い米が作れるんじゃ」

父は、その子の頭を撫でながら優しく微笑む。

子どもたちに、どんな身分であろうとも学問が道を拓《ひら》くと言い聞かせる。

父と同じ武士の中には、農民が自分の前を横切ったというだけで刀を抜く者もいる。それとは大違いだ。

厳《いかめ》しく畏《おそ》ろしい父だが、この点は大いに尊敬する。誇らしく思う。

ある日、縁側で庭を眺めながら、父から漢籍の講義を受けていた。

他の子どもはいない。父を独占できるため、いつになく弾《はず》んだ気持ちになる。

「北冥《ほくめい》に魚あり、その名を鯤《こん》となす。鯤の大いさ、その幾千里《いくせんり》なるかを知らず。化して鳥となるや、その名を鵬《ほう》となす。鵬の背、その幾千里なるかを知らず。怒《ど》して飛べば、その翼は垂天《すいてん》の雲のごとし。この鳥や、海の運《うご》くとき、すなわちまさに南《なん》冥《めい》に徙《うつ》らんとす。南冥とは天池なり」

貞剛は張りのある声で『荘子《そうし》』の一節を読む。

「貞剛、想像してみるがよい。鯤となってもその棲《す》まう池は小さいのだ。鵬になり、空を飛び、海に波濤《はとう》を起こし、天の池に至り、そこに自分の世界を見つけるのだ。どこまでも大きくなるのだぞ。どこまでも飛んで行っていいのだぞ。行く先には必ず天の池があるから。ただし、間違ったことだけはするな。人の道を違《たが》えるではないぞ」

父は、思い切り頭を撫でてくれた。ようやく父が自分に目をかけてくれている。嬉しくてたまらない。

「義兄《にい》さん、久しぶりです」

ひょいと庭先に顔を出したのは、叔父の宰平だ。

小袖《こそで》に合羽《かっぱ》、博多帯を締め、股引《ももひき》、紺の脚絆《きゃはん》、紺の足袋《たび》、草鞋《わらじ》に脇差《わきざし》。肩には振り分け荷物をかける旅姿だ。

「どうした。江戸にでも行くのか?」

父が聞いた。

叔父の宰平をこのような間近で見るのは初めてのことだ。

宰平は、母田鶴の弟で、文政《ぶんせい》十一年(一八二八年)に野洲郡八夫村の北脇家に生まれた。

九歳のとき、母の父、貞剛の祖父景瑞の弟、北脇百祿が別子銅山の支配人をしていた関係で別子銅山に行くことになった。

宰平は、銅山役人などから教えを乞い、独学し、学問を修め、たった十一歳で勘定場という銅山経営の中枢で働いていた。

宰平は、これまでも母のところに時々、顔を出していたようだが、貞剛は、挨拶を交わした記憶が定かではない。

貞剛とは十九歳も年が離れている。直接、口を利くには、宰平はあまりにも大人であった。

その上、母の自慢の弟であり、貞剛にとっては尊敬の対象となっていた。

貞剛は、父のそばで、居住まいを正して宰平を見つめる。

さほど大きな体格ではないが、筋肉質でがっしりしている。広い額。太い眉。堅固な意志を感じさせる目。

宰平の全身から発せられる強い力に、貞剛は圧倒される思いがした。

「京に用がありまして。ついでに寄らせていただきました」

「田鶴に旅支度を解かせよう。今日は、うちでゆっくりできるのだろう」

「いえ、ちょっと姉と義兄さんの顔を見たら、大坂に帰らねばなりません」

宰平は、荷物を肩から下ろし、「よろしいですか」と商人らしく辞を低くして断りを入れると、縁側に腰を下ろした。

「田鶴、田鶴、お茶を持ってこい。いや、酒の方がいいかな」

父は、飲む相手ができた嬉しさに顔をほころばせた。

「茶で結構です」宰平は言いつつ、少し考えるようにして「では一杯だけいただきますか」と笑みを浮かべた。

「そうでなくてはいかん。田鶴、酒を持ってきなさい」

父は大きな声で奥にいる母に言った。母が、「はい」と返事をするのが聞こえた。

縁側に腰を下ろし、庭を眺めながら、父と宰平が杯《さかずき》を交わしている。

貞剛は、正座したまま二人の話に耳を傾ける。

「なんだか世の中が騒がしくなって参りました。江戸はもとより、京、大坂もざわついております」

宰平は杯を傾けながら言った。

嘉永《かえい》六年（一八五三年）六月三日、アメリカ大統領の親書を持ってペリーが浦賀に来航し、江戸湾内に軍艦を進出させた。

同年七月十八日、プチャーチン率いるロシア艦隊が長崎に来航した。

アメリカ、ロシアとも日本に鎖国政策の廃止を迫っていた。

「泰平の眠りを覚ます上喜撰《じょうきせん》たった四杯《しはい》で夜も眠れず、とかいう狂歌が流行《はや》っているようだな。世の中は大きく変わるかもしれない」

父は杯をくいっと干した。

宰平は、すぐに父の杯に酒を注ぐ。

「義兄さんは代官ですから、何か今般のことをお聞きになっていますか」

「特にはない。しかし、今後、諸外国は我が国に対してもっと激しく開国を迫るだろう。老中阿部様が奔走《ほんそう》されておるが、ご苦労されておるようだ。今までは幕府の一言で物事が決していたが、諸大名にご相談されているため、船頭多くして船山に登るという諺《ことわざ》の如《ごと》く混乱し、道が定まらんのだろう。我が藩主渡辺様にも開国か鎖国かのご下問があったようだ」

老中阿部正弘《まさひろ》は福山藩主で若くして老中首座となり、諸外国からの開国要請に対して旗本のみならず外様《とざま》大名らにも意見を求めたため、幕府の権威を落としてしまった。

「私どもは、オランダなどと銅の交易をやっておりますが、開国し、もっと自由に外国と商売がやれるようになれば、住友家も楽になるのではないかと密かに思うております」

「別子の景気は良くないのか？」

父の問いかけに、宰平は、悲しげに視線を落とした。

別子銅山は住友家の要の事業である。

「別子が開坑しました元禄《げんろく》の頃は、二百万斤《きん》（一二〇〇トン）を超える銅を産出しておりました。しかし、その後はだんだんと減少いたしました。遠町深鋪《えんちょうふかじき》が原因です」

「それはどういう意味ですか？」

貞剛は思わず質問を発してしまった。聞いたことがない言葉に興味を覚えたのだ。

宰平が、思いがけないという表情で貞剛を見た。

「貞剛、そなた、別子の話に興味があるのか？」

「はい。叔父さんがご出世されていると、母から聞いていたものですから。その遠町深鋪とはなんでございますか？」

貞剛はまっすぐに宰平に視線を合わせた。

「義兄さん、貞剛はいい目をしていますね。しっかりしている。誠に頼もしい」

宰平は、筋張《すじば》った掌《てのひら》を広げると、貞剛の頭を摑《つか》み、揉みくしゃに撫でた。

その瞬間、頭の先から足先に電流が流れるような感覚を味わった。嬉しくてたまらない。尊敬する宰平に関心を持ってもらえた喜びを覚えた。

宰平は、「遠町深鋪とはな」と説明を始めた。

別子銅山は、海抜一二〇〇メートル以上の高地にある。そこに到《いた》るまで延々と道が続いているのだが、その道を使って薪炭《しんたん》や食料など必要なものを運ばねばならない。そのために経費が膨大にかかってしまう。これが遠町。

坑道を鋪《しき》というが、銅を求めて掘り進めると、どんどん深くなっていく。七〇〇メートル、八〇〇メートルもの深さになると、水がふき出て、それを汲《く》み上げないことにはそれ以上掘り進めることができない。当然に産出量は落ちていく。また深くなっていく鋪が、経費を増大させる。これが深鋪。

この経費増大要因の遠町深鋪をなんとかしなければ、銅山経営は危機に瀕《ひん》することになる。

「なかなかたいへんだな」

父が同情するように言った。

「産出量が減少して幕府の銅座に納める御用銅《ごようどう》の七十二万斤（四三二トン）もなかなか満たすことはできません。御用銅を超える分は地売銅《じうりどう》として御用銅より一、二両ほど高く買い上げてもらえるのですが、上手《うま》くいきません」

御用銅は輸出用、地売銅は国内販売用だ。

「なんとかなるのか」

「源兵衛《げんべえ》殿が経営に復帰されて、土地や建物の売却を進めたり、御用銅の減免などを幕府と交渉したりと、ご奮闘されております」

宰平は言い、杯を干した。

鷹藁《たかわら》源兵衛は本店支配役を務めていたが、経営改革で当主と対立し、隠居させられていた。しかし、いよいよ住友の経営が厳しくなり、嘉永六年（一八五三年）に〝補助役〟として経営の中心に復帰していた。

「はいはい、鮒《ふな》ずしですよ」

母が、宰平の好物である鮒ずしを運んできた。

「ありがとうございます。姉さんの鮒ずしを食べると、元気が出ます」

宰平は皿に盛られた鮒ずしを勢いよく食べ、満足そうに目を細めた。

「貞剛、幾つになった？」

突然、宰平が貞剛に聞いた。大きな目が、貞剛を呑《の》み込んでしまいそうだ。

「七歳です」

貞剛は宰平を強く、見つめた。

「将来は何になる？　伊庭家の長男なら義兄さんの後を継いで代官か。それとも私と同じ北脇の血が流れているなら商人か学者か」

「まだ何も決めていません」

「そうか……。別子に来い。面白いぞ」

「でも今のお話ですと、銅山は芳《かんば》しくないんでしょう」

貞剛は、生意気にも聞いた。

「そんなことはない。私がなんとかしてみせる。なにせ別子で作る銅は日本の国を支えているんだからな。お山は、宝の山であり、神の山だ。何千人という人が、お国のために少しでも良い銅を掘ろうと頑張っている。別子が駄目になれば、日本が駄目になる」

宰平は、自信に溢《あふ》れた笑みを浮かべた。

この人なら銅山経営を立て直すだろうと、幼い貞剛ならずとも思う不敵さだ。

「私も見学できるでしょうか？」

貞剛は聞いた。

宰平はそれを聞くと、曇り空が晴れたような明るい表情になり、「おお、いつでも来い。案内してやるぞ」と、また大きな手で貞剛の頭を揉《も》むように撫でた。

宰平は、振り分け荷物を担ぎ、合羽をまとうと、立ち上がった。

「すっかりご馳走《ちそう》になりました。これで失礼します」

宰平は頭を下げた。

「また寄ってくれ」

「次はゆっくりするのよ」

父と母が声をかける。

「次に来るときまでには別子の経営を軌道に乗せておきます。そのときはゆっくりとさせてもらいます。それまではお預けです」

宰平は力強く言った。

そして貞剛を見て、「高いお山で、何千人という人が力を合わせて働いている。その姿を見に来い。きっと勉強になる」と手を差し出した。

貞剛はその手を握った。宰平も握り返す。

強い力だ。その手にどくどくと勢いよく血が流れるのを感じる。

その血が貞剛の体に流れ込んでくる。同時に宰平の魂も入ってくる。不思議な感覚だ。

——この人とは同じ血が流れているのだ。

貞剛は、宰平の大きな目を見つめながら、思った。

第二章　尊王攘夷

1

安政《あんせい》七年（一八六〇年）三月三日、江戸桜田門外において彦根《ひこね》藩主で大老職の井《い》伊《い》直弼《なおすけ》が水戸《みと》藩浪士ら十八人によって襲われ、惨殺《ざんさつ》された。

彦根藩は、同じ近江《おうみ》の藩である。父貞隆《さだたか》が代官として仕える伯太《はかた》藩とは比べようもないほどの雄藩《ゆうはん》で、石高《こくだか》も三十五万石と圧倒的に大きい。

貞剛《ていごう》が父から聞かされた話によると、井伊直弼は安政五年（一八五八年）六月十九日に、アメリカのハリス駐日総領事との間に日米修好通商条約を締結したことで、反対派の恨みを買ったということだ。

鎖国政策は、幕府の祖法と言われている。ところが井伊が進める政策は、鎖国を反故《ほご》にするものだ。井伊は、鎖国は籠城《ろうじょう》するようなものであり、諸外国に対抗するには国を開かねばならないという考えを持っていた。

これに水戸藩前藩主徳川斉昭《なりあき》らが反対しており、井伊と鋭く対立していた。

「井伊様は、反対派の人たちを登城《とじょう》禁止にしたり、投獄したりされたからな」

父は沈痛《ちんつう》な表情になった。

「鎖国政策は廃止されるのでしょうか？　我が国は、開国に踏みきるのでしょうか」

貞剛は聞いた。

父は、首を横とも縦ともわからぬように振り、「さあ、どうなるかはわからん。しかし、アメリカに続いて諸外国が同様の通商条約の締結を求めてくることは必定《ひつじょう》だ。鎖国政策は廃止せざるを得なくなる。なにせ相手は強大な武力を持った国々だからな」といつになく気弱げに答えた。

父の考えが、開国か鎖国かはわからない。しかしペリーが浦賀に来航して以来、国内は地に足がつかない状態がいよいよ激しくなっているのは貞剛も感じていた。

「隣国の清《しん》は、イギリス・フランスの連合軍と戦って敗れ、北京《ペキン》まで占領されてしまった。同様のことが我が国にも起きるかもしれん」

父の表情がますます暗くなる。ただでさえ癇癪《かんしゃく》持ちで笑顔など見せたことがない父だ。気持ちが暗くなると、その表情は痛々しささえ覚えるほどだ。

清は圧倒的な大国である。ところがアヘン貿易でイギリスと対立して戦争となり、敗れたのは二十年ほど前のことだ。

それ以来、清はイギリスやアメリカなど欧米列強の進出を許してしまった。それに反対する人々が太平天国《たいへいてんごく》の乱と呼ばれる騒乱を起こし、国内は内乱状態になったという。乱を鎮圧するという名目でイギリスをはじめとする欧米諸国は、上海《シャンハイ》や天津《てんしん》などに軍を送り込み、ついに北京を占領してしまったのだ。

この情報は、瞬《また》く間に我が国にももたらされ、幕府ばかりではなく、貞剛のように近江で暮らす若者にも衝撃を与えたのである。

このままではいけない。このままではこの国は、アメリカやイギリスに蹂躙《じゅうりん》されてしまう。そう考えるのも無理はなかった。

貞剛は十五歳になっていた。もう立派な大人である。

「孝明《こうめい》天皇は攘夷《じょうい》を唱えられ、外国との交易に反対されている。それに反して井伊様がアメリカと通商条約を結んだことが国論を分けることになったのだ。我が伯太藩がどうなるかはわからん。彦根藩は、水戸藩憎しとなっているようだが……」

「我が国も、清のように内乱状態になってしまうのでしょうか」

「そうならないとは誰も保証できん。しかし、そうなっては列強に付け入る隙《すき》を与えてしまうことになる。そうならないように、幕府の方では公武合体をしようという意見があるそうだ」

「それはどのようなことでしょうか？」

「公とは朝廷のこと、武は幕府だな。皇女和宮《かずのみや》様と徳川家茂《いえもち》様との婚姻《こんいん》を成立させ、朝廷の威を借りて幕府を支えようとする運動だ。しかし朝廷を唯一の政治権力とみなして攘夷を行うという尊王《そんのう》攘夷運動と対立することになる。尊王を突き詰めれば、幕府の権威を失墜《しっつい》させるということになるからな。難しい時代になったものだ」

父の眉間《みけん》の皺《しわ》は深くなる一方だ。

情報というものは不思議なもので、江戸から遠く離れているとはいえ、近江にも頻々《ひんぴん》と時勢の動きが多くの人によってもたらされる。

父は代官という職業柄、邸《やしき》の前を通る中仙道《なかせんどう》を行き来する武士や僧、商人らから江戸や京の情報を入手しているのだ。

「なあ、貞剛。私は、藩主渡辺様に呼ばれて和泉《いずみ》に行かねばならぬ。後のことは頼んだぞ。くれぐれも家を守り、軽挙妄動《けいきょもうどう》はするな」

父は、藩主渡辺章綱《あきつな》の命《めい》により泉州伯太藩本藩詰めとなり、単身で赴任することになった。

近江西宿《にしじゅく》には貞剛と母田鶴《たづ》、そして二人の弟、一人の妹が残ることになった。

貞剛は嫡男《ちゃくなん》として伊庭家を守るという重責を担うことになったのである。

泉州に旅立つ父の見送りを終え、貞剛は庭に植えた梅の木を眺めていた。

この梅の木は貞剛が自ら植えたものだ。当初は小さな苗に過ぎなかったのだが、随分と生長し、今では貞剛の腰ほどの高さになっている。

「あのときは、おかしかったなぁ」

貞剛は、父が鳥籠《とりかご》を相手に格闘したときのことを想いだしていた。

何年も前のことだ。あるとき、雛鶏《ひなどり》を手にいれた。その可愛《かわい》さにどうしてもそれを飼いたくなった。

小さきもの、か弱きものに対する愛情が、貞剛は人一倍強かった。

それは七歳まで父の愛を知らずに育ったことが大きく影響していると思われる。

自分が父を知らなかっただけに、他に対しては自分が父であるように振る舞い、他者を守ることを自分に課しているところがあった。いわゆる長男気質《かたぎ》ということだろうか。

しかし父は、小動物が嫌いだ。雛鶏を飼うことは絶対に許さないだろう。

そこで貞剛は、庭の外れで雛鶏を籠に入れ、父に内緒で飼うことにした。

元来、手先は器用だ。竹を切り、竹ひごを作り、籠を編んだ。そこに雛鶏を入れ、父に見つからないようにして餌《えさ》を運んだ。

貞剛の世話の甲斐《かい》があり雛鶏は順調に成長し、籠の中で大人の鶏になった。

そしてついに恐れていた事態になったのである。

ある朝、鶏が元気よく刻《とき》を告げるべく鳴いた。まずいと思っても、すでに時遅し。父は鶏の声を聞きつけ、隠していた竹籠を見つけてしまったのである。

「なんだぁ、これは！」

父は大声で怒鳴り、あたりを見渡した。

自分を探しているに違いない。そう思った貞剛は、邸外に逃げだした。しかし鶏が心配になり、通りの方から板塀《いたべい》の節穴《ふしあな》を覗《のぞ》いた。

父は、太い棒を納屋《なや》から持ち出し、それを頭上に振りかぶると鶏の入っている竹籠に思い切り、打ち下ろした。

「あっ」

目を閉じると同時に、思わず声が出た。鶏が殺されたと思った。

「ケッコーケッコー」

鶏の大きな鳴き声。恐る恐る目を開ける。

父が、鶏の入った竹籠相手に奮闘している。竹籠を棒で打つが、貞剛が作った竹籠は非常に丈夫で、父の棒を跳ね返す。その弾力で竹籠は宙に躍《おど》り、中の鶏は羽を大きく広げて、鳴きたてる。

父が棒を振るえば振るうほど、竹籠は鶏の鳴き声とともに庭を跳ね回る。その後を父が必死で追いかける。そのうち、父はくたびれ果てて、庭に腰を下ろしてしまう。あまりのおかしさに貞剛は大きな声で笑ってしまった。

「貞剛、出てこい」

父が、大声で叫んでいる。

目の前で鶏が羽ばたき、勝ち誇ったように鳴いている。

父の癇癪は尋常《じんじょう》ではない。収まらないうちに顔を出すと、今度は鶏の代わりにこっちが棒で殴られてしまうので、貞剛は隠れたままでいる。

「もう、諦めた。鶏は飼っていい。怒っていない」

父が言う。

貞剛は、覚悟を決めて板塀の陰から出た。

腰を下ろしている父のもとにゆっくりと歩む。

「起こせ」

父が手を伸ばす。貞剛は、その手を摑み、父の体を庭から引き離す。

鶏は相変わらず勢いよく鳴いている。

「鶏は飼っていい。しかしあれ一羽にしろ」

憎々しげに鶏を睨《にら》みながら、「なかなかできの良い籠だ」と棒を杖代わりにして、邸の方に戻って行った。

貞剛は、鶏を籠から出してやった。父の許しを得た以上、籠の中で不自由な思いをさせておくのは可哀想だ。

鶏は、籠から飛び出すと、さも満足そうに「コケコッコー」と鳴き、すぐに庭草を啄《ついば》み始めた。

「あのとき以来、父上を怒らせないために、動物ではなく木や草に楽しみを見つけることにしたのだったなぁ。父上がお役目を終えて、ここに戻ってくる頃には、この梅の木はどのくらいに生長していることだろうか」

貞剛はふたたび、父と離れて暮らす寂しさを思った。

一方、いつまでも寂しさに浸《ひた》っているわけにはいかなかった。長男として一家を守る重責を担わねばならないと強く自覚していたからだ。

「いったい世の中はどうなっていくのだろうか」

邸の前の、京から江戸に通じる中仙道には、武士や浪士たちが忙しく行き来するのが目につくようになった。

貞剛は漠《ばく》たる不安とともに、心の中の熱量が徐々に上昇していくのを感じていた。

2

「なかなか筋がいいぞ」

師範の児島一郎《こじまいちろう》は、貞剛を褒《ほ》めた。

「ありがとうございます」

額に流れる汗を拭いながら、貞剛は答えた。十七歳になっていた。

貞剛は、八幡町《はちまんちょう》にある児島一郎の道場で剣術を学ぶようになった。

父が不在であり、自分の力で家を守らねばならないという思いが剣術に向かわせたのである。

——時代が変わる……。

貞剛は、今までの幕府による太平の世から激動の世に変わりつつあるのを実感していた。

何かをしなくてはならない。その何かはまだ摑みかねていたが、体の中からの熱気を発散するには武術が最適だった。

同郷の友人たちと図り、肥前《ひぜん》（長崎）大村藩の脱藩浪士、児島が八幡町に開いている道場に通い始めたのである。

大村藩は、幕府から、長崎奉行として外国貿易の窓口である長崎の管轄を任される立場だが、藩内は佐幕《さばく》派と尊王派の対立が激しさを増していた。

尊王派の児島は脱藩し、遠く近江の八幡町に剣術道場を開いた。ここは近江商人の発祥の地であることからわかるように中仙道の要《かなめ》の地であり、各藩の脱藩浪士たちと連絡を取るには好都合な地であった。

児島が教えるのは四天《してん》流剣術である。四天というのは持国天《じこくてん》、多聞天《たもんてん》、増長天《ぞうちょうてん》、広目天《こうもくてん》のことを指す。これらは戦《いくさ》の神であり、その名に違《たが》わず居合《いあい》などを採り入れた実戦的剣術だった。道場での稽古《けいこ》の後は、近くの馬淵《まぶち》村の易行《いぎょう》寺《じ》の住職から国文、漢籍の教えを受ける。これが貞剛の日課となった。

八幡町の道場は西宿の邸からかなり離れている。道場へは、早朝のまだ暗いうちに入らねばならない。自分で粥《かゆ》を作り、それを啜《すす》り、母や家人を起こさないようにそっと邸を出ていく。

夏は耐えられるが、冬は寒さが肌を刺す。琵琶湖から吹いてくる冷たい風が体を凍らせる。それでも貞剛は道場に通い続けた。

我慢強い性格であると言えばそれまでだが、まるで何かにとりつかれているかのようだった。時代が貞剛の背中を押しているのか、それとも貞剛が時代の背中を追いかけているのか、そのいずれかだろう。

児島の口からは、幕府では欧米列強に対抗できない、このままだと我が国は、清のように彼らに侵略され、植民地になってしまうなどと、時局についての話題が出る。彼らと戦うためにも剣術を習得しなければならない。貞剛は、手のまめが潰れるほど、激しく木刀を振った。

「西川吉輔《よしすけ》という名を聞いたことがあるか？」

児島は貞剛に聞いた。

「ございません」

「なかなかの人物のようだ。会ってみるといい。私と同じく国を憂《うれ》えているお方だ」

児島は、貞剛に吉輔の住まいを教えた。道場の近く、野洲《やす》郡江頭《えがしら》村の農家だった。幕府から「親類預け」の処分を受けている身だという。

吉輔は、文化《ぶんか》十三年（一八一六年）七月二日に八幡町の干鰯《ほしか》問屋の長男として生まれた。二十四歳で家督を継いだが、商売よりも学問に熱中し、平田篤胤《あつたね》派の門下に入った。

ここでは古道といわれる、いわゆる国学を学んだ。これは中国という外国の思想である儒教《じゆきよう》などを排し、『古事記』や『日本書紀』などから大和《やまと》民族本来の思想を探ろうというものだった。

吉輔は、ただ机上で学問をするだけの人ではなかった。

国学を学ぶうちに国家意識に目覚めたのである。欧米列強が開国を求めて押し寄せる中で、このままでは国が亡びるという危機感を抱き、伊藤俊輔《しゅんすけ》（後の博文《ひろぶみ》）など各地の尊王攘夷の志士たちと交流するようになる。やがて京に上り、天皇や公家《くげ》にも国策を建言するなど、尊王攘夷派の志士たちの中においてひとかどの人物と評価され、名を知られていく。

文久《ぶんきゅう》三年（一八六三年）二月二十三日、京都等持院《とうじいん》に納められていた足利尊《あしかがたか》氏《うじ》、義詮《よしあきら》、義満《よしみつ》三代の木像の首が折られ、位牌《いはい》とともに持ち去られる。そしてなんということだろう、それらが三条河原に晒《さら》されたのだ。

世にいう足利三代木像梟首《きょうしゅ》事件である。

木像には斬奸状《ざんかんじょう》が打ちつけられていた。その内容が過激だった。

足利尊氏らこれまでの武士に連なる幕府は、朝廷をないがしろにしてきた逆臣であると主張し、「朝廷を補佐し奉《たてまつ》りて、古昔《こせき》を償《つぐな》う処置なくんば、満天下の有志、おいおい大挙して罪科を断たすべき者なり」と、明らかに倒幕を呼びかける内容だったのである。

これには京都守護職松平容保《まつだいらかたもり》が怒った。事件そのものは死人が出たわけではない。質《たち》の悪い悪戯《いたずら》とでも評すべきものだ。しかしその思想性、倒幕への意思が問題だった。容保は、徹底して容疑者の捕縛《ほばく》を命じた。

　そして事件に関与したとして浪士や農民、町民などと共に吉輔も逮捕されたのである。処分は「親類預け」。吉輔の故郷、八幡町から離れた江頭村の農家唯七《ただしち》家に幽閉《ゆうへい》され、監視下に置かれることになった。唯七家は吉輔の妻の実家である。

　貞剛は、剣術稽古を終え、児島に教えられた江頭村の唯七邸を訪ねた。

　邸は、朝鮮通信使たちが歩んだ朝鮮人街道沿いにある。

　瓦屋根に板張りで補強した土塀を巡らせた屋敷。土塀越しに邸内には白壁の土蔵も見える。相当な分限者《ぶげんしゃ》の邸宅だ。

「ここのどこかにおられるのか」

　貞剛は、門の前に佇《たたず》んだ。

　吉輔を訪ねることにまったく不安がなかったわけではない。児島は、「なかなかの人物である」と言ったが、幕府から処分を受けている身である。

　八幡町出身の剣術仲間に吉輔のことを聞くと、誰もが良く言う訳ではない。

　――吉輔は大きな商家の主人であるにもかかわらず、まったく商売はせずに問題ばかり起こす厄介者《やっかいもの》だ。幽閉先でも困っているという話だ。あんな者にかかわり合うと、君まで幕府から睨まれるぞ。

　――吉輔の家は八幡町でも大きな商家の一つだ。あの馬鹿者のお陰で家は潰れるだろうと言われているぞ。近づかない方がいい。なんといっても君は代官家の跡取りではないか。

それでも貞剛は、魅入《みい》られたようにここまで来てしまった。児島が言った「国を憂える人」という言葉が気になっていた。

父がいれば、反対しただろうかと、ふと思った。

門のそばに下男《げなん》と思われる男がいる。

貞剛は、吉輔に会いたい旨《むね》を伝えた。

男は、露骨《ろこつ》に嫌悪感を滲《にじ》ませた表情を浮かべた。

「こちらへどうぞ」

それでも腰を低くして、貞剛を邸内に案内した。

邸内はよく手入れされた玉砂利《たまじゃり》が敷かれ、欅《けやき》の巨木が屋敷を覆《おお》うように空に枝を張っている。見上げると、すっきりとした夏の青い空が広がっていた。貞剛は気持ちを落ち着かせるために大きく息を吸い、そして吐いた。

玄関の前には、石橋がかかっている。それを渡り、屋敷内に入る。そこは広い土間になっている。その向こうには畳敷きの座敷がある。

貞剛は、土間の踏み石に草履《ぞうり》を脱ぎ、座敷に上がった。

「そこでお待ちください。呼んで参りますから」

下男が姿を消した。

貞剛は、座敷で正座して待った。児島道場の帰りであり、携えてきた防具や竹刀《しない》などを脇に置く。

しばらくすると奥から袴《はかま》を穿《は》いた男が歩いてくる。それほど大柄ではない。貞剛と同じくらいの五尺五寸（約一六五センチメートル）ほどだろう。

商人と聞いていたが、痩身《そうしん》でいかめしく見える反面、目が優しい光を湛《たた》えている。貞剛を認めると、なんともいえぬ柔和《にゅうわ》な表情になった。とても幕府から「親類預け」の処分を受けている身とは思えない。

男は貞剛の前に、身軽に腰を下ろして、胡坐《あぐら》をかいた。

貞剛は、両手をつき、頭を畳に擦《こす》りつけるように下げた。

「児島道場で修業しております、西宿、伊庭貞隆の嫡男、貞剛と申します。突然、お訪ねしまして申し訳ございません」

頭を下げたまま、声を張り上げた。

「伊庭殿、面《おもて》を上げてください。私は罪人ですぞ。そんな者にそれほど大仰《おおぎょう》に頭を下げられたら困ります」

吉輔は、屈託《くったく》なく笑った。

貞剛はおずおずと頭を上げた。そこにはおおらかな笑顔の男が、貞剛を正面から見つめていた。吉輔の背後から、鋭気が放射されているのが見える。それが貞剛を包み、体の内から感動の震えが伝わってくる。

貞剛は、こんな経験は初めてのことだった。人に打たれるとはこういうことを言うのだろうか。

ある人物に出会ったとき、普通はその人の性格や話す内容から、素晴らしい人であるなどと評価を下す。しかし真に優れた人物の場合、出会った瞬間に、その人物の放つ気迫に圧倒され、理屈抜きで感動してしまうことがある。

孔子《こうし》の弟子たちもそうであるかもしれない。舎利弗《しゃりほつ》が釈迦《しゃか》の弟子になったときもきっとそうだっただろう。彼らは、理屈抜きに、この人の教えを乞《こ》いたい、この人について行きたいと願ったのだ。

今、貞剛も同じような思いになっていた。ああ、なんというおおらかさ、広大さなのだろうか。

「君の評判は耳にしています。代官の子息なのにまったく偉ぶったところがないそうですね。児島道場からの帰り道、老いた行商の老人のために道を譲り、時には彼らの荷を担いでやることさえあると聞きました。素晴らしい心がけです」

吉輔は言う。

事実だった。貞剛は、西宿から八幡町の道場への行き帰りに行商の荷を背負った老婆たちに多く出会う。道が狭いため、貞剛は彼女たちに出会うと、すぐに田の畦《あぜ》に下りて道を譲った。時には重い荷に難儀している老婆がいると、その荷を貞剛が代わって担ぎ、一緒に歩くことさえあった。いつしかこのことは周辺の評判となっていたが、吉輔の耳にも届いていたのだろう。

「当然のことだと思っています。私どもは、武士が一番偉いと教えられてきましたが、この国には民百姓、商人などがいて、彼らが働くことで、我々、いや国が支えられています。武士が威張っているだけでは駄目なのではないでしょうか。孔子様も『孝慈《こうじ》なれば則《すなわ》ち忠あり』とおっしゃっています」

貞剛は、『論語』為政篇にある、孔子が魯《ろ》の家老季康子《きこうし》から人民を治める方法を尋ねられた際、「荘を以てすれば則ち敬す。孝慈なれば則ち忠あり、善を挙げて不能を教うれば則ち勧む」と答えたことを例に挙げた。

孔子は、李康子に対して人民に尊敬と忠義と勧業を上から要求するのではなく、まず自らが姿勢を正さねばならないと教えたのである。

突然訪ねてきた十七歳の若者に、吉輔は非凡な才を認めた。

吉輔は四十八歳。その年齢差は三十歳以上にもなるが、この若者を教え、導きたいと強く感じた。まさに貞剛と吉輔の魂が強く感応したのである。

「近江八幡は近江商人の故郷だ。ここから全国に商いに出て、江戸で成功をした人も多い。かく言う私も、実は代々の商人の倅（せがれ）なのだよ。商人は、君たち武士と違って学問などしなくてよい。読み書き算盤《そろばん》さえできればいい。余計なことに首を突っ込むなと言われ続けてきた。ところが私は、どういうわけか学問好きになってしまったのだ。そして学問をすればするほど、世の矛盾《むじゅん》を知り始めた。私はどうして豊かな商人の家に生まれたのか。周囲には貧しい人が多い。我が家は彼らを搾取《さくしゅ》しているから豊かなのではないか。翻《ひるがえ》って武士はどうなのか。泰平の世に安住して、貧しい人々から搾取しているだけではないのか。それは私と同じではないのか。学べば学ぶほど、矛盾が私を押しつぶしそうに膨《ふく》れ上がった。折しも、今や、欧米列強が徳川幕府に開国を迫り、この国のあり方を変えようとしている。私は、この機を逃さず、新しい世を造らねばならないと思うようになったのだ」

吉輔の言葉が徐々に強くなる。幽閉され、人との交わりを断たれている憤懣《ふんまん》が、その口から勢いよく放出されているかのようだ。

「新しい世とはどのようなものなのでしょうか」

「日本に開国を迫る欧州やアメリカには士農工商というものはない。誰もが自由に意見を言うことができ、誰もが世の中の指導者になることができる。武士だけが庶民の上に立っているのとは大違いだ。誰もが、その持てる才能によって世に出ることができる。だから西欧やアメリカは強い国になったのだ。例えばアメリカには、大統領という、人々の総意によって選ばれた人格識見の高い人物がいて、人々を指導している。徳川家に生まれたから、当然のように偉いということはないのだ。これが真の国家というものだ」

吉輔は諸外国の情勢を説いた。

「しかし諸外国などの制度を全て良きものとして真似《まね》る必要はない。良きものは全て、我が国には古《いにしえ》より備わっている。私に言わせれば、諸外国は我が国の国体《こくたい》を映したようなものだ。我が国には、仏教や諸外国の文化が入ってきたが、その根本を探ると、神道《しんとう》に行きあたるのだよ。天皇という神道の中心におられる方が、この国を治め、人々は幸せに暮らしていたのだ。人々は天皇に感謝し、国に忠義を尽くしていた。忠とは、この国を思う心なのだ。この根本精神が、今や乱れている。そのため国体が動揺しているのだ。我が国が諸外国からの侵略を免《まぬか》れるためには、今一度、国に忠義を尽くす精神を取り戻さねばならない。そのためには武士に預けた政治を、天皇という神道の中心であられる唯一無二のお方に戻すのだ。すなわち徳川家に代え、我が国を以前のように天皇中心の国にする。そうすることで国がまとまり、天皇以外の人々は誰もが平等で、その才能によって評価される国になる。そんな国にしたい。そう願っているのだ」

徳川家に代え、というくだりは、吉輔もさすがに声を潜《ひそ》めた。

貞剛は強く衝撃を受け、息を呑んだ。

「徳川の世は終わりとなるのでしょうか」

貞剛は思わず、膝を前に進めた。

「先の大老井伊直弼殿が、アメリカの要求に屈してしまい天皇の裁可を得ずにアメリカとの間で通商条約を結んでしまった。私は孝明天皇の側近で攘夷派の三条実《さんじようさね》万《つむ》公にお目通りを願い出て、こうした井伊大老の動きをご報告したのだ。結果、このときは『町内預け』となった。これが私の受けた最初の処分だよ。井伊殿が、水戸藩などの反感を買い、浪士たちに殺されてしまわれた。誠に気の毒なことだが、幕府はますます弱体化している。このままではいずれ近いうちに、我が国は諸外国の植民地になってしまうだろう。この国が終わるのだ。そうならないために私は商人ではあるが、国事に奔走《ほんそう》しているというわけだ」

吉輔は、平田篤胤派の国学を学んでおり、天皇中心の、古来の日本の国体を取り戻すことがこの国を守ることだと考えていた。そのため尊王攘夷派の志士たちと行動を共にしていたのである。

そのような中で吉輔たちが起こしたのが、足利三代将軍木像梟首事件である。

貞剛は、吉輔の話で初めて「国」というものを意識した。

「国とは、彦根藩や泉州和泉藩などとは違うのですか」

「違う。国とは、そんな小さな藩であるとか近江国というものではない。かつてこの日《ひ》の本《もと》には民がいて、それをいつくしむ王がいたのだ。それだからこそ民は安堵《あんど》して暮らすことができた。藩などという意識を捨てねば、国は一つにならない。一つにならねば、諸外国に占領されてしまうのだ。君の家は確か源氏以来の名門で、佐々木宮の神主を務めた家柄だと聞く。それなら君の体の中にも、天皇を尊敬する血が流れているだろう。今こそ天皇中心の国にしようではないか。時代は動いている。君のような若者がその先頭に立たねばならない」

「私にはまだなんとも……」

貞剛は、吉輔の激しい言葉に圧倒され、戸惑っていた。

しかし父の不在で、表面では強がっていたが、内心は不安であった若者の心に、なにか火を点《つ》けたことは確かだった。

「多くの若者が、藩の枠を超えて京に集まり、尊王攘夷に命を懸けている。君も彼らにおくれを取らないように学び、励みなさい」

「はい」貞剛は、平伏した。「先生、またこちらに立ち寄らせていただいてよろしいでしょうか。いろいろ教えていただきたいと存じます」

「勿論《もちろん》だ」吉輔は笑みを浮かべた。「ただし私のことを、家を顧《かえり》みないで国事に奔走する愚か者だと悪口をいう者もいる。だから今度来るときは、こっそりと忍んできなさい」

吉輔は、なにやら悪戯を考えているような顔つきで言う。

「忍んでくるのですか」

貞剛は、聞き返した。

「そうだよ。屋敷の裏にある戸を開けておく。いつでもそこから入ってきなさい。なにせ私は幽閉の身だから必ずいる。もしもいないことがあれば、そのときは私の部屋がこの奥にあるから、そこにある書物でも読んでいなさい」

「わかりました」

貞剛は、ふたたび深く平伏すると、その場を辞した。

帰路、興奮が収まらない。初めて国家というものを意識させられた。徳川幕府に代わる天皇中心の国家とはどのようなものか。国難に対処するには、どうしたらいいのか。自分は何を為すべきなのか。

父貞隆なら、これらの疑問にどう答えるだろうか？　父は、泉州和泉藩の代官職にある。幕府から、この西宿の統治を委託されている立場だ。もし吉輔が言うように幕府がなくなれば、父の立場はいったいどうなるのだろうか。そのとき、自分はどうなるのか。考えれば考えるほどわからない。

ただ興奮するだけだ。天皇中心の国にまとまらねば、諸外国に侵略され、占領されてしまう。そうなっては絶対にいけない。

貞剛は、空を見上げた。すっかり暗くなっているが、中天に月が煌々《こうこう》と輝いている。月光が貞剛に降り注ぐ。

心が熱い。時代は動いている……。吉輔の言葉が蘇《よみがえ》る。

若者が先頭に立たねばならないと吉輔は言う。いったい自分は何をすればいいのだろうか。なんのために剣術を学び、なんのために易行寺の住職から国文、漢籍を学んでいるのか。

「ワーッ」

貞剛は、月に向かって腹の底から大声を発した。意味はないが、そうせざるを得ない気がしたのだ。体内の力が、どこかにはけ口を求めている。

鳥が大声に驚いたのか、羽音を立てた。

――母には今日のことは話さないでおこう。勿論、父にも……。

貞剛は、吉輔に会ったことは父母に秘密にしなければいけないと考えた。きっとあの熱い人は、自分を父母が思う場所ではないところに連れて行くだろうと直感したからだ。

貞剛は、防具と竹刀を脇に抱えると、「えいっ」と自らを鼓舞《こぶ》し、月明かりに照らされた畦道を走った。息が切れる。汗がふき出す。それでも走る。この道はいったいどこに通じているのだろうか。通い慣れた道なのにいつもと違うように感じていた。

3

貞剛は、児島道場での剣術稽古が終わると、ただちに吉輔の幽閉先に向かった。時には、剣術稽古の前に行くこともあった。

暗い屋敷の裏木戸に手をかけると、閂《かんぬき》はかかっていない。貞剛が来ることを見越して外《はず》してくれている。貞剛は、人目につかぬようにこっそりと中に入る。すると、庭の先にぼんやりと行燈《あんどん》の灯がともる部屋がある。吉輔が起きているのだ。

貞剛の気持ちは弾《はず》む。早くそばに行き、声を聞きたいという思いが高まる。まるで夜陰《やいん》に乗じて恋しい人に会いに行くようだなと貞剛は、自分の行動におかしみを感じる。入門させてほしいと改まって頼んだわけではないので、勝手入門と言うべきものだろう。本当の師に出会うというのは、これほど心が弾むものなのか。

貞剛の父、貞隆は泉州和泉に赴任したままで不在である。本来なら多感な青年期にある貞剛は父の影響下にあって、父から世の中のことを教えられることが多いはずだ。しかし今は、吉輔が父の代わりを務めていると言っても過言ではないのではないか。

吉輔は、漢籍や国学を貞剛に教えた。それは人生や世の中や時局に目を開かせるものだった。

「私たちは中国から伝来した漢字というもので物事を考えている。例えば、天と書けば、『アメ』と呼ぶだろう」

奇妙なことを言いだすと思いながらも、つい引き込まれる。

「しかし古来、私たちの先祖が文字を持たなかったとき『アメ』と称したモノや事象は、『天』と同じだろうか。確かに文字がなければ、考えは多くの人に伝わらない。しかし文字によって本来の意味が変化し、失われることもある。そのようなことを考え、考え抜き、古来の日本人が抱いていた考えに迫らねば、本当の日本の姿は見えてこない。諸外国と対抗するためにも本当の日本というものを突き詰めねばならない」

吉輔は、本当の日本人、本当の日本と言う。それまで藩の意識が強かった貞剛に、日本という意識が強く植えつけられていく。

「『道の道とすべきは、常の道に非《あら》ず。名の名とすべきは、常の名に非ず』という言葉を知っているであろう」

　吉輔は問う。

「はい、老子の言葉です」

「では意味は何か」ふたたび吉輔は問う。

　うっと貞剛は言葉に詰まる。老子の言葉は覚えたものの、その意味まで深く考えたことはない。

「道というものは誰かが作ったものだ。誰かが歩いた跡だ。特に私たちは中国の儒教というものが道だと考えている。しかし、それは本来の道であろうか。古来の日本には、いわゆる儒教の道はなかった。おそらく別の道はあっただろう。否《いな》、道さえなかったかもしれない。そこに儒教という外来の道が作られ、私たちはそれが古来の道だと思って、そこを歩んできた。それが正しかったかどうか、日本人が歩むべき道はどのようなものなのか、私たちは今、改めて考え抜かねばならない。学問とは、表面に現れたものをそのまま信じるのではなく、その奥に隠れている真《まこと》を探る、あるいは考え抜くものなのだ。自分の頭で、徹底的に真を考え抜くこと。名に隠れた本質を見つけ出すことだ」

　吉輔は、ふいに立ち上がり、襖《ふすま》を開ける。夜が深々《しんしん》と更《ふ》けている。

「こちらへ来てみなさい」

貞剛は、膝を折りつつ、近づいていく。

「ほら、美しい月だろう」

吉輔が指さす方向に満月が輝いている。

「とても美しいです」

「月はなぜ宙に浮かび、我々を照らしながら動いているのか。いや、我々を照らすことなど、微塵《みじん》も考えていないだろう。例えば、このように月について、宇宙の本質について、何事にもとらわれずに考え抜き、その真を探ることが学問だ。とにかく自分で考え抜くことだ」

貞剛は吉輔のそばに座り、じっと月を眺める。

考え抜くこと……。

何事にもとらわれることなく、表面を覆う名に惑わされず、本質を探り、その真を追究するのが真の学問である……。

真綿《まわた》に水が沁み込むというのは、こういうことをいうのだろうか。貞剛の心に吉輔の考えが沁み込んでいく。今まで見えていた景色がまったく別のものに見えてくる。それは貞剛にとって感動と評すべき喜びだった。

「伊庭です。入らせていただきます」

貞剛は、行燈の灯がともる部屋の前の廊下に正座し、入室の許可を求める。

「入りなさい」

中から声がする。

貞剛は緊張した。というのは行燈の灯で二つの影が見えるからだ。話し声も聞こえてくる。部屋の中に吉輔以外に誰かがいる。来客なのだろうか。

戸を開け、膝を折ったまま中に入る。軽く一礼してから後ろを向き、戸を閉める。

背後から吉輔ともう一人の男の視線を感じる。一瞥《いちべつ》したところ、若い男だ。

ふたたび、吉輔に向き直り、平伏する。

「貞剛殿、紹介する。品川弥二郎《しながわやじろう》殿だ」

吉輔がにこやかな笑みを浮かべる。

「品川弥二郎と申します。よろしくお願いします」

若者は軽く低頭する。背筋がまっすぐ伸びている。輝くような目をした精悍《せいかん》な印象を与える人物だ。貞剛より、少し年上に見える。

「伊庭貞剛と申します。よろしくお願いします」

「弥二郎殿は、長州藩士だ。かの安政の大獄で悲運の最期《さいご》を遂げられた吉田松陰《しょういん》先生の愛弟子《まなでし》だよ」

吉輔が言う。

吉田松陰の名は聞いたことがある。長州で松下村塾《しょうかそんじゅく》という私塾を開校し、多くの有為《ゆうい》な人材を育てた。しかし安政六年（一八五九年）に井伊直弼が行った安政の大獄により、老中間部詮勝《まなべあきかつ》の要撃を計画した罪で捕縛され、刑死した。

吉田松陰の名前が出たとき、行燈の灯が揺れ、弥二郎の表情が陰《かげ》ったように見えた。

「松陰先生の遺された志《こころざし》を継ぎ、国事に奔走しております。西川吉輔先生にも大変にお世話になっております」

弥二郎は硬い表情を崩さずに言った。真面目な人柄のようだ。

「惜しい人を亡くしたものだ。井伊殿は同じ近江国の彦根藩主だが、申し訳なく思う」

吉輔の表情が曇《くも》った。

「いえいえ、西川先生が頭を下げられるには及びません。井伊殿は、その結果、水戸藩などの浪士たちに殺されてしまいました。しかし、今では、彦根藩にも同志が増えつつあります。松陰先生もこの世におられませんが、その志は死してなおと言いますか、死したればこそと言いますか、この国に広がっております」

明るい、正直な人柄が、弥二郎の言葉の端々からうかがえる。貞剛は好感を持った。

「弥二郎殿は、天保《てんぽう》十四年（一八四三年）生まれだ。貞剛殿より四歳ほど年上になるかな。君たちは共に有為な若者だ。これを機会に協力して、この国を造ってもらいたいと思っている。よろしく頼みます」

吉輔が相好《そうごう》を崩す。

弥二郎は、長州藩士。今の時局の中心的存在だ。どのような話が聞けるのか、興味深い。

「時局はますます厳しくなっているようです。弥二郎殿は、昨年の暮れ、イギリス公使館を高杉晋作《しんさく》殿らと焼き討ちされたのでしたな」

吉輔は弥二郎に聞く。貞剛は、息を呑み、弥二郎の言葉を待った。

「他言無用に願います」

弥二郎は、周囲を憚《はばか》るように目つきを鋭くした。「イギリス公使がいるときはやりませんでした。人を殺《あや》めるよりも攘夷の心を示すことが重要だったからです」

文久二年（一八六二年）十二月十二日、弥二郎や高杉晋作、久坂玄瑞《くさかげんずい》、伊藤俊輔、井上聞多《もんた》（後の馨《かおる》）、山尾庸三《やまおようぞう》ら長州藩士十数名が、品川御殿山《ごてんやま》に建設中のイギリス公使館を焼き討ちしたのである。

公使らが滞在中に実行しようとしたが、藩主の説得で一旦は中止したものの、高杉らは攘夷の意思を示すために公使らの不在時に決行した。幕府は、結局、高杉らを犯人として検挙できなかった。

「尊敬いたします。命を懸けて国のために戦っておられるのだから」

吉輔は感心したように言った。

貞剛は、まじまじと弥二郎を見た。自分より年上ではあるが、さほどの違いはない。それなのに攘夷に命を懸けている。それに比べて自分は……とおくれをとったような気持ちになった。

「長州藩は、割れております」

弥二郎は言った。

長州藩の事情は複雑だった。佐幕派と尊王攘夷派に分かれて対立していた。

長州藩は文久三年（一八六三年）五月十日に、下関《しものせき》海峡を通過するアメリカ船に向かって庚申丸《こうしんまる》、癸亥丸《きがいまる》が砲撃した。

実はこの日が、長州藩が幕府を通じて朝廷に攘夷決行を迫った期限だったからだ。藩の尊王攘夷派は、藩を動かし、アメリカ船を攻撃することで国内を一気に攘夷に向かわせるべくこの砲撃を画策したのだ。続いてフランス艦、オランダ艦にも砲撃を加えた。

「列強は手強《てごわ》いです。完膚《かんぷ》なきまでにやられてしまいました。多くの仲間が亡くなりました」

翌年八月、イギリス、アメリカ、フランス、オランダは報復に出た。下関の町を徹底的に砲撃したのである。

「そうですか。そこまで国力の差がありますか。余程、心せねばなりませんな」

吉輔は眉根を寄せた。

「実は、我々はやみくもな攘夷は無謀ではないかとの考えに傾きつつあります。そこでこれも口外無用ではありますが……」

弥二郎は声を潜めた。

貞剛は、どんな話になるのかと興味津々《きょうみしんしん》で耳を傾けた。

「我々の仲間が密航と言いますか、極秘でイギリスに勉強に行きました。〝人間の器械〟になるためです」

「ほほう、人間の器械とは」

吉輔は大きく頷《うなず》いた。

「藩政の中心におられる政務役の周布政之助《すふまさのすけ》様は、西洋の学問を学び、西洋の事情に通じていなければ、これからの日本は駄目になるというお考えの方です。松陰先生も同様でした。それで密航しようとして罪に問われました。そこで周布様は、慎重に事を運ばれ、伊藤俊輔、井上聞多、山尾庸三、遠藤謹助《きんすけ》、野村弥吉《やきち》（後の井上勝《まさる》）の五人を器械にして日本を動かすのだとイギリスに密航させたのです。無事、向こうに着いたようで安心しております」

弥二郎は言った。

「人間の器械とは、日本を動かす器械なのですね。素晴らしいと思います」

貞剛は興奮した。

「伊庭殿、この話は内密に願いますぞ。なにせ密航はご法度《はっと》ですから」

弥二郎は、ほくそ笑んだ。純粋に興奮し、胸を躍らせる貞剛に好感を覚えたのだろうか。

「わかっています。誰にも言いません」

「伊庭殿は、この国がどのような国になればいいと思われますか。今まで通り幕府中心なのか、天皇を中心とした世なのか」

弥二郎が聞いた。

貞剛は、吉輔から学ぶことによって、奇妙なことに気づいた。

幕府も、反幕府も、天皇の奪い合いを演じているように思えたのである。

諸外国の攻勢で、権威が失墜した幕府は、攘夷の考えの強い孝明天皇の支持を取りつけようとしている。今まではどんなことも幕府の一存で決めていたことを思えば、情けない状況ということになるのだろう。

「私は西川先生のもとで時局や国家などを学んでおります。毎日、曇った日に光が差し込んでくる思いでございます。しかし未熟者の私には、まだまだ世の中がどのように変わっていくのか、はたまた変えるべきなのかはよくわかりません。幕府は、権威を高めるために公武合体と言い、幕府の武と天皇の公を婚姻という形で結びつけたと聞きます」

幕府の公武合体派は、文久二年（一八六二年）二月十一日、将軍家茂《いえもち》と皇女和《かずの》宮《みや》との婚姻を成立させた。

貞剛は、弥二郎を見つめた。弥二郎は、この若者が公武合体を持ち出したことに、意外そうに小首を傾《かし》げた。

「しかし、このような一時的な策では時代は動かせないと思います。一方、尊王派の方々も天皇の権威を我が物にしようとされておられる。両派が共に天皇という権威を取り合っているように思えるのです。日本という国は天皇が中心になって治められるのが本筋だと西川先生に習いました。そうであれば天皇のご意思はどこにあるのか、それを見極めねばならないのではないでしょうか。物事の根本を見ることが重要かと存じます。勝ち負け、欲得で動いては、この国は強くならないと思います」

貞剛は、言い終えて弥二郎の顔を見た。少し驚いたように目を見張っている。拙《まず》いと思った。

「申し訳ございません。生意気なことを申し上げました」

貞剛は、慌てて平伏した。

「いやいや、これはこれは……」弥二郎は、破顔して声を大きくした。「西川先生、いいお弟子さんを持たれておられますな」

「はい。その通りです。非常に見込みのある青年です」

吉輔も笑っている。

貞剛は、おそるおそる頭を上げた。

すると、今度は弥二郎が居住まいを正し、平伏した。

「伊庭殿のご意見、もっともでございます。私もこの国の根本はどこにあるかを考えつつ、行動いたします。ただの権力争いに終始しておれば、それこそ欧米列強の思う壺《つぼ》になります。よくぞ申してくださった。ありがとうございます」

「そんな、頭をお上げください」

貞剛は、困惑した。しかし弥二郎の素直な態度が強く胸を打った。この人とは、これからも長く関係を維持したいと願った。

「弥二郎殿、お願いがあります」

貞剛の言葉に弥二郎は顔を上げた。

「なんでしょうか」

弥二郎が楽しそうに微笑んでいる。

「私の兄として親しくさせてもらいたいのです」

貞剛は頭を下げた。

「私も、願うところです。兄などというのはおこがましい。同輩で結構です。共にこの国の未来のために命を捧げましょう」

弥二郎は、貞剛の手を強く握った。貞剛もその手を握り返す。弥二郎の熱が直接、伝わってくる気がする。貞剛は、いつまでもその手を握りしめていた。

第三章　明治維新

1

慶応《けいおう》三年（一八六七年）十月十四日、第十五代将軍徳川慶喜《とくがわよしのぶ》は、天皇に政権の奉還を奏上し、二百六十年余にも及ぶ徳川幕府による支配が終わった。

しかし大政奉還をしたものの徳川慶喜は、「徳川家のあらん限り、天下の諸侯と共に朝廷をお助け奉《たてまつ》る所存である」と重臣たちに言明したように、新たな政治体制を整えて、その中心になるつもりだった。

それに対して薩摩《さつま》の西郷隆盛《さいごうたかもり》や大久保利通《おおくぼとしみち》らは、武力をもってしても徹底して旧幕府勢力を倒し、新しい政治体制を造らねばならないと考えていた。

これは当然のことだろう。大政奉還したといえども徳川家は四百万石の領地を有し、諸藩にも大きな影響力を持ち続けている。

これでは名目だけの政権委譲であり、実質が伴っていない。このままの状態では尊王攘夷派の自分たちがやられてしまう。

西郷や大久保は、同じ倒幕の志を持つ藩や公家《くげ》と協力し、軍事力を固め、同年十二月九日に天皇に王政復古の大号令を宣言させた。

クーデターである。

幕府、摂政《せっしょう》、関白《かんぱく》等を廃止し、総裁、議定《ぎじょう》、参与の三職を設置するなど、新政府の樹立を宣言したのである。

この突然の王政復古に、徳川慶喜と彼を支持する旧幕府側は激怒し、尊王攘夷派の薩摩藩らとの対立は決定的になった。

貞剛《ていごう》は、いつものように西川吉輔《よしすけ》の幽閉《ゆうへい》先を訪問した。

すでに前年の慶応二年（一八六六年）、二十歳《はたち》のときに児島道場で四天《してん》流の免許皆伝《かいでん》を許されていた。

今では、他の門人に対して指導する立場になっていた。

父の貞隆《さだたか》は、まだ泉州伯太《はかた》藩に行ったままである。実質的に家長としての役割を果たしながら日々を過ごしていた。

自邸の前を通る中仙道は、ますます人の往来が激しくなっている気がする。それも武士が多い。世の中が不穏になっているのだ。

時折、吉輔に引き合わされた品川弥二郎《しながわやじろう》のことを思いだす。

――品川殿は、今頃、国事に奔走されているのだろう。

そう思うと、なぜか胸のあたりが苦しくなる。

それは焦燥《しょうそう》というものかもしれない。同じような年齢の男が、自由に飛び回り、時代を動かそうとしている。それなのに自分は、いったい何をしているのだろうか。また何を為すべきなのか。

吉輔の話を聞きたい……。

座敷で待っていると、吉輔が急いだ様子でやってきた。

顔が火照《ほて》っているように見える。興奮を隠しきれないようだ。吉輔にしては珍しい。

「先生、いかがなされましたか」

「ついに、ついに来たのだよ」

吉輔がどっかりと座る。表情は緩んだままだ。心の底から喜びが湧きたっている。喜びようが尋常ではない。いったい何事が起きたのか。

「京から迎えが来たのだ。王政復古の大号令が発せられたことは知っておるだろう」

吉輔が、にじり寄るように前かがみになって話す。あまりの嬉しさに体までが反応しているようだ。

「その直後に、私宛に中山前中将忠能殿《さきのちゅうじょうただやす》から、御所《ごしょ》に召し抱えるのですぐに上洛《じょうらく》せよとのご指示が参ったのだ」

中山前中将忠能は、今回の王政復古を実行した首謀者の一人でもある。

貞剛にも一気に喜びが走った。

「それはおめでとうございます」

貞剛は、畳に頭を擦《こす》りつけんばかりに低頭した。

「ここに幽閉されて四年と六カ月。ようやく至誠《しせい》が通じたという思いである。今、新しい世となり、新政府は、全国から有為《ゆうい》なる人材を集めている。先ほどの大号令においても、見込みのある者は貴賤《きせん》を問わず、忌憚《きたん》なく申し出てこい、召し抱える用意があるとの仰せだ。私のような商人風情《ふぜい》にも国にご奉仕できる機会が与えられたのだ。喜んでくれ」

吉輔が貞剛の両手を摑《つか》む。

「先生、私も同行させてください。私は児島道場の免許皆伝となりました。準備は十分でございます」

貞剛の口から熱い言葉がほとばしり出た。

「かたじけない。しかし、今しばらく待つのだ。京の様子はまだ正直、十分に掌《しょう》握《あく》してはおらん。まず私が行き、道を作る。その後で、必ず呼ぶときが来る。時を待つのも修業だ。軽々《はや》しく動くでない」

吉輔は、血気に逸る貞剛を優しくたしなめた。

「わかりました。先生のご指示を待っております。必ず、必ず、私も共に新しい世に貢献しとうございます」

貞剛は、涙を溢《あふ》れさせた。師である吉輔の出世を喜ぶと同時に、別れの寂しさが涙となったのである。

吉輔は、翌日、家紋をあしらった籠手《こて》、臑当《すねあて》などの小具足《こぐそく》に陣笠《じんがさ》、袖長背割りの陣羽織《じんばおり》に黄金《こがね》作りの太刀《たち》という武士としてのいで立ちで、供を従え、八幡から京へと向かった。

貞剛は、吉輔の姿が見えなくなるまで見送った。見送りには村の多くの人々が集まっていた。

貞剛は、ある種の興奮を覚えていた。

時代が変わるとはこういうことなのだ。吉輔は、罪人として幽閉され、いわれなき中傷の言葉を浴びせられたこともある。それが今では、英雄ではないか。多くの人が吉輔の背から放たれる輝きにまぶしさを覚えている。

貞剛は、吉輔を誇らしく思った。どのような境遇になろうと、吉輔は己《おのれ》の道を貫いた。その結果、時代が自分の方を向いたのである。

その生き方は、私心なく、常に国の行く末を案じるものだった。

貞剛にとって吉輔は血のつながった父ではないが、どう生きるかを導く人を父と言うなら、真の父であると言えるだろう。

吉輔の言葉によって国のことを憂《うれ》え、男子の本懐《ほんかい》は、国に尽くすことであると教えられた。

貞剛は、空を見上げた。冬の寒々しくどんよりした雲が厚く垂れこめている。その雲間から明るい光が差し込み、矢のように地を照らしている。貞剛は、その光に希望を見た気がした。

――自分も師の後に必ず続く。

貞剛は強く誓った。

吉輔は、慶応三年（一八六七年）十二月二十二日に金穀出納御用掛《きんこくすいとうごようがかり》を命じられた。新政府の財務担当というべき役目である。

2

――慶応四年（一八六八年）一月六日。

貞剛は、父貞隆の不在にあって家長の役割を果たし、新年の行事をつつがなくこなし終えた。

「先生は、どうされているだろうか」

朝日が昇ってくる。それに向かって手を合わせ、京に行った吉輔の無事を祈る。

貞剛にも世の中の情報が頻々《ひんぴん》と入って来る。

自邸の前の中仙道は一層人通りが激しくなった。商人たちより、武具に身を固めた武士たちが多い。

大政奉還、王政復古の大号令により、徳川幕府は消滅した。

薩摩藩の西郷や大久保はあくまで武力による倒幕を主張している。

薩摩藩は、徳川慶喜のお膝元である江戸で焼き討ちなどを行い、旧幕府を挑発した。噂では江戸城二の丸が焼失したのは、薩摩藩の放火によるものだという。

これに怒った徳川慶喜は、薩摩藩を討つことに決め、諸侯に命じ、大軍をもって京へ攻め入った。

貞剛は、旧幕府側と新政府側との決定的な対立が近づいているのではと懸念していた。同時に吉輔の身を案じた。

吉輔は、新政府側である。徳川幕府は消滅したとは言え、未だに強大な影響力と軍を持っている。それに比べて薩摩藩や長州藩は見劣りがする。戦いの結果は、火を見るより明らかではないのか。

吉輔は、新しい時代を造るのだと勢い込んでいたが、それを見ずに果てるかもしれない。

そのようなことにならないようにそばに仕えて、いかほどでも役に立てないだろうかと焦りが募っていた。

そして懸念していた通り旧幕府軍と、薩摩藩・長州藩などで構成された新政府軍が鳥羽《とば》街道で衝突し、戦いが始まった。

貞剛が住む西宿《にしじゅく》でも、ついに戦争が始まったと大騒ぎになった。

母田鶴《たづ》も不安気に「お父上は大丈夫であろうか」と貞剛に聞いてきた。

泉州伯太藩の飛び地を預かる代官である父貞隆も、いずれは旧幕府につくか新政府につくか、立場を決めなくてはならない。

「大丈夫だと思います」

貞剛は、これしか言いようがなかった。

しかし戦いはあっけなく、思いがけない形で決着した。

薩長軍は、大砲など圧倒的な火器の力で旧幕府軍を打ち破ってしまったのだ。

戦いは時の勢いがある方が勝つと言われるが、まさにそれを証明したのである。

吉輔が属する新政府軍が勝利したことに貞剛は安堵した。

「ん？　あれは」

街道をひた走ってくる男がいる。飛脚《ひきゃく》だ。うちに向かっている。なにか急ぎなのだろうか。

「伊庭貞剛様でしょうか」

飛脚が貞剛の前で止まる。

「そうです」

貞剛が答えると、飛脚は「これをお預かりしております」と封書を差し出した。

貞剛は、手が震えるほど興奮した。吉輔からだった。

急いで封を解く。そこには懐かしき師の筆跡で「時機まさに到る。君よ、起《た》って君国《くんこく》に尽くせよ」と貞剛の上洛、京行きを促す言葉があった。

京への通行が容易になるように、吉輔が仕える公家白川殿の手形まで同封されていた。勤王方である新政府が、貞剛の京への通行の安全を保証してくれるということだ。

「かたじけない」

思わず感謝の言葉が口をつく。その一方で吉輔が、貞剛の上洛を強く望んでいることも感じる。

貞剛は、吉輔の教えを守り、軽々《けいけい》に動くことなく耐え、指示を心待ちにしていた。しかし我に返ったとき、迷いが生じるのはやむを得ない。

父貞隆は不在である。父からは家を守るように命じられている。この家には、母田鶴、そして三人の弟妹がいる。自分がいなくなれば十四歳の新右衛門《しんえもん》に後事《こうじ》を託さねばならない。まだあどけなさが残る弟がその重責に耐えられるだろうか。

「すぐにでも馳《は》せ参じたいのだが……」

貞剛は封書を握りしめて庭に立ったまま、しばらく動くことができなかった。

「起って君国に尽くせよ……」

吉輔の言葉が、激しく貞剛の心を揺さぶる。

まだ戦闘は続くだろう。そこに参加すれば、死……。

死を覚悟しなければならない。その覚悟が定まっているだろうかと自らに問いかけてみる。

吉輔の言葉が浮かぶ。「志士積年の素養は、唯今日《ただ》あるが為なり」と……。

何度も自分の心に問いかけてみる。命を捨てる覚悟は定まっているか。答えは、一つだけしか返ってこない。定まっていると。

貞剛は、いつもと変わらず稽古道具を持つと、児島道場に出かけた。

多くの門弟たちと汗を流す。その間も貞剛は考え続けた。吉輔の上洛への呼びかけを心待ちにしていたにもかかわらず、このように迷いが生ずることを恥だと思った。

「士は己を知る者の為に死すと『史記』にありますが、それは真実でありましょうか？」

汗を拭いながら、貞剛は師範児島に聞く。

児島は端然として、「人はいつか死ぬものです。その死は、『泰山《たいざん》より重く、或《ある》いは鴻毛《こうもう》より軽し』といいます。その違いは死に方にあります。死すべきときに死ぬことが重要でありましょう。それが男子の本懐です」と、故事を借り、まるで貞剛の悩みを見抜いているかのように答えた。

「ありがとうございました」

貞剛は、平伏し、道場を後にした。

道場から帰宅後も、貞剛は自邸の庭で竹刀《しない》を振った。冬の冷たい琵琶湖の湖面を撫でて吹く風が体に当たると、一瞬、痛いという感覚になる。痺《しび》れ、凍りつくような寒さだ。しかし一心不乱に竹刀を振ると、額からは汗がふき出す、なによりも忘《ぼう》我《が》の境地に入ることができる。あらゆる迷いを竹刀の一振り、一振りで振り払う。

「精が出ますね」

母田鶴が貞剛の様子を見て、微笑を浮かべる。

貞剛は、それに答えず、ひたすら竹刀を振り続ける。

母の顔を見れば、せっかく振り払った迷いが、またぞろ顔を出してくるからだ。

夜になった。弟や妹たちは眠ってしまった。

貞剛は、座敷に母を招き、上座に座らせた。そして平伏した。

「お話がございます」

貞剛は、顔を伏せたまま言う。

座敷には火鉢が一つあるだけだ。炭が赤く燃えている。しかし部屋全体を暖かくすることはできない。冷気が、畳から上り、体を冷やす。

「なんでしょうか。あらたまって」

母は、よく燃えるように炭を火箸で動かしていたが、居住まいを正した。しかし緊張したところはなく、表情には柔らかい笑《え》みが浮かんでいる。

貞剛は、その表情を見ると、思わず涙ぐみそうになった。

「申し訳ございません。私めに五十歳になるまでお暇《いとま》をいただきたいのです。命さえ無事であれば、成功してもしなくてもそのときは、必ずや帰宅してご孝行させていただきます」

「そのときが参ったのですね」

静かに母が言った。

貞剛は驚き、顔を上げた。

「あなたが西川先生の教えを受けておられるのは存じておりました。西川先生から呼び出しがあったわけですね。伊庭家は宇多《うだ》天皇を祖とする家柄であり、もともとは朝廷をお守りする立場であります。そのことを思いますと、あなたが天皇をお守りしようとされるのは、伊庭家の血でありましょう。あなたの考える道をお進みなさい。実は、私は今日あることは覚悟をしておりました」

　母は取り乱すことなく話す。

　貞剛は、母の態度をありがたいと思った。何を言われるか、どれほど取り乱されるかと懸念したのだが、これほど自分のことを信頼してくれていたのかと思うと、体が震えるほどの喜びだった。

「申し訳ございません」

　貞剛は、母ににじりより、その手を両手で包み、頭を下げた。貞剛の手の甲に熱いものが落ちる。母の涙だった。

「頼みます。命、命だけは無駄にしないでください」母の目には涙が溢れていた。

「お父上には、私から、よくよくお話ししておきます。この家のことは心配しないでよろしい。行きなさい」

「ありがとうございます」

　貞剛は、母の手を強く握りしめた。

「出立《しゅったつ》はいつでございますか」

「明日の朝にも発《た》とうと考えております」

「明日、明日ですか……」母は絶句した。あまりにも早い。今から準備をしていると、寝る間もない。

「わかりました。決めた以上、ぐずぐずしていても仕方がありませぬ。すぐに荷物を整えましょう」

母は立ち上がり、座敷から出ていく。

貞剛は、その後ろ姿に低頭した。自分の我儘《わがまま》で、否《いな》、やむにやまれぬ情熱で、この家を出る。残されるのは母と、弟、妹たちだ。時代はどう変わるかまったくわからない。その中で長男である貞剛という支えを失って、母はどうやって生きていくのだろうかと、思いを馳せれば馳せるほど、辛さが身に沁みる。

旅支度を整えているうちに朝になった。

「粥《かゆ》ができました」

母の声に座敷に行く。

貞剛は、湯殿で身を清め、袴《はかま》を穿《は》き、手甲《てっこう》、脚絆《きゃはん》、籠手などの小具足をまとい陣羽織を着用した戦姿《いくさすがた》。腰には、伝来の刀を佩《は》いている。

「お座りなさい」

母は、凛々《りり》しく軍装を整えた貞剛に言う。

貞剛は、母の前に座り、椀に入った温かい粥を受け取る。中には餅も入っている。

「振り分け荷物の中には中食《ちゅうじき》や薬なども入れてあります。当座の資金も入っております。大事に使うように」

「わかりました」

温かい粥を啜《すす》りながら、母のありがたみを感じていた。

食べ終わり、椀を置くと、貞剛は深く低頭し、「では出立いたします」と言った。

「武運長久をお祈りしております」

母は立ち上がった。同時に襖《ふすま》の陰から、弟や妹たちが現れた。彼らの表情には不安な様子が浮かんでいた。

「後を頼んだぞ」

貞剛は、新右衛門の肩を叩く。

「はい」

新右衛門は唇を固く結び、微動だにせずに貞剛を見上げている。

「では行って参ります」

まだ陽は昇っていないが、東の空が白々とし始めている。

足元には霜柱《しもばしら》。吐く息は白い。一歩を踏み出すごとにザクッザクッと霜柱が踏みしめられる音が、静かな空気を破る。

氏神《うじがみ》の若宮神社の祠《ほこら》の前で立ち止まり、拝礼をする。次に拝礼できるのはいつのことになるかわからない。手を合わせていると、霜柱を踏みしめる音が聞こえた気がした。その音の方角に目を向ける。

「母上……」

母が鳥居《とりい》のそばで佇《たたず》み、こちらを見つめている。

貞剛は、何もかもその場に打ち捨てて母のもとに駆け寄りたい衝動にかられた。しかし、奥歯を噛《か》みしめ、唇を固く閉じた表情で、小さく低頭し、母に背を向けて歩き始めた。

3

貞剛は、京に到着すると、早速に吉輔のもとへ向かった。

麩屋《ふや》町丸太町《ちょうまるたまち》下ル東に、屋敷はあった。天皇の居所である京都御所の南側、広大な庭園が広がるその先の堺町《さかいまち》御門あたりだ。東には鴨川《かもがわ》が流れていた。

屋敷の門には、西川塾一新館の看板が掲げられていた。想像していた以上に広い。中に入るとエイッ、メンッ、ドウッという鋭い声が聞こえている。

――剣術の訓練をしているのだ。

貞剛は逸る気持ちを抑えながら玄関に走る。

「伊庭貞剛、参上いたしました」

大きな声で玄関先から、屋敷の中に向かって叫ぶ。

「おお、伊庭君、来てくれたか」

吉輔が、廊下を急ぎ足で歩いてくる。表情にも喜びが溢れている。

「はい」

貞剛は、嬉しさにこぼれそうになる笑みを堪《こら》えて、応える。

「さあ、上がってくれ。疲れたであろう」

下男が、足を洗う湯と手拭いを運んでくる。

貞剛は、草鞋《わらじ》を脱ぎ、足の汚れを落とす。

「さあ、君の仲間を紹介しよう。ちょうど皆揃《そろ》っているから」

吉輔が廊下を進み、座敷に入る。貞剛もその後に続く。

中には、九人の若者がいた。皆、精悍《せいかん》な顔をしている。剣術の稽古を終えた直後なのか、まだ上気している。

吉輔の塾生たちだ。

「伊庭貞剛と申します。近江《おうみ》国蒲生《がもう》郡西宿より参上いたしました。よろしくお願いいたします」

貞剛は、丁寧に平伏した。

「伊庭君は、四天流の免許皆伝の腕前だ」

吉輔が紹介する。

「それはそれは、心強いことです」

塾生は互いに顔を見合わせ、感嘆の声を上げる。

貞剛は、気恥ずかしくなった。剣術は習得したが、それが実戦で役立つとは限らない。

鳥羽伏見《ふしみ》の戦いは、昨日のうちに新政府側の勝利で決着がついた。しかしそれは兵数や剣術の力量の差ではなく、薩摩藩の大砲などの火器の力だと聞いている。

「伊庭君、鳥羽伏見の戦いは、とりあえず決着したが、まだ旧幕府側の力は侮《あなど》れない。また新撰組《しんせんぐみ》などが洛中洛外で、我々の仲間を狙っている状況だ。君には、ぜひ市内警備隊に入ってもらって御所などの警護にあたってもらいたい」

吉輔が言った。

貞剛は、脇に置いた刀を掴み、「お任せください」と言った。武者震いがする。

貞剛は命じられた御所や市内警備にあたる以外に、吉輔の警護に注力しようと心に決めていた。

新政府の財政を担う金穀出納御用掛である吉輔に、どのような暴漢が襲ってくるかもしれない。

財政的に困窮《こんきゅう》していた新政府は、大商人たちから強制的に金銭を徴収していた。それも吉輔の職務の一つだ。そのため多くの民衆の恨みを買っていたのだ。

貞剛が吉輔の命《めい》によって京に来たのは、天皇を中心とした新しい国を造ることに加えて、自分に世界というものを教えてくれた吉輔を守るためだった。

父の不在中、貞剛にとって吉輔はまさに父同然だった。父を守ることは、孝の精神に富む貞剛にとって当然、選択する道であったのである。

貞剛は、京に着いたその日から塾生らと共に御所の警護にあたった。

御所の各門には篝火《かがりび》が煌々《こうこう》と焚《た》かれ、昼間のような明るさを呈していた。そこで貞剛は、家伝の刀を携え、夜を徹して警備にあたった。

貞剛は、命を捨てる決意で警備にあたっていたが、京は急速に平穏になっていった。

「徳川将軍が、大坂から逃げ出したそうだ」

他の警備兵たちが、篝火の火で手をあぶりながら話している。

徳川慶喜は旧幕府軍側の総大将であるにもかかわらず、鳥羽伏見の戦場にも出陣することはなく、大坂城内に立てこもっていたのだ。

──将軍が逃亡したのか……。

将軍が死を覚悟して前線に立ってこそ全軍が奮い立つ。総大将がこの体たらくでは、必ず新政府軍が勝つ。

吉輔が話していたが、その通りの展開になった。

──なんとも情けないことだ。「三軍は帥《すい》を奪うべし」か……。

『論語』の子罕《しかん》第九の二六「三軍も帥を奪うべきなり。匹夫《ひっぷ》も志を奪うべからざるなり」を思い浮かべ、貞剛は徳川慶喜に怒りを覚えた。

三軍というのは三万から四万の大軍隊のことであり、そうした大軍隊であってもまとまっていなければ、大将を奪うことができる。しかし、たとえつまらない一人の人間であっても、心がしっかりしていれば、その志を奪うことはできないということだ。

貞剛は、徳川慶喜のことを言っているように思った。

新政府軍五千人に対して、旧幕府軍は一万五千人という圧倒的多数の兵を集めて、戦いに臨んだ。しかしそれは烏合《うごう》の衆だったのだろう。三軍の統帥《とうすい》は、おのずから統帥であるのではない。自分が先頭に立ち、犠牲《ぎせい》になる覚悟で兵を鼓舞《こぶ》しなければ、三軍はまとまらない。

それは当然のことだと貞剛は思う。統師は、兵の力を頼み、兵の力の上に立つものだからだ。

ところが徳川慶喜は、生まれたときから統師として育てられ、兵のことなど意識したことがない。ましてや徳川二百六十年、一切の戦争がない平和の中での統師であったため、それに対する覚悟があるはずがない。

吉輔は、「これからは西欧諸国と伍《ご》していかねばならない。正面からぶつかる気概を持たねば、植民地になってしまう」と主張する。

徳川慶喜には統師としての気概がまったく欠けている。だから兵を置き去りにして自分だけ逃亡しても、恬《てん》として恥じないのだ。

こんな統師では新しい時代を切り拓《ひら》き、人々を率いることはできない。

貞剛は、徳川慶喜の敗走を他山の石とすべきと肝に銘じた。

徳川慶喜という統師が逃亡した結果、旧幕府軍や、多くの尊王攘夷派の志士たちを惨殺《ざんさつ》した新撰組なども皆、京から出て行き、急速に平穏になった。

警備にあたる他の兵の間には、弛緩《しかん》した空気が漂っている。

それでも貞剛は緊張して職務にあたっていた。しかし、こんなはずではないという焦りにも似た気持ちが日々、募ってくるのを止めることはできない。

死を覚悟して、西宿を出て、母田鶴に五十歳までの暇をもらったにもかかわらず、国に貢献できているとは思えない。

　時代が大きく変わるとき、若者はその変化の流れに身を投じる。

　新撰組を組織した近藤勇《いさみ》や土方歳三《ひじかたとしぞう》などは、農民でありながら国を憂えて幕府側についた。武士になれるという希望もあったから、旧幕府側の誘いに乗ったのだ。貞剛は、吉輔の誘いがあり新政府側についた。運命の分かれ目は、自分では測ることはできない。誰と出会うかだ。偶然に過ぎない。

　しかし、自分のいるべき場所がここなのかは判然としない。もっと激しく自分を燃え上がらせるものがあるはずだと思っていた。

「伊庭殿、伊庭殿でござらぬか」

　門の前で直立不動の姿勢で立っていると、横から声をかけられた。

　振り向くと、吉輔のところで出会った品川弥二郎ではないか。

「品川殿、どうしてここに」

　貞剛は懐かしさに相好《そうごう》を崩した。弥二郎の陣羽織姿が凛々《りり》しい。

「西川先生にご挨拶に来たのです。ちょうど屋敷におられるようだ。伊庭殿もご一緒されますか」

　相変わらず明るく、弾むような陽気さに溢れている。

「お供させてください」

貞剛は警備を別の兵に交代してもらい、弥二郎と並んで歩く。

「いかがですか？　京は」

弥二郎が聞く。

「すっかり落ち着きました。各国公使の天皇への謁見《えっけん》が続いております。新政府が諸外国に承認されつつあります」

貞剛は歩きながら答える。

弥二郎は、新政府の中心である長州藩の藩士だ。ここでの出会いが、貞剛を新たな世界へと連れて行ってくれるかもしれない。平和になった京の治安維持など、もういい加減に止めたいのだ。

貞剛は血の騒ぎを覚えた。

「徳川慶喜殿も江戸城を出られ、新政府に恭順の意を示し、上野寛永寺《かんえいじ》に住まいを移されました」

弥二郎が言う。

「ではもう戦は終わりですね」

残念で仕方がない。せっかく習得した四天流免許皆伝の腕を見せる機会がない。

「いえ、そうでもありません。あくまで薩摩藩の西郷殿や大久保殿は武力での決着を望んでおります。旧幕府勢力の再起の芽を摘《つ》むためです。東征大総督府《とうせいだいそうとくふ》から我々に江戸城総攻撃の命令が下っております」

東征大総督府は新政府の軍司令部である。有栖川宮熾仁親王《ありすがわのみやたるひとしんのう》が大総督だが、下参謀《しもさんぼう》の西郷隆盛が実質的には全軍を動かしていた。

「江戸城を攻撃するのですか」

驚いて弥二郎を見つめた。まさに幕府の心臓部ではないか。

「まだまだ多くの諸侯が新政府に恭順の意を示さず、抵抗を続ける姿勢でおります。早くこの混乱を収拾せねば、諸外国の餌食《えじき》になりますからね」

数々の修羅場《しゅらば》を潜《くぐ》り抜けてきた弥二郎は気負うことなく話す。

羨《うらや》ましい……。これが貞剛の偽《いつわ》らざる思いだった。

吉輔の屋敷に着いた。二人はすぐに座敷に上がり、吉輔と面会した。

変わらぬ温顔《おんがん》に接し、貞剛は嬉しくなった。新政府で重要な役割を果たしながら、尊大になることがない吉輔をあらためて尊敬した。

「おお、この国の未来を担う二人が揃ってお出ましとは」

吉輔が二人の前に座る。

「西川先生におかれましては、ご機嫌麗《うるわ》しいこととお喜び申し上げます」

弥二郎が恭《うやうや》しく平伏する。貞剛もそれに倣《なら》う。

「いや、それほどではない」

吉輔が、温顔を曇らせた。

「いかがされましたか」

貞剛が聞く。吉輔は新政府の財政担当として、張り切って仕事をしているものと思っていたのだが。

「弥二郎殿、新政府の財政難は深刻だ。そのため刀をちらつかせて庶民から金品を巻き上げておる。私もその役割を担っておるのだ。確かに商人の出であるから、会計出納には他の人より詳しいかもしれない。しかし強請《ゆす》りたかりはしたことがない」

吉輔は眉根を寄せる。

新政府は、朝廷の御賄料《おまかないりょう》七万五千石が主な財源であり、国家財政の多くはまだ旧幕府側が握っていた。

そのため吉輔たちは商人たちを呼び出し、「勤王の御為《おんた》め」と称して金品を強引に調達していたのだ。金がないと嘆く者には、宥《なだ》めすかし、最後は刀を見せて、脅かした。強請りたかりと自嘲《じちょう》するのもむべなるかなという現状だったのである。

「申し訳ございません。ですが先生、今しばらくご辛抱をお願いします。新政府が江戸城を攻め、全てを幕府から取り上げました暁《あかつき》には、そうした強引な調達は無用になります」

弥二郎はしっかりとした口調で言った。

「早くそうしないと民衆の心が新政府から離れることになる。それを憂慮《ゆうりよ》します」

吉輔は厳しい表情となった。

「私は、今から錦の御旗《みはた》を掲げ、江戸城攻撃に向かいます。もうお会いできるのが最後かと思い、挨拶に参りました」

弥二郎は笑みを浮かべた。

「いよいよ始まりますか……。早くこの戦争が終わればいいと願っております。それにしても錦の御旗とはすごいですね。弥二郎殿の発案ですか」

「孫子《そんし》の兵法にも金鼓《きんこ》、旌旗《せいき》を用いよとありますから」

弥二郎は陽気な笑顔を見せた。

『孫子』に、「言えども相聞こえず、故《ゆえ》に金鼓を為《つく》る。視《しめ》せども相見えず。故に旌旗を為《つく》る」とある。戦いの混乱の中で兵を統率し、同じ目的に向かわせるために、孫子は陣鉦《じんがね》や陣太鼓を打ち鳴らし、旗を掲げよと教えているのだ。

「あなたらしい発想だ」

吉輔は言った。

弥二郎は、彼の師である吉田松陰が「事に臨みて驚かず、少年中、稀覯《きこう》の男子なり」と評した人物だ。

どのような危機に陥《おちい》ろうとも、慌てず騒がず、どちらかというとその危機を楽しむようなところがある。

「錦の御旗は、新政府の幹部と協議し、私が長州で織《お》らせました。他にも、金鼓を打ち鳴らすだけでは芸がありませんので、このような歌を作りました」

弥二郎は、正座した膝に手を置き、姿勢を正すと、少し上目遣いになった。

何を始めるのだろうと、貞剛は興味深く弥二郎の様子を見つめていた。

「宮さん宮さん、お馬の前にヒラヒラするのは何じゃいな、トコトンヤレ、トンヤレナ、あれは朝敵征伐《ちょうてきせいばつ》せよとの錦の御旗じゃ知らないか、トコトンヤレ、トンヤレナ……」

朗々《ろうろう》と良く響く声だ。

「ははは」

先ほどまで厳しい表情をしていた吉輔が笑い出す。貞剛も思わず笑みがこぼれる。

「トンヤレ節と名づけました。大村益次郎《ますじろう》が曲を作り、私が歌詞をつけました。江戸、そしてその後は奥州《おうしゅう》に行くことになるでしょうが、これを歌いながら進軍いたします」

「これはいい。道すがらの人々も新しい世になったと喜ぶことでしょう」

吉輔が言った。

歌には、辛い行軍を強《し》いられる兵士を慰め、勇気づけるだけではなく、庶民の心をも鼓舞する働きがある。そうしたことをよく理解している弥二郎は、なかなかの戦略家だ。貞剛は、弥二郎との出会いが自分の運命を新たな世界に導いてくれる気がした。

「先生、品川殿、お願いがあります」

貞剛は、勢いよく平伏した。

「どうされましたか」

吉輔が聞いた。

「品川殿は、江戸、そして奥州へ進軍されると伺いました。私は、国に忠を尽くすべく、ここに参りました。しかしすでに京の治安は保たれております。このままでは役目を果たしているとは思えません。ぜひ、私を品川殿の軍に加えていただきたい。共に朝廷のために新しい国を造りたいのです」

貞剛は、一気に話した。

弥二郎は言った。

「伊庭殿、頭を上げてください」

貞剛は頭を上げ、弥二郎の顔を見た。にこやかで柔和《にゅうわ》な表情だ。今から戦場に向かう顔ではない。

「私は長州人です。ここに至るまで多くの友人を亡くしました。私は彼らのためにも死地に赴かねばなりません。生死は時の運と申しますが、私の命は、亡くなった同志と共にあります。彼らが私を呼べば、私は死ぬだけです。その覚悟で国に忠を尽くし、新しい世を造るために戦います。あなたには違う役割があります。生きて、新しい国造りに尽くすのも忠であります。むしろその方が苦しいかもしれません。なにとぞここに残って新しい国を造ってください。もし私が生き残ることがありましたら、また見《まみ》えましょう」

「品川殿の言う通りだ。国に尽くすにもいろいろな道がある。君は、ここに残って新しい国造りに努めなさい。いずれ新しい官制などが整備される。その時を待ちなさい」

吉輔も諭《さと》すように言った。

貞剛は、ふたたび平伏した。畳についた手に涙が落ちる。悔しいのではない。二人が、共に貞剛を気遣ってくれる心根が嬉しいのだ。

「わかりました。私は、私の道で国に尽くしたいと思います」貞剛は言い、弥二郎に振り向く。「武運長久をお祈りしております」

「ありがとうございます」弥二郎は貞剛に頭を下げた。「あなたとは心の友、兄弟以上の交わりとなる気がします。二人で力を合わせて、新しい国造りに微力を尽くしましょう」

「承知いたしました」

貞剛は強く弥二郎を見つめた。

弥二郎は、微笑し、「ごめん」と言うと、素早く立ち上がった。「永《なが》の別れになるやもしれません。先生におかれましてはお体をご自愛くださいませ」

弥二郎は、それだけ言い残すと、吉輔の屋敷を後にした。

貞剛は、弥二郎を門まで見送り、その姿が見えなくなるまで佇む。必ず弥二郎とは生涯の友となるだろう。そんな予感に心が満たされていた。

4

慶応四年（一八六八年）三月十四日、御所の紫宸殿《ししんでん》において天皇が五箇条を八百《やお》万《よろず》の神々に誓約した。後に言う五箇条の御誓文《ごせいもん》である。

貞剛は、警備担当として紫宸殿の周囲にいた。

御誓文の内容は、徴士《ちょうし》として紫宸殿に参内《さんだい》している吉輔から聞いている。

貞剛は、御誓文の言葉の一語一語に熱くなった。これこそ新しい時代を切り拓く言葉だ。これをこれからの生きる指針にしようと決意したのである。

「一、広く会議を興し、万機公論に決すべし。一、上下《しょうか》心を一にして、盛《さかん》に経綸《けいりん》を行うべし。一、官武一途庶民に至るまで、各《おのおの》その志を遂げ、人心をして倦《うま》ざらしめんことを要す。一、旧来の陋習《ろうしゅう》を破り、天地の公道に基《もとづ》くべし。一、智識を世界に求め、大《おおい》に皇基《こうき》を振起《しんき》すべし……」

貞剛は声に出さずに御誓文を読み上げる。一つ一つが新しい世界を築かんとする信念に満ちている。

この日、もう一つ、良き情報が入った。

江戸城攻撃が回避されたというものだ。新政府の西郷隆盛と旧幕府の勝海舟《かつかいしゅう》との協議が妥結し、江戸城は新政府に明け渡され、徳川慶喜は江戸を去り、水戸に隠居することになった。

弥二郎のことを思った。無事でいてほしい。江戸の攻撃は回避されたが、弥二郎は奥州に進軍しているようだ。

「宮さん宮さん……」

貞剛はトンヤレ節を口ずさむ。弥二郎の陽気さを思うと心が和《なご》む。

＊

吉輔に変化があった。

同年三月二十九日、吉輔は金穀出納御用掛の廃止に伴い、あっさりとその職を辞した。

もともと立身出世の欲のない人物である。周囲は引き留めたが、「天皇中心の国を造るという数十年来の念願が達せられた。これ以上何を望むことがあろうか」

そう吉輔は言った。

しかし貞剛にはわかっていた。庶民から強引に金品を徴収する新政府の姿勢に嫌気がさしたのだ。

吉輔の悩みを理解していた貞剛は、引き留めはしなかった。そして貞剛もそう遠くないうちに、職を辞して故郷に帰る気持ちを固めていた。

吉輔を守るという役目がなくなった以上、ここにいつまでもいても仕方がない。国に尽くしたいという思いは強くなる一方だが、吉輔が官を辞してしまえば、自分を官に取り立ててくれる人もいないのが実情だった。

ところが吉輔は国学に対する学識が評価され、皇学所において天皇に古籍を講義する役目を命じられる。吉輔は、これこそ本来の役目と思い、それを承諾《しようだく》し、京に残る。

同年五月十五日、上野に立てこもっていた旧幕府の彰《しよう》義《ぎ》隊《たい》が撃退され、同年七月十七日には江戸は東京と改められた。

まだ各地で旧幕府勢の抵抗は続いていたが、九月二十二日に会津《あいづ》藩が降伏し、ほぼ収まった。

あとは榎本武揚《えのもとたけあき》や土方歳三らが立てこもる蝦夷地《えぞち》の箱館《はこだて》五稜郭《ごりようかく》攻めだけだ。

貞剛は、吉輔の前に居住まいを正していた。

「京もすっかり落ち着きましたので、お暇をいただきたいと思います」

貞剛は低頭して言った。

「大変な時期に、私の頼みで上洛してもらい、感謝しています。必ず近いうちに然《しか》るべき立場で働いてもらうように手配します。そのときが来るまで、自重して待っていてほしい」

吉輔が真剣な表情で応じる。

「いつでもお呼び出しをお待ちしております。次の機会は、四天流免許皆伝の腕を見せられる部署《ほが》に願いたいものです」

貞剛は朗《ほが》らかに答えた。

「よくよく承知しました。しかし、もはやそうした剣術は不要な時代になるでしょう。次は法で治める時代になりますからね」

吉輔が穏やかに言った。

「そうありたいものです。剣で決着をつけるのではなく、万機公論に決すべしです。ところで品川殿は今頃、どうされているのでしょうか。ご無事でしょうか。私は、今回のお役目であの方にお会いできたことが一番の収穫だと思っております」

貞剛の言葉に、吉輔は遠くを見るような目つきになった。

「あのお方のことだ。元気でご活躍されていると思います。トコトンヤレ、トンヤレナですから」

「ははは、そうですね」

貞剛は声に出して笑った。

*

九カ月ぶりだ。貞剛は西宿の空気を胸いっぱいに吸った。

「あっ」

貞剛は、門のところに父貞隆、母田鶴、そして弟や妹たちが立っているのを見つけ、小さく驚きの声を上げた。

走って駆け寄り、父の前に立つ。

「ただいま帰ってまいりました」

貞剛は、低頭する。

気恥ずかしい思いもある。五十歳まで暇が欲しいと言い、生きて帰ってくることなどまったく考えていなかったからだ。

しかし、おめおめと生き恥を晒《さら》したわけではない。朝廷を、そして吉輔を全身全霊で警護したという自負はある。

「お勤めご苦労だった。よく帰ってきてくれた」

父は笑みを浮かべた。

かなり老け込んだようだ。八年ぶりだ。父が仕える泉州伯太藩の藩主渡辺章綱《あきつな》は、鳥羽伏見の戦いの後、父らの意見を容《い》れて上洛し、新政府に恭順の意を示した。

「お父上こそ、ご苦労でございました」

貞剛は、父を労《いたわ》った。

「いろいろ話もあるだろうが、まずは風呂に入れ。疲れを取ったらいい」

父は、貞剛から家伝の刀などを預かった。

「珍しい人が来ていますよ」

母が言う。

「珍しいと言いますと?」

「宰平《さいへい》ですよ。あの人は、別子《べっし》銅山の支配人になり、御一新《ごいっしん》では苦労したのです」

「今日は、どうしてこちらに?」

「鉱山司付属試補とやらに任命され、お役目の途中で寄ったのです」

母は、全身で弾《はじ》けんばかりに喜びを発散するような笑顔だ。

長男である貞剛が、死を覚悟して京に行き、もはや亡きものと覚悟していたが、思いの外《ほか》、早く帰ってきてくれた。このことがまず嬉しい。

そしてもう一つ、弟宰平が出世して帰郷したことも嬉しくてたまらないのだ。

弟や妹たちが貞剛の周りではしゃぐ。次男の新右衛門だけは、貞剛が帰ってきてくれたことに安堵しているようにも見える。

「新右衛門、心配をかけたな」

貞剛が声をかける。

「兄様、よくご無事で帰ってきてくださいました」

新右衛門は、じっと堪えていたのか、両の目から大粒の涙をこぼし、慌てて着物の袂《たもと》で拭った。

貞剛も、思わずもらい泣きしそうになるのを我慢した。

風呂で体を洗い、たっぷりの湯に浸《つ》かり、目を閉じた。京での緊張した日々のことが思い浮かぶ。多くの有為の士と交わりを持つことができたことが一番の収穫だった。それに目の前で時代が変わっていくのを見ることができたのは、他では得がたい経験だ。

しかし、心は完全に満たされていない。御所の警備という重要な役割であったが、命を懸けて国に尽くしたという実感は得られていない。

「くそっ」

貞剛は、湯の中に頭からすっぽりと浸かった。目を開ける。そこに弥二郎がいる。

――今頃、どうしているだろうか。奥州では会津が降伏したが、旧幕府軍の一部はまだ箱館で戦うと言っている。まさか箱館まで転戦していくのだろうか。

貞剛は、正直、弥二郎を羨ましいと思った。

命がぎりぎりまで追い詰められていく、ひりひりとした感覚。そんなものを味わいたい。新しい時代を造るというのは、そういう感覚を全身に感じることではないのか。剣で敵と戦い、仲間と激しい議論をし、共に新しい制度を作る……。

――ああ、天よ。熱く、燃えるような役目を我に与え賜《たま》え。私は準備をしております。

貞剛は息が切れるまで、湯に全身を浸けたままでいた。

風呂から上がり、身支度を整えて客間に行く。

「貞剛、よく無事で帰ってきたな」

宰平が、父とすでに酒を酌《く》み交わしている。顔が赤い。

「貞剛、お前もこちらへ来い。好物の鮒《ふな》ずしがたっぷりあるぞ」

春に獲った鮒が、丁度《ちょうど》食べごろの鮒ずしになっている。宰平の好物だが貞剛も大好きだ。

「いただきます」

貞剛は、宰平の前に座った。

「立派になったな。命を懸けて京へ上ったのも良い経験になったようだ。男ぶりが一段と上がった」

宰平は、貞剛を舐《な》めるようにじっくりと見つめ、酒を飲んだ。

「叔父さんこそ、別子銅山の支配人になられたとのこと。おめでとうございます」

貞剛は低頭して言った。

「ああ、御一新は大変だった。またゆっくりと話したいが、お山は幕府からお預かりしているものだから、新政府は、それを取り上げると言い出してな。お山も、住友も、終わってしまうところだったのだ」

　宰平は、おおらかに笑う。並大抵でない危機を乗り越えた余裕なのだろう。「しかし、お山は住友が経営しろと新政府からもお墨付きをもらうことができた。まずは一安心だ」宰平は、ぐっと杯《さかずき》を干した。

「それはおめでとうございます」

「ところで貞剛、お前もお役目が終わったのだ。お山に来ないか。住友に来ないか。いや、ぜひ来てもらいたい」

　宰平は、深く頭を下げた。

「どうだ？　貞剛。宰平殿が、こうおっしゃっている。考えてみないか。伊庭家、それに宰平殿の北脇家とも住友とは縁があるからな」

　父も宰平に賛同する口ぶりだ。

「どうか、住友に来てくれ。新しい時代にふさわしい人材が必要なのだよ」

　宰平は、再度、深く頭を下げた。

　貞剛は目を伏せ、口を固く閉じた。

　この満たされぬ思いを住友で満たすことができるだろうか。

　――あなたには違う役割があります。生きて、新しい国造りに尽くすのも忠でありります。むしろその方が苦しいかもしれません。なにとぞここに残って新しい国を造ってください。

弥二郎の言葉が蘇る。新しい国を造るのだ。この約束を果たさねばならない。

「申し訳ございません。私は、国に尽くす道に進みたいと思います」

貞剛はきっぱりと言った。

「住友に尽くすのも、国に尽くすことになるぞ。銅は、新政府でも絶対に必要なものだ」

宰平は、鋭い目つきになった。

「よく承知しております。それでも私は、官の道で、国に尽くしたいのです」

貞剛は、強い意志のある目で宰平を見つめた。それは新しい国造りに命を懸ける志士の目だった。

——トコトンヤレ、トンヤレナ

弥二郎が金鼓を打ち鳴らして奥州の街道を進む姿が見える。

自分の道をとことん進む。貞剛は固く誓った。

第四章　司法官の道

1

貞剛《ていごう》は、焦りにも似た気持ちを抱いて過ごしていた。

死ぬ気で京に上った。しかし主だった戦闘は終わっていた。四天《してん》流免許皆伝の腕を見せる機会には恵まれなかった。

たとえ恵まれたとしても、世の中は剣術よりも砲術に重きを置くようになっている。時代遅れと言われても仕方がない。

剣術同様に、貞剛自身も時代に遅れてしまうのではないかと不安になる。若さゆえの不安だと言えばそれまでだが、品川弥二郎《しながわやじろう》のように最前線で戦いたいという思いは日々強くなる一方だ。

叔父の宰平《さいへい》は、住友に来ないかと誘ってくれた。ありがたいことだ。しかし貞剛は、「官の道」で国に尽くしたいと謝絶した。

師である西川吉輔《にしかわよしすけ》からは国家について学んだ。それまで貞剛には国家という意識はなかった。国と言えば近江《おうみ》国だった。

今は違う。日本という国家だ。そして国家としてまとまらねば、日本はアメリカやイギリスに支配されてしまうと危機感を抱いている。

もともと、貞剛の体には佐々木宮の宮司《ぐうじ》という神道、神に仕える血が流れている。その血が国家という色に染まっているのだ。

日本は、まだ十分に統一されていない。

幕臣榎本武揚《えのもとたけあき》や新撰組土方歳三《ひじかたとしぞう》は、蝦夷《えぞ》地に渡り、新政府とまだまだ戦い続ける気だ。大勢《たいせい》は決したと思われるのだが、それでも予断は許さない。

こんな不安定な状況でも自分は必要とされていないのか。なんのために今まで辛い修業をしてきたのだ。どうして吉輔は、自分を再度、京に呼び戻してくれないのか。

「しかし……」と貞剛は悩む。

自分がふたたび京に行ってしまえば、伊庭《いば》家はどうなるのだ。

父貞隆《さだたか》は伯太《はかた》藩から帰ってきたが、自分は長男として伊庭家を守らねばならない責任がある。

貞剛は、庭で竹刀《しない》を思い切り振り下ろす。汗が飛び散る。その瞬間だけ、気鬱《きうつ》の雲が晴れる気がする。

「貞剛、貞剛、こちらに来なさい」

父が呼んでいる。

「はい、父上、お呼びでしょうか」

貞剛は、汗を拭きながら父の前に立った。

「精がでるなぁ」

父は、力なく言った。

「免許皆伝となりましたが、修業を怠《おこた》りますと、腕が錆《さ》びてしまいますから」

「お前、京に行きたいのだろう?」

父の言葉に貞剛は、どのように答えようかと悩んだ。

行きたいと答えれば、父が引き留めるだろう。非常にやっかいなことになる。反対に行きたくないと言えば、自分の心に嘘をつくことになる。

「私は、わかっている。お前は、このごろイライラしているからな。京に行きなさい。もはや新しい時代になった。自分を試しなさい。新しい時代に飛び込んでみなさい」

父は穏やかに言った。

貞剛は、信じられないという顔で父を見つめた。

「父上、本当によろしいのですか」

貞剛は土の上に跪《ひざまず》き、父を見上げた。

「よいも悪いも、こうなることは定まっていたと考えるしかあるまい」

父は寂しく笑った。

「新政府は安定しておりません。私は、命を落とすかもしれません」

「孔子は『死生命《しせいめい》あり』と言っている。人の生き死には、天の命ずるところだ。お前は、お前の務めを果たせばよい」

父はきっぱりと言う。

「父上は、どうされるおつもりですか」

泉州から戻ってきて以来、気力が萎《な》えたような様子で庭を眺めていることが多い。

「私か……」父は呟《つぶや》くように言い、「心配するな。私には私の務めがあるだろう。いずれ見つかる」と薄く笑った。

「国をまとめるために、版籍を天皇に奉還せよとの動きもあるやに聞いております。そうなると伯太藩は無くなります」

新政府にとっては、いつまでも旧幕府時代の藩が残っていては国家統一ができない。そのため藩主に版籍奉還させようと考えていた。その動きは貞剛の耳にも入ってきている。

「藩が無くなれば、代官職を辞するまでじゃ。そうなれば私も自由にさせてもらう。殿に仕えることもない。その後は、お前のように新しい時代に踏み出す若者を一人でも多く育てようかのぉ」

父は優しく微笑《ほほえ》んだ。

「父上、必ずや、伊庭家の名を高らしめ、孝行を尽くします」

貞剛は深く低頭した。

「『死生命あり』に続けて『富貴《ふうき》天にあり』と言うではないか。あまり気張るでない。天の命ずるままに進みなさい」

父の思いやりに、貞剛は感激の涙を必死で堪《こら》えた。

『論語』は、「死生命あり、富貴天にあり。君子敬して失うことなく、人と恭《うやうや》しくして礼あらば、四海の内、皆兄弟なり」と言う。

父は、貞剛に新時代における生き方を教えているのだ。

「なあ、貞剛よ」

「はい、父上」

「親に孝を尽くすというのは、何も金銭的に報いることではない。息子のお前が、元気に活躍し、お国のお役に立っているということを風の便りにでも聞くのが一番の孝行というものだ。私たちのことは気にするでない。思う存分、生きたらよい」

徳川幕府が倒れ、明治という新しい時代が生まれようとしている。

しかし、それは血で血を洗う戦いが繰り広げられた結果だ。

果たして、新しい時代は希望に満ちているだろうか。

そうではないかもしれない。なぜなら騙し、裏切り、殺し合った事実は消えない。新しい時代は、強い憎しみ、恨みなど、今まで経験したことがない負の人間性がおどろおどろしい姿となって登場し、人々に絶望を与えるかもしれない。

もし絶望の時代になったとして、私はどのように生きるべきなのか。どのような時代でも天という大きな存在に対して、敬虔《けいけん》な気持ちと姿勢を忘れないようにしなければならない。

それが孝行を尽くすことだと、父なりの教訓を込めた言葉だ。

父の許しを得た貞剛は、ただちに吉輔に手紙を書き、上洛の許しを乞うた。

吉輔からは、書状が届いた。

「君の上洛を待っている」

貞剛はふたたび、京に向かった。

次に故郷に帰ってくるのは何年も先になるかもしれない。寂しく切ない気持ちが募る。

しかし、それ以上に未来への大きな希望で満たされつつあった。

2

新政府は、徳川幕府に対抗する政治体制として、天皇を中心とする古代律令《りつりよう》制に範《はん》を取った制度を定めた。

政府内に太政官《だじようかん》を置き、行政や司法を司《つかさど》り、天皇を補佐するというものだ。

併せて首都機能を徐々に東京に移し始めたのである。

京都には、旧勢力がまだまだ蠢《うごめ》いている。大久保利通《おおくぼとしみち》など新政府の中心人物たちが自由に力を発揮するためには、京都を離れることが必要だったのだ。

新しい酒は新しい革袋に入れよということだろう。

天皇も京都御所《ごしよ》から旧江戸城である皇居へと居を移すという。

しかし、東京遷都が正式に決められたわけではない。そのため京都には天皇の名代《みようだい》としての御留守官《おるすかん》が設置されていた。

古来、天皇が京都を不在にする間、御留守官を設置することが決められていたからである。

「君には刑法官になってもらいたい」

上洛して間もなく貞剛は吉輔に呼び出され、仕官先を告げられた。

「刑法官ですか」

貞剛は、どのような職務か思いあたらなかった。

刑法官とは、京都御留守官のもとで監察、鞫獄《きくごく》、捕亡《ほぼう》の役割を担った。

監察とは査察や取り締まり、鞫獄とは罪人の取り調べ、捕亡とは罪人の捕縛である。

「君も知っているように、新政府に反対する者や不満分子も多い。治安はまだ十分とは言いがたい。そこで君のように剣術にも優れ、かつ自らを律することができる人物に治安維持の役割を担ってほしいのだ」

この刑法官という役割は、現在で言えば、検察官が最も近いと思われる。

吉輔は続ける。

「ところで以前、君に、世の中はいずれ法で治められるようになると言ったのを覚えておられるか」

「はい。覚えております」

「徳川の時代にも法はあった。しかしそれは武士を最上位に置いた恣意《しい》的な法だ。新しい時代にはふさわしくない。西洋では法の下では誰もが平等で、公平な裁きを受けることができる。武士も農民も金持ちも貧民もないのだ」吉輔は一息入れると、貞剛を見つめて、「天皇が天に誓われた五箇条の御誓文を覚えているだろう」と聞いた。

「はい。私は感激し、生きる指針にしようと考えております」

貞剛は、思いを正直に話した。

吉輔は微笑んだ。

「あの精神を現実のものにするには法の支配が必要なのだよ。これを導き、監視するのが刑法官の役割だと思いなさい。かの老子は『法令ますますあきらかにして、盗賊多くあり』と申されたが、盗賊を増やすのが目的ではない。新しい時代には、天の下に誰もが等しく平穏に暮らすことができることを、法を以《もっ》て示すのが刑法官の務めだ。これは命懸けになるぞ。誰もがそのように望んでいるわけではないからな」

吉輔は、厳粛《げんしゅく》な面持ちで言った。

すでに貞剛は、師である吉輔から命じられればどのような官職であろうと受ける覚悟でいた。たとえそれが些末《さまつ》な官職であろうとも厭《いと》うつもりはなかった。だから刑法官と他の官職を比べようと思う気持ちは毫《ごう》もない。

また自分が刑法官に向いているのかどうかは、やってみないとわからないではないか。

吉輔は、心の父と恃《たの》む人物だ。貞剛の資質を一番知ってくれているという信頼がある。その吉輔が、刑法官になれというのであれば、迷うことなく、それになるしかない。

京都御所などの警備の任務は不完全燃焼に終わった。新しい国造りに貢献したいという真摯《しんし》な熱情を満足させてくれるものではなかった。

——法の下に、全ての人が等しく平穏に暮らすことができるようにするのが務め……。

命懸けの職務だと吉輔は言う。望むところだ。どれだけ自分が国家のために役に立つのか、やってみよう。

貞剛は、ようやく自分の居場所が定まるのではないかという予感を覚えていた。

明治二年（一八六九年）三月初め、貞剛は刑法官に任官し、少監察に命じられた。貞剛、二十三歳であった。

3

明治二年五月十八日、蝦夷地の箱館《はこだて》五稜郭《ごりょうかく》で新政府に抵抗していた榎本武揚以下、旧幕府軍が降伏した。

戊辰《ぼしん》戦争がついに終結したのである。

その余勢を駆り、新政府は六月十七日に版籍奉還の聴許《ちようきよ》にこぎつけた。国政は府、藩、県の三治一致体制となり、各諸侯から領地の領有権を没収し、彼らを知藩事に任命した。

さらに同年七月八日には政府組織の改革を断行した。

政府に太政官と神祇《じんぎ》官の二官を置き、太政官の下に民部省、大蔵省、兵部《ひようぶ》省、刑部《ぎようぶ》省、宮内《くない》省、外務省、開拓使、大学校、弾正台《だんじようだい》を置いた。

貞剛は、新組織において弾正台の巡察属に任命された。

弾正台は、刑法官を廃止し、設置された組織で、今で言う検察庁である。本台を東京、支台は京都に置かれていた。

弾正台の任務は、刑法官と同様に国内の綱紀粛正《こうきしゆくせい》や民間、政府などの不正の摘発、弾劾《だんがい》である。

制度上は、不正を摘発、弾劾する際は、太政官を経ないで直接、天皇に奏上するという強い権限を持っている独立機関だが、実際は、裁判権を刑部省が握っており、どれほど独立した権限を持ち得ているかは疑問だった。

職位は、尹《いん》、弼《ひつ》、大忠《だいちゆう》、権大忠、少忠、権少忠、大巡察、少巡察、大疏《だいそ》、少疏、巡察属、史生、台掌《だいしよう》、使徒となっていた。

貞剛はまだ若く、下位の職位に任命されたのである。

新制度のもとで、正式な官位に就いたことを報告がてら帰郷し、賞与として受け取った五十金もの大金を母田鶴《たづ》に渡した。

五十金とはどの程度の金額なのだろうか。五十両と考えると、当時の一両が現在の一万円となるから、今なら五十万円にもなる。

その頃、伊庭家は版籍奉還で藩が無くなり、父貞隆が代官としての職を失ったため、かなり窮迫《きゅうはく》していた。

そのため母は、貞剛が持参した五十金を大変に喜んだ。

親孝行に勝る喜びはないと思う貞剛は、母の笑顔を見て、嬉しくてたまらず、一生懸命、職務に励むことを誓ったのである。

国内は、まだまだ落ち着いた状況とは言えなかった。

誰もが政府に従順というわけではない。

政府は、次々に施策を繰り出し、制度を変えて中央集権体制を整えようと躍起《やっき》になっている。

しかし、経済的には、凶作が続き、各地で農民一揆《いっき》が頻発している。また租税面においても百万石の歳入不足が見込まれる事態に陥っている。相当、巨額な歳入不足である。

政府では徴税を強化しようとする大蔵省と、実際に徴税にあたる地方官僚との対立が深刻化していた。

地方官僚にすれば庶民の苦境を看過《かんか》できなかったのだろう。新しい時代になったのに、少しも生活が楽にならないではないか。こうした不満は、庶民ばかりでなく版籍奉還で失業した多くの士族たちの間にも渦巻いていた。

彼らは尊王攘夷《そんのうじょうい》の志士として新しい国造りに命を懸けて戦った。それにもかかわらず美酒に酔っているのは薩長《さっちょう》や、それにつながる一部の政府高官に過ぎない。大半は、旧幕府時代よりも貧しさに苦しんでいたのである。政府は、攘夷の思想をさっさと捨て去り、西洋化への道をまっしぐらに突き進んでいる。

こんなはずではなかった。そう思うのは当然のことだ。

彼らは、政府が進める政策に対する反発を強めていた。

実は、貞剛が勤務する弾正台には、攘夷派の士族が多くいたのである。

彼らは、貞剛と同様に純粋な憂国《ゆうこく》の士だった。徳川幕府を倒し、新しい国を造ろうと行動した。

ところが純粋すぎる攘夷派の存在は、欧米列強と交流しそれらに学び、さらにそれらと対抗できる国家造りを目指す政府にとっては目障りな存在となっていた。政府は、こうした攘夷派士族を弾正台に集めた傾向があった。

「くそ、面白くない」

「偉くなるのは薩長ばかりじゃないか」

「いやいや、薩長といっても西洋かぶれの連中ばかりだ。俺なんぞは捨て置かれたままだ」

「弾正台の俺たちに不正を取り締まれといわれても、薩長の連中を弾劾《だんがい》しようとしたら、途中でうやむやにされてしまう。やってられないぞ」

貞剛は、仲間の不平不満を頻繁に耳にした。

しかし貞剛は、そうした不平不満に同調することはなく、法に則《のつと》った処置を心がけるべく真面目に職務に精励していた。

明治二年（一八六九年）一月五日、熊本肥後藩出身の参与横井小楠《しょうなん》が政府に不満を持つ十津《とつ》川《がわ》藩士らに暗殺されるという事件が発生した。

横井は、旧幕府内でも開国派とみられ、攘夷派から恨みを買っていたのである。新政府から参与として迎えられた横井は、欧米列強と対抗するための近代化、西洋化政策の立案に協力していた。

「横井など、殺されて当然だ。あいつはこの国を外国に売り渡そうとするような変節漢だ」

弾正台の一部からは死刑となった暗殺犯、十津川藩士らに同情する声が上がっていた。

続いて同年九月四日、長州藩出身の大村益次郎《ますじろう》（村田蔵六《ぞうろく》）が、同じ長州藩士神《こう》代直人《じろなおと》ら八人の刺客《しかく》に襲撃され、重傷を負ったのである。

大村はその際の傷が元で同年十一月五日に死亡。享年四十五だった。

大村は、維新十傑に数えられる政府の大物だ。

進んだ西洋の科学技術を採り入れるべきだと早くから考え、井上勝《まさる》や伊藤博文ら長州藩の五人の若者のイギリスへの密航を密かに支援したこともある。彼らは長州五傑と呼ばれ、国造りに大きな貢献を果たした。

大村は、医師であるにもかかわらず軍事に天才的才能を発揮し、戊辰戦争において官軍勝利の立役者でもあった。

そこで政府は大村を兵部大輔《たいふ》、現在でいう次官に任命し、主として軍事制度改革を担わせた。

大村は、実質的な軍事制度改革の責任者として、軍隊の西洋化や国民皆兵《かいへい》などの改革を進めようとしていた。

しかし、その改革はあまりにも急進的で薩摩藩の大久保利通でさえ躊躇《ちゅうちょ》し、もう少し漸進《ぜんしん》的に進めるべきではないかと諭《さと》すほどだった。

当然、大村の改革をこころよく思わない攘夷派からは恨まれることになる。

中でも、弾正台京都支台長官である弾正台大忠、薩摩藩士海江田信義《かいえだのぶよし》は大村を殺してやりたいと広言するほどだった。

海江田は戊辰戦争や上野戦争で、大村と作戦を巡ってことごとく対立してきたからであった。

「大村が襲われたぞ！」

貞剛が勤務する弾正台京都支台に激震が走った。

大村は、長州への帰省の途上、京都に立ち寄り、木屋町《きやまち》の旅館に滞在中、刺客に襲われた。

弾正台と刑部省はただちに捜索にあたり、刺客八人のうち二人を取り逃がしたが、六人を逮捕した。

「刺客の中心人物は、長州藩ではないか。同じ長州藩同士が、かくもいがみ合うとは……」

刺客逮捕にあたった貞剛は、事態の深刻さを嘆いた。

政府は驚愕《きょうがく》した。横井に続いて大村までもが攘夷派に襲われたのだ。この事態を看過することはできない。

早く手を打たねば、次々に政府高官が襲われる可能性がある。明日は我が身と慄《おのの》いた。

見せしめに死刑に処すべし。刑部省は、京都出張所にただちに処刑するように命じたのである。

裁判権は刑部省にあるが、重大犯罪は、弾正台が吟味《ぎんみ》し、奏上し、天皇の勅裁《ちょくさい》を仰《あお》ぐことになっていた。刑部省は弾正台を無視して刺客たちの処分を決定したのである。

なぜ刑部省は、弾正台を無視したのか。

刑部省は、大村襲撃が弾正台大忠である海江田の陰謀ではないかと疑っていたからである。

海江田が大村を憎んでいることは広く知られていた。その上、刺客の一人である神代と交流を持っていることも把握していた。

またかねてより、弾正台の一部には政府に批判的な攘夷派がいることも承知していた。

このような状況を鑑《かんが》みて、「弾正台を関与させず処刑を急げ」というのが刑部省の判断となった。

一方、貞剛たち弾正台京都支台は、刺客の死刑回避で意見統一していた。

それには大村を憎む海江田の考えが反映されていたことは間違いないが、刺客に同情する声が強かったのだ。

――大村は国賊《こくぞく》である。

弾正台には、こうした声が士族から頻々《ひんぴん》と入っていた。

大村が進める急進的な軍制改革、特に武士の魂ともいえる帯刀を禁じる廃刀令を主唱していることに多くの士族が反発を強めていたからだ。

――大村をこのままのさばらすと士族がどんどんないがしろにされていくぞ。

士族の間に危機感が募り、それが不平不満となって渦巻いていた。

弾正台では「刺客たちを無慈悲に死刑に処すれば、全国津々浦々の不平士族たちが政府に対して不満を爆発させることになるだろう。暗殺行為は、許されない悪だ。しかし彼らの心情を思いやるとき、その私心なき武士道は善であり、死刑に処するべきではない」という意見が大勢を占めたのである。

貞剛は、過激な攘夷派ではない。しかし、大村という政府高官を襲った刺客であっても正当な裁判を経て罰せられるべきだと考えていた。

「刑部省が死刑にしろと言ってきたとしても、我が弾正台は堂々と意見を奏上し、死刑を回避せしめるべきである」

貞剛たちは、今か今かと刑部省京都出張所からの決議報告を待っていた。

ところが――。

「神代たちは、早々に粟田口《あわたぐち》の刑場に送られた模様です」

弾正台で執務していた貞剛のもとに緊急の情報がもたらされた。

粟田口刑場は、東海道から京都への入り口で、現在の京都市山科《やましな》区、蹴上《けあげ》駅近辺である。

刑部省が、弾正台の奏上を飛ばして死刑を断行しようとしている。これは絶対に許されない。

「馬をひけ！」

貞剛は書類を伏せ、がばりと立ち上がると、すぐさま馬丁《ばてい》に命じた。

突然の貞剛の大声に弾正台は騒然となった。

馬に跨《また》がった貞剛は、同僚に「拙者《せっしゃ》は今すぐ粟田口刑場に行き、神代らの死刑を中止させて参ります」と告げ、馬に鞭《むち》を当てた。

貞剛を乗せた馬が風を切って疾走《しっそう》する。

死刑を執行させてはならない。師、吉輔は、新しい時代は法が支配すると言われたではないか。誰もが法の下で平等に裁きを受ける権利がある。見せしめの死刑、それは私《わたくし》による私刑に過ぎない。このようなことを放置すれば弾正台など不要になる。有名無実になる。

馬に激しく鞭を入れる。

客の群れだ。

——間に合ってくれ。

「どけ！　どけ！」

前方を歩く人々に向かって声を張り上げる。

粟田口刑場に向かう三条街道に入った。人で溢《あふ》れている。死刑見物に向かう見物客の群れだ。

残酷なようだが、この時代の死刑は公開処刑だ。物売りまで出て、まるで祭りか何かのようになる。

締めつけの厳しい世の中に生きる庶民にとって死刑は、カタルシス、鬱憤《うっぷん》晴らしの格好の見世物なのである。

一方、統治する側は、一罰百戒《いちばつひゃっかい》の喩《たと》えの通り、政府に逆らったり、犯罪に手を染めたりすれば、極刑になることを見せ、犯罪の抑止効果を狙っていたのだ。

「今日の処刑は、あの大村様を斬りつけたお侍たちらしいぜ。それも同じ長州人だっていうから、驚きだな」

「大村様は戊辰戦争では活躍なさったが、随分と恨まれているんだなぁ」

「上手《うま》く政府に食い込んだお侍とそうじゃないお侍とでは差が開いたからな。一方はお茶屋遊びに明け暮れるお大尽《だいじん》で、一方は明日をも困る身分だぜ」

「それで廃刀令で刀まで奪われたら、たまんないなぁ。しかし、今まで威張りくさっていたお侍が処刑されるのは、ちょっとざまあみろって気分だぜ」

馬上の貞剛に人々の囁《ささや》きが聞こえてくるようだ。

「どけ、どけ！」

貞剛は叫び続ける。

馬が地面を蹴る度に砂塵《さじん》が舞う。

「なんだ、なんだ、危ないぞ」

見物客が蜘蛛《くも》の子を散らすように道を開ける。

刑場が見えた。

斜めに組んだ格子の竹矢来《たけやらい》の周りに見物客が群がっている。

京都府の関係者や刑部省京都出張所の役人たちが、床机《しょうぎ》に腰掛けているのが見える。

彼らが取り囲んでいる真ん中に六人の男が、後ろ手に縛られ、筵《むしろ》の上に正座させられている。そのそばでは、処刑人が腰の刀の鍔《つば》に手をかけていた。

処刑寸前である。

「待て！　待て！　その処刑、待たれい！」

貞剛は、役人たちが居並ぶ面前に馬を乗り入れた。

「何奴じゃ」

刑部省の役人が気色《けしき》ばんで立ち上がった。床机が乱雑に倒れる。

貞剛は、馬からひらりと飛び降りた。

刑部省の役人の前にまかり出て、その場に膝をつく。

「私は、弾正台京都支台巡察属、伊庭貞剛と申す者であります。この度の処刑、異議ありと、中止を求めに参りました」

刑部省の役人を睨《にら》みつけ、声を張り上げる。

「なんだと！」

刑部省の役人が腰の刀に手をかけた。

まさに貞剛を斬ろうとした、そのとき、続々と刑場に馬が入ってくる。弾正台の同僚が駆けつけたのである。

すぐさま彼らは貞剛を取り囲むようにして、それぞれが刀に手をかけた。

弾正台と刑部省の役人同士が睨み合う。刑場が、一触即発の緊張感で張り詰めていく。

死刑執行の寸前だった刺客たちも処刑人も事態に驚き、目を見張っている。

「おい、おい、どうなっているんだ。お侍同士の斬り合いが始まるのか」

「なにをやっているんだ！　早く首切りを見せろ」

竹矢来の外で見物客が叫んでいる。騒ぎが大きくなり始めている。

貞剛は、刑部省の役人を見据えた。

「畏《おそ》れながら申し上げます。この度の死刑は弾正台の吟味、奏上を経ていない違法のものであります。このような死刑を認めては国家の秩序が保たれません。なにとぞご猶予《ゆうよ》いただき、弾正台とご協議いただきたい」

貞剛の声は、朗々《ろうろう》として刑場全体に響き渡った。

「すでに決定したことだ。刑部省の本省からの許可も出ておる」

刑部省の役人が口角《こうかく》に泡を飛ばす。

「それは正式な許可でありましょうか。ならば決定の書類をお見せください。ご承知の通り規則では弾正台の奏上が必要となっております。しかし、私どもは何も奏上しておりません。したがって東京の弾正台本台からは私どもになんらの指示も来ていないのであります。そうした手続き不備の決定で死刑にすることはまかりなりませぬ」

貞剛は一歩も引かない。片膝を立て、刑部省の役人に今にも飛びかからんばかりの姿勢を保っている。

貞剛の周囲を囲む弾正台の役人たちが一歩、前に出る。手は、刀の鍔にそえたままだ。

「むむむ」刑部省の役人は苦りきった表情で、「貴様ら弾正台風情《ふぜい》が出る幕ではないわ。処刑の権限は刑部省にあるのだ」と大声で喚《わめ》く。

——弾正台風情。

弾正台に、いまや時代に取り残された感のある過激な攘夷派が集められていることを知ったうえでの罵詈雑言《ばりぞうごん》である。

弾正台の役人たちは激高《げきこう》した。

「許せん。こやつらを斬って捨てん」

まさに刀を抜こうとする。

貞剛は、仲間を押しとどめる。

「お言葉を返すようでございますが、弾正台は内外の非違《ひい》を糾弾《きゅうだん》し、正すことが役目でございます。もし刑部省に非違がありますならば、私どもは今すぐに正さねばなりませぬが、それでよろしいでしょうか」

貞剛は、片膝立ちのまま、刑部省の役人ににじり寄る。

刀の鍔にかけた手に力を込める。このような場所で四天流免許皆伝の腕を披露《ひろう》したくはない。

無言で睨み合いが続く。

「早く処刑しろ」

「ぐずぐずするな」

竹矢来を囲んだ見物客の声が大きくなる。

中には、竹矢来を倒しかねないほど揺らしている者もいる。

刑場を管理する京都府の役人が、「竹矢来を揺らすではない。止《や》めなさい」と怒鳴り散らす。

「俺たちは、首切りを見に来ているんだ。さっさと始めろ」

「そうだそうだ。いつまで睨み合っているんだ。陽《ひ》が暮れてしまうぞ」

見物客は増える一方だ。なかなか始まらない処刑にいら立ちが募っている。

――このままでは見物客が暴れ出すかもしれない……。

貞剛は、これ以上騒ぎが拡大することを防がねばならないと思った。

「海江田様に状況を報告してくだされ」

貞剛は、弾正台の仲間に言った。

「承知した」

仲間の一人が、馬に跨り、弾正台京都支台へと急ぐ。

＊

貞剛たちの報告を聞いた弾正台京都支台長官、海江田は、京都府大参事の松田道《みち》之《ゆき》と会い、粟田口刑場の処刑中止についての理解を求めた。

刑部省京都出張所は、実質的に松田の傘下《さんか》にあった。

「東京の弾正台本台から正式の裁可が下りませぬ。このままでは手続き違反となり、京都支台としては処刑に立ち会うことはできませぬ。罪人が処刑場に送られる前に、私どもとご協議いただければよかったのでございますが」

海江田は、松田に皮肉を込めて強く申し入れた。

「我々は、刑部省本省から早く処刑をしろと言われております」

松田は、主張した。なかなか海江田の申し出に取りあおうとしない。

時間が経過していく。

このままでは見物客が暴徒となりかねない。部下が松田の決断を促す。暴動が発生すれば、松田の落ち度になる。

「とりあえず今日のところは中止いたします。しかし、死刑は確定しております。後日、弾正台がなんと言おうと処刑は執行いたします」

松田は、厳しい表情で言った。

ひとまず処刑は回避されたのである。

＊

栗田口の処刑場では、刑部省の役人たちが集まって協議をし始めるのが貞剛の目に入った。

貞剛と対峙《たいじ》する役人の表情に動揺の色が浮かび、落ち着きがなくなってきた。

「失礼する」

役人は貞剛に断りを入れ、その場を離れると協議に加わった。

「ひとまず処刑は中断だ。引き上げるぞ」

刑部省の役人が声を張り上げた。

貞剛は、静かに立ち上がった。袴の土埃《つちぼこり》を払い、「失礼いたしました」と刑部省の役人に一礼する。

「このままで済むと思うな！」

刑部省の役人は捨て台詞《ぜりふ》を吐き、罪人たちを引き連れて立ち去った。

「なんだ、中止かよ」

「お侍の睨み合いを見ただけじゃないか。つまらん」

見物客からは不満の声が聞こえたが、たちまち潮が引くようにいなくなった。

すでに辺りは宵闇《よいやみ》に暗く沈み始めていた。

「刑部省の連中、ざまあみろだな。弾正台の力を思い知ったか」

弾正台の仲間が快哉《かいさい》を叫んだ。

しかし貞剛は喜ぶことができなかった。刑部省と弾正台の対立につながる、大問題になる可能性があると懸念したのだ。

4

貞剛の懸念は的中した。

翌日、刺客たちの死刑は執行されてしまった。弾正台との協議がないまま、上位官庁である太政官の裁定だった。刺客六名は果たして刑場の露と消えたのである。

主犯格の神代は、逃亡先の長州藩に名乗り出て、その地ですでに処刑されていた。残り一人は、逃亡中に亡くなった。

こうして大村益次郎暗殺事件の処理は済んだのだが、残る問題は、弾正台京都支台が粟田口刑場での処刑を差し止めたことだった。

刑部省本省が死刑の裁可を下しているにもかかわらず、弾正台京都支台がそれを一時的にせよ中止させたのは、政府に対する反抗である。

これが京都府、ならびに刑部省京都出張所の言い分だった。

今回の事態は粟田口止刑事件として後々まで語られる大事件となるが、貞剛は、主な原因は次の二点にあると考えた。

一つは、弾正台に軍隊の西洋化や国民皆兵など、大村の軍制改革に反対する攘夷派がいたことで、暗殺事件との背後関係に疑念が持たれたこと。もう一つは、刑部省と弾正台とにおいて犯罪捜査、訴追、裁判などの権限分掌《ぶんしょう》が明確化されていなかったことだ。

これでは法の下での平等など、絵に描いた餅《もち》になるのではないか。

しかし弾正台の下級役人の立場では、いかんともしがたい。

翌明治三年（一八七〇年）二月十三日、貞剛たち弾正台京都支台の役人たちは、粟田口止刑事件について東京の弾正台本台から喚問のため呼び出しを受けたのである。

事態の推移を心配した貞剛は、吉輔に面会を求めた。喚問され、免職になるかもしれない。否《いな》、最悪の場合は政府に反抗したとして逮捕される可能性もないではない。

「先生もご存知の通り、粟田口の処刑を差し止めた件で東京から呼び出しを受けました。もしやご迷惑をおかけすることになるかもしれません。大変、申し訳なく思っております」

　貞剛は、緊張した表情で言った。

　ところが吉輔は、いつもと変わらぬ温厚な態度だ。笑みを絶やさない。

「なんの、まったく心配には及びません。むしろ、いよいよ君が中央へ乗り出す機会が到来したものと喜んでいます。君のような有為な人材は、中央でも欲しております。自信をもって自分の意見を申し述べてきなさい」

　吉輔は言った。

　貞剛の表情に明るさが戻った。

「東京に行かれたら、太政官中弁の江藤新平《えとうしんぺい》殿を訪ね、教えを乞いなさい。彼は佐賀藩出身の非常に有能な人物です。必ず政府の中心に座ります。司法関係に明るく、今回の問題は我が国の司法制度が未熟であることから起きたことだと考えていることでしょう。彼が中心となって、法の支配が行き届くように良き方向に改革すると思います。すでに手紙を出しておきましたから、遠慮することはありません」

　吉輔は、どこまでも落ち着いていて、穏やかだ。

「ありがとうございます」

　貞剛は、平伏した。滅入《めい》っていた気分は、すっかり高揚へと変わった。

「先生、お陰様で一日でも早く東京に行きたいという思いになりました」

貞剛は笑顔で言った。

「それでいいのです。東京に乗り込みなさい」

吉輔は貞剛を励ますように言い、親戚筋にあたる東京の近江屋への紹介状と当座の費用に充当するための手形を切って、貞剛に渡した。

近江屋は、吉輔の門下生である八幡町の西川重威《しげたけ》が営む、綿織物を扱う太物《ふともの》問屋だ。重威は寝具で有名な現在の西川産業の基礎を築いた人物である。

同年三月四日、貞剛は東京の伝馬町《てんまちょう》の宿に着く。

しばらくして弾正台本台で喚問を受けたが、すでに刑部省との間で事件処理の合意ができていたのだろう、幸いにして貞剛への喚問は形式的なものに過ぎなかった。

しかし大忠である海江田は謹慎処分となり、一部、過激な尊王攘夷派である大巡察九人が免官となった。

同年五月七日、貞剛は東京の弾正台本台で勤務せよとの下命を受けた。

貞剛は近江屋を訪ね、二百金ほどを借用し、番町《ばんちょう》に家を借りた。

番町は皇居の西に位置し、江戸時代は多くの御家人《ごけにん》や大名の家臣たちの屋敷があったが、明治になり、それらは政府の官僚の屋敷となった。

貞剛が求めたのも大名の家臣の屋敷であり、広くはあったが、建屋は雨漏りがするほど古びており、庭は雑草が生い茂っていた。

一見すると化け物屋敷のようであったが、貞剛は、その自然のままの姿が気に入った。

貞剛は、江藤を訪ねることにした。東京に来て、すぐに江藤を訪ねなかったのは、江藤が前年（明治二年）十二月二十日に虎ノ門で六名の暴漢に襲われ、重傷を負ったからである。

犯人は、彼と同じ佐賀藩の、卒族《そつぞく》と言われる足軽《あしがる》の者だった。

彼らは江藤が行った佐賀藩の改革で、それまで支給されていた報酬が無くなったり、足軽の職を失ったりしたため恨みに思い、凶行に及んだのである。

藩主鍋島直正《なべしまなおまさ》は、「我が藩から差し出した朝臣を襲った罪は重い」として六名全員に死罪を命じた。

江藤は、藩主が勝手に死罪を命じることに反対し、直正に彼らの救命を頼んだが、許されなかった。

この事件がきっかけになり、政府は足軽である卒族の不満を抑えるために士族に編入することを決定した。

貞剛は、皇居桔梗門《ききょう》近くにある太政官府に江藤を訪ねた。太政官府の応接で貞剛に向かい合った江藤は、政府の高官でありながら気さくな人物で、居丈高《いたけだか》ではない。どんな知識でも吸収しようという気概に溢れていた。

江藤を一目見たとき、この顔はどこかで見たことがあると貞剛は思った。

品川弥二郎に似ている。そう言えば彼は、今頃どうしているのだろうか。

聞くところによると、戊辰戦争での功績を認められて欧州へ留学しているらしい。きっと新しい知識を吸収して帰国してくることだろう。

江藤との話は、粟田口止刑事件に及んだ。

「法の下に誰もが平等でなくてはなりません。大村殿を襲ったことは許されませんが、それを刑部省が勝手に死刑にしたのは返す返すも残念であります。正式な裁判を経たうえで、罪科を決めるべきだと思います」

貞剛は江藤に言った。

法の下の平等――。

これは貞剛の考えの根本を成している。徳川幕府時代は、武士が恣意的に人々を処刑していたが、それを根本から変えねばならない。

「伊庭殿、私もその考えに同意です。刑事裁判は、刑部省の管轄となっておりますが、実際は各府、各藩で行われているのが実情です。それは民部省の管轄であり、司法府ではなく行政府なのです。ですから実際は、裁判が行政府で行われておるわけです。これでは行政府に都合の悪い者は勝手に処罰されてしまいます。徳川幕府の時代と一向に変わらないではありませんか。政府に都合の悪い者を排除できるのですからね」

江藤は、笑みを浮かべ、大きく膝を打った。

「弾正台は、刑部省の裁判に関与できることになってはいますが、権限が曖昧《あいまい》でありますし、あまり関係もよろしくありません」

貞剛は眉根を寄せた。

「そのようですな。弾正台には、刑部省なにするものぞという空気があるのでしょう。刑部省は、弾正台と協議して裁判をしなくてはならないにもかかわらず、実際は行政府に隷属《れいぞく》してしまっております」

江藤の視線が強くなる。

「江藤殿はどのように改革されるおつもりなのですか」

貞剛が聞く。

「私は、刑部省と弾正台を統一し、強力な司法省を作るつもりです。その下に裁判所を置くのです。天下の法は司法省の所管であり、その法は裁判所が司ります。西欧では、司法権は行政権から独立しており、いかなる行政の勝手な振る舞いも法に照らして裁断されるのです」

江藤は、強い口調で言った。

「司法権の独立……。それこそが全ての人が法の下で平等になるということなのですね」貞剛は震えが来るほど感激した。「私は、近江の代官の家に生まれましたが、武士が武士であるというだけで偉いということはないと思っております。それぞれの者が、それぞれの立場で能力を発揮できなければ新しい時代になった意味がありません。五箇条の御誓文にも『官武一途庶民に至るまで、各《おのおの》その志を遂げ、人心をして倦《うま》ざらしめんことを要す』とあります。そのためにも法の下では誰もが平等であることが必要です。江藤殿、よろしく国家機構の改革をお願いいたします」

貞剛は平伏した。

「あなたのような有為な、かつ西川吉輔先生に教えを乞われた方にも、ぜひともご協力いただきたいと思います」

江藤は、貞剛に頭を下げた。

貞剛は、このような人物が政府の中枢にいる限り、志を抱いて職務を果たす意義があると確信した。

「本日は、江藤殿にお会いできて非常に有意義でありました」

辞去しようとすると、江藤が歩み寄り、貞剛の手を取った。

「まだまだ道半ばです。改革を進め、この国を早く西欧に追いつく一流国にいたしましょう」

江藤の手は力強い。そしてその目は輝いている。

貞剛は、江藤と別れて、太政官府の外に出た。

晴れ晴れとした気分だ。

貞剛は、法の下に皆が平等に、生き生きと暮らす社会を造る、その一助になるのが自分の使命だと強く心に誓った。

「司法省か……」

より強力な司法権を持った組織を、江藤なら早晩、造り上げるだろう。ぜひともそこで働きたい。そこは自分が理想とする社会を造り上げるために必要な組織になるだろう。

――今日は、爽快な日だ。

江藤からは出世や金銭に対する欲がまったく感じられなかった。純粋な子どものように理想に向かって進んでいる。俗世間的に言えば、非常に不器用な生き方――。

その姿が、自分と重なって見えたのだ。それが貞剛を爽快な気分にさせていた。

――どうも自分の周りには、西川先生といい、弥二郎さんといい、俗世の欲には見向きもしない人が集まってくるようだな。

貞剛は、人との出会いに、不思議な縁を感じた。

自分自身が俗世の欲にとらわれていたら、そういう類《たぐい》の人が集まってくるのだろう。反対に欲から離れていれば、純粋に国家建設の理想に燃える人が集まってくる。

自分は、俗世の欲と離れた生き方をするのがふさわしく、心地よさそうだ。

貞剛は太政官府を振り返った。

「江藤殿、改革を心待ちにしておりますぞ」

5

明治四年（一八七一年）一月九日、参議広沢兵助《ひろさわひょうすけ》（真臣《さねおみ》）が就寝中に襲われ、殺された。

横井、大村に続く大物の暗殺事件である。

貞剛は、この事件の捜査にあたった。

当初は、同衾《どうきん》していた愛人と密通していた広沢家の使用人の関与が疑われたが、結果は無罪となった。

無辜《むこ》の庶民が死刑にならなかったのは、貞剛たち弾正台の捜査が適切だったと言えるだろう。

事件の捜査は難航した。

——長州藩内部の派閥争いが原因だ。木戸孝允《きどたかよし》が犯人である。

——広沢と対立していた薩摩藩の大久保利通の陰謀だ。

情報が入り乱れ、貞剛たちは、その都度翻弄《ほんろう》された。

一方、政府は攘夷派の犯行を強く疑っていた。

横井小楠、大村益次郎が攘夷派に暗殺されたからである。

広沢は、大久保や木戸たちと共に西洋化を進めたために殺されたとの噂が流れ、政府高官たちは明日は我が身と恐怖に慄いた。

そのため、この際、攘夷派を一掃するべきとの政府の意向が弾正台に届いていた。

あるとき、急に攘夷派の長州藩士、大楽源太郎《だいらくげんたろう》が広沢暗殺の容疑者として浮上した。大村益次郎暗殺の際にも関与者として名前が挙がったことがあるからだ。

逮捕を察した大楽は逃亡し、久留米《くるめ》藩にかくまわれていた。

当時、九州の諸藩には政府の西洋化方針に反対する攘夷派が多くいた。大楽は彼らを頼って久留米藩に逃亡したのである。

同年一月十四日、貞剛たちは大楽を逮捕するために久留米藩へと向かった。

しかし、久留米藩は容易に大楽を弾正台に引き渡さなかった。そこで弾正台は、久留米藩に軍を派遣してでも逮捕するという強硬策に傾こうとしていた。

この事態を受け、久留米藩は大楽を自分たちの手で斬首し、私闘の末、死亡したことにしてしまったのである。

容疑者を取り逃がし、とうとう広沢暗殺事件は迷宮入りとなってしまった。

ところが貞剛は、そのまま九州に留まることになったのである。弾正台長崎支部に勤務を命じられたのだ。貞剛の任務は、九州の攘夷派の動静を探ることだった。

同年七月十四日に政府は、廃藩置県を挙行した。

版籍奉還をしたものの旧藩主の影響力が大きく、一向に統一国家の体制づくりが進まない。

政府は焦った。そこで薩長土肥《どひ》の兵を集め、自前の軍隊を組織したうえで、一挙に藩を無くし、全国を府と県に再組織する廃藩置県を挙行することにしたのである。

旧藩主はその地位を追われ、東京に居住することになった。各府県には政府が任命する県令が派遣された。

廃藩置県により政府は、一挙に中央集権体制の確立を意図したのである。

当然、これに反対する攘夷派が反乱を起こすかもしれない。

政府は、貞剛に事前に反乱分子を探索し、その動きを抑え込むように命じたのである。

しかし反乱は起きなかった。

廃藩置県を受けて、同年七月二十九日太政官制が改正された。

天皇が臨席する正院、行政権の右院、立法権の左院の太政官三院制となった。

三院の下に神祇省、大蔵省、兵部省、宮内省、外務省、司法省、工部省、文部省の各省が設置され、貞剛の属していた弾正台は刑部省と統一され、司法省となった。

——江藤殿の言われた通りになったぞ。

同年八月三日、貞剛は司法少解部《ときべ》となり、九州、長崎を引き上げ、東京に戻った。同年十月二十八日には司法大解部、翌明治五年（一八七二年）八月七日には司法省少検事となった。

出世に拘泥《こうでい》することはまったくなかった貞剛だったが、司法省の中で順調に昇進を遂げて行ったのである。

そして松子という伴侶《はんりよ》を得、長女はる子が生まれた。

明治六年（一八七三年）十月五日、貞剛は北海道函館《はこだて》裁判所の勤務を命じられた。貞剛は、妻子を伴い、新天地函館へと赴任したのである。

貞剛、二十七歳の新たな出発だった。

第五章　住友入社

1

近江《おうみ》商人という言葉がある。貞剛《ていごう》の故郷である近江国の商人のことである。彼らは、日本全国に営業拠点を設けて商業活動に従事した。その子孫は現在に至るまで経済界で重きをなしている。

なぜこのように一地方の出身者が商業分野で活躍するようになったのか。考えられる理由の第一は近江国が東海道、中仙道、北陸道の陸上運送、そして琵琶湖の水上運送の要《かなめ》の地であり、東北や北海道（蝦夷地）につながる物流拠点であったことだ。

そのため昔からこの地は多くの市《いち》が立ち、特に織田信長《おだのぶなが》が開いた楽市楽座《らくいちらくざ》から有数の商業地として発展していた。

他の理由としては近江国には、貞剛の生まれた西宿《にしじゅく》や四天《してん》流剣術を習った八幡などのように、天領や飛び地、旗本領などが多く混在し、それぞれの経済規模は小さく、農民たちは外に出て収入を得る必要があり、行商が盛んであったからだろう。

近江商人の代表格である中村家には「三方よし」の家訓がある。

これは近江国五個荘《ごかしょう》の商人中村治兵衛《じへえ》宗岸《そうがん》が残したものだが、「売り手よし、買い手よし、世間よし」でよく知られている。

他国で商売をする近江商人は、その地に受け容《い》れられなくてはならない。そのためすべての利益を独り占めにすることなく、その地の利益になるように努め、私利をむさぼることがあってはならないと常に自戒《じかい》していた。その精神が「三方よし」という言葉に集約されているのだ。

貞剛が赴任した函館《はこだて》でも近江商人が活躍していた。彼らは十六世紀、慶長《けいちょう》年間から北海道の産物である昆布、干鱈《ひだら》、鰊《にしん》などを本州へ、本州の産物である衣類その他生活物資を北海道に運んで往復で稼ぐ、いわゆるノコギリ商法で莫大な利益を上げ、確固たる地歩を築いていたのである。

北海道を治める松前《まつまえ》藩は、元文《げんぶん》二年（一七三七年）に近江商人の集まりである両浜組を藩の公認団体とし、多くの特権を与えていた。

明治時代になっても、商業並びにロシアなど海外貿易の拠点として函館の重要性は高かった。そこで明治政府は、他府県に先駆けて函館に裁判所を設置した。外国人との訴訟事件などを裁く必要性があったためである。

貞剛に函館赴任を命じたのは、江藤《えとう》新平《しんぺい》から司法卿を引き継ぎ、江藤と同じく佐賀出身の大木《おおき》喬任《たかとう》である。

大木は赴任にあたって、貞剛に言った。

「君のことは江藤から聞いている。なかなか骨のある人物だと評判だ。それに近江の出身らしいな。函館は近江商人の活躍する街だ。ぜひ君の活躍を期待している」

「函館は、政府にとっても重要な拠点と聞いております。頑張ってご期待に沿いたいと思っております」

函館は榎本《えのもと》武揚《たけあき》たち旧幕府軍が最後まで新政府に抵抗した地である。まだ火薬や血の臭いが残っていると言っても過言ではない。住民の中には、明治政府よりも旧幕府に親近感を抱いている者も多い。新政府の官僚として赴任する者には、それなりの覚悟が必要だった。

貞剛は、大木に前向きな決意を語ったものの、赴任した途端に函館の寒さにたじろいだ。頬を冷気が刺すのだ。

当初、生活に慣れるまで単身で赴任する気だったが、妻松子《まつこ》は家族揃って赴任すると言ってきかない。

仕方なく妻子を連れて赴任したのだが、すぐに後悔する事態となった。松子の死である。松子は、赴任早々、寒さから体調を崩し、そのまま帰らぬ人となってしまった。

貞剛は、嘆いた。一人で赴任すべきだったと後悔しても、松子は帰ってこない。娘はる子をそばに置くわけにはいかず、遠く離れた近江国西宿の母田鶴《たづ》に預けることにした。

北海道の寒さは本当に厳しい。近江国でも冬に琵琶湖から吹く風は身を切る寒さだが、それとは比較にならない。

なによりも雪が多い。自分の背丈以上に雪が降り積もる。

雪道は、寒さばかりでなく寂しさも一入《ひとしお》だ。裁判所から馬車で官舎まで帰るのだが、門の前で下車し、少しの間、雪道を歩いてから玄関まで行き着く。

妻はいない。娘は故郷の母のもとだ。誰も待っていない寒々しい官舎に向かう。ザクッ、ザクッと雪を踏みしめる音が、自分の後から追いかけてくる。振り向くと誰もいない。孤独が足下から上ってきて体の芯まで凍らせる。

——左遷《させん》されたのではないか。

暗い雪道を歩いていると、ふと貞剛は、後ろ向きな考えにとらわれることがある。

西川吉輔や江藤の考えに影響され、この国に法の統治を浸透させる役割を担おうと決意し、司法官という職に自分の道を見出すことができると思って、函館へ来た。

貞剛は器用な役人生活を送っているわけではない。誰にも媚《こ》びを売らない。権勢を誇る薩摩や長州出身者に引き立ててもらおうというような働きかけもしない。ひたすら職務に励むだけだ。

――大木司法卿は、函館の地は近江商人の勢力が強いから、君が適任だと言われたが……。

しかし聞くところによると、極寒の北海道に行きたいという司法官は少なかったという。中には上手《うま》く断った者さえいると聞く。自分は端《はな》から断るような性格ではないと見抜かれたのではないか。

官舎に入る。一人暮らしには広すぎる。一人で火鉢の火を熾《おこ》す。部屋はすぐには暖かくならない。酒を飲まない貞剛は、湯を沸かし、茶を淹《い》れ、なんとか体を温める。

所長の井上好武《よしたけ》は誠実で真面目な人物だ。妻を亡くし、娘を故郷に託しているという貞剛の置かれた状況に同情してくれている。その意味で居心地は悪くない。

——東京の司法省でも、郷里に近い裁判所への転任を考えておくと約束してくれているが、どうなることやら。

貞剛は、帰郷の際、東京の本省にそれとなく郷里の近くに勤務地を変えてくれるように頼んでいたのである。

老いた両親や娘のことが気がかりだからだ。

本省の人事課は、なんとかすると期待を持たせてくれているが、適当な後任がいないとの理由で、一年も待たされている。いい加減な約束をするものだ、と正直腹が立つ。

貞剛は、司法少検事から司法権中《ごんのちゅう》検事に昇進したが、なんだか昇進でごまかされている気がした。

——このような沈んだ気持ちのとき、吉輔先生ならどのように指導してくださるだろうか。

「随処《ずいしょ》に主と作《な》る」

吉輔が不遇の際、『臨済録《りんざいろく》』のこの言葉を胸に刻みつけて来《きた》るべき時を待っていたと聞いたことがある。

その場その場で主人公となれ、そうすれば自分のいる場所が真実の場所になるという意味だろう。

貞剛が免許皆伝となった四天流剣術は居合だ。一瞬一瞬が勝負であり、命を懸ける剣術だ。

この臨済の言葉にも通じるものがある気がする。とにかく今の場所を死に場所と思い定めて職務に励むしかない。

ようやく部屋が暖かくなってきた。眠るとするか……。

2

「た、大変です」

函館警察の巡査が、検事室で執務をする貞剛のもとに転がるように飛び込んできた。

貞剛は、椅子を蹴って立ち上がった。

ロシア人貿易商と地元海産物問屋との民事訴訟の案件の調書を記していたのだが、その場で筆をおいた。

「いかがいたした」

貞剛は険しい表情で聞く。

巡査の様子が、尋常ではない事件が発生したことを物語っている。

「殺されました」

「誰がだ！」

「ドイツ代弁領事のハーバーです」

巡査が息を切らす。

「すぐ参る。案内してくれ」

貞剛は巡査に案内をさせ、すぐに現場に駆けつけた。

明治七年（一八七四年）八月十一日のことだった。

例年になく暑い北の国の夏がようやく過ぎようとしていた。午後六時過ぎ。まだ陽は沈んではいないが、肌に当たる風には、わずかにひんやりとしたものを感じるようになっていた。

貞剛が現場の函館区谷地頭《やちがしら》道に駆けつけると、警官が大勢集まり、物々しさで溢《あふ》れている。

「伊庭検事がご到着されました」

警官らがさっと左右に分かれると、貞剛の前に地面に横たわる男が現れた。

「ドイツ代弁領事のルードヴィッヒ・ハーバー殿に間違いないか」

貞剛は、現場検証にあたっている巡査に聞いた。

「間違いございません」

巡査は深刻な表情で答えた。

「うむっ」

貞剛は、思わず生唾《なまつば》を飲み込んだ。

――これは大変なことになる。

国内の排外的な攘夷気運が原因で、幕末から明治にかけて外国人が危害を加えられる事件が多発し、いずれも国際問題となっていたからだ。

殺害されたのは、三十一歳の若い代弁領事。傷口は二十数か所に及ぶ無惨なものだった。

左の下顎《あご》から上腕、そして頭部にかけて深く斬られている。耳は辛《かろ》うじて頭部側面についているような状態だ。切り口から見て凶器は日本刀であることは間違いない。

「すぐに捜査を開始し、函館港に停泊中の船舶の出航を止めるんだ」

貞剛は巡査に命じた。

犯人が船で逃走を図るかもしれないからだ。

貞剛は、組織的な攘夷行動でないことを祈った。そして何があっても外国の介入を抑え、我が国の法律で裁かなくてはならないと覚悟したのである。

3

犯人はほどなく交番（邏卒屯所《らそつとんしょ》）に自首してきた。

旧秋田藩士の田崎秀親、二十二歳。

貞剛が取り調べにあたる。問題は、単独犯か組織犯かである。組織犯なら事態は容易ならざることになる。

田崎は、尊王攘夷の思想に取りつかれた下級士族で、「外国と親和条約を結んだ頃から、我が国体は衰頽《すいたい》の一途でござる」と憤懣《ふんまん》を貞剛にぶつける。

田崎は、誰でもいいから外国人を殺害しようと考え、函館にやってきた。街を徘徊《はいかい》し、招魂《しょうこん》神社あたりでステッキを手にして散歩する外国人に出会った。ハーバーである。絶好の機会と思い、追跡し、持っていた傘を投げつけ、ハーバーが振り向いたとき、肩先めがけて斬りつけた。ハーバーは近くの農家へ逃げ込み、手を合わせ、田崎に向かって命乞いをしたが、田崎は頭をめがけて攻撃した。しかしなかなか絶命しなかったため、何度も何度も斬りつけた……。

「なんという残虐《ざんぎゃく》なことをしたのだ。極刑は免《まぬか》れぬぞ」

貞剛は田崎に言う。

「もとより覚悟の上でござる。函館に来た際、天照大神《あまてらすおおみかみ》が夢枕に立たれ、外国人が皇室を廃止しようと企《たくら》んでいる。よって速やかに殺せとの神託を受け申した」

田崎は陶酔《とうすい》したような目で言う。

「仲間はいるのか？」

貞剛が聞く。

「おりませぬ。私一人の決心です」

田崎は睨《にら》みつけるようにして貞剛を見た。

「外ではお前を引き渡せと、ドイツを始め、各国の領事が騒ぎ出している。港にもイギリス艦隊やドイツの軍艦が入港してきている。皆、お前を引き渡して、八つ裂きにせんと勢い込んでいる。函館の人々は、戦争になるのではないかと恐れ慄《おのの》いている。東京では大木司法卿がドイツ公使に謝罪をした。どれほど重大なことをしたのかわかっているのか」

貞剛が諭《さと》す。

「引き渡せばいいではないか。望むところだ」

「だめだ。お前は日本人だ。日本の法律で裁く。それが真の国体というものだ」

貞剛の強い言葉に、田崎が項垂《うなだ》れる。

貞剛は、その後、ハーバーが逃げ込んだ農家の住民、田崎が宿泊した旅館、凶行前夜に一夜を共にした娼婦、函館行きに利用した船の船頭など、田崎の供述に基づいて取り調べた。結果は、誰一人、田崎と共謀したと疑われる者はいなかった。狂信的な尊王攘夷思想による単独犯という結論に達した。

貞剛は、田崎に一片の哀れみを覚えた。

時代が変化しつつあることをまったく自覚せず、外国人の往来が、国体を衰頽させていると思い込んでの凶行だったからだ。

数年前までは、尊王攘夷の武士たちが暴れまわり、外国人や攘夷に反対する者を攻撃していた。しかし、今は、西洋文明を早期に採り入れようと躍起になっている。五箇条の御誓文の中にも「智識を世界に求め、大《おおい》に皇基《しんき》を振起すべし」とあるではないか。

田崎は時代について行けなかった。ある面では時代の犠牲者とも言えるだろう。

しかし田崎が殺害したハーバーはもっと気の毒だ。聞くところによると、病気療養中であったらしい。代弁領事の傍ら函館で貿易のビジネスを開始する機会をうかがっていた。そのために遠くドイツから日本にやってきたのだ。それなのに思いもかけず無惨な最期《さいご》を迎えることになった。手を合わせ、命乞いをする際、彼の目には何が見えたことだろう。故郷の父母の姿であろうか。貞剛は、離れて暮らしている父母や娘のことを思い、ハーバーに深く同情した。

貞剛の求刑は、斬罪《ざんざい》、則《すなわ》ち死刑である。

田崎は同年九月二十六日午前十時、函館囚獄場処刑場で、イギリス兼ドイツ領事、アメリカ領事、デンマーク領事立ち会いのもと、斬首された。

その様子を伝える記事によると、首討ち役人が二人がかりでも上手く首が落ちず、とうとう最後には役人が田崎の頭髪を握り、頭を持ち上げ、のこぎりのように刀を動かして首を落としたという。

非常に残酷で、目を背《そむ》けんばかりの有様だった。しかし立会人たちは「ハーバーの無念を晴らすのにふさわしい処刑である」と口にし、満足げに処刑場を後にしたのである。

4

貞剛は、順調に昇進した。明治七年（一八七四年）十月には権少判事、十一月には正七位にも叙せられた。翌明治八年（一八七五年）には函館裁判所副所長にも任ぜられた。

しかし一向に、郷里に近い裁判所への転任が叶わない。職務は忠実に務めている。貞剛は、生来、自分の処遇に不満を抱くタイプではない。それでも一度、本省の人事課に転任の願いを申し出て、それを了解しておきながら放置していることが許せなくなってきた。

裁判所の上司に催促しても、本省の方で後任を見つけようとしているが、適当な人材がないと、その場を繕《つくろ》う返事をするだけだ。

貞剛は、司法が国を造ると思い、司法官の道に進んだが、徐々に憤懣が募ってきた。

自分の運命を自分で決められない官僚生活が息苦しくなってきたのである。吉輔に乞われて死を覚悟して京に上った頃の燃えるような情熱が、政府の秩序が整備されていくにしたがって失われていく気がする。

このままではいけないと思う。それに加えて官僚の事なかれ主義にも嫌気がさしていた。何事も、無事是名馬《ぶじこれめいば》とばかりに見て見ぬ振りをする。眠っているかのように書類を作成するだけの同僚や上司たちを見ていると、あのようにはなりたくないと血が騒ぐ。

また官僚は、やたらと庶民に対して居丈高《いたけだか》なのも気に食わない。貞剛は重い行商の荷を抱えて歩く老婆たちに田の畦道《あぜみち》に下りて道を譲るといったように、当時の武士や代官の息子といった身分からは考えられないような謙虚な振る舞いをする人間だ。

当然、罪人であろうと、またいろいろな問題を訴えかけてくる農民や商人に対してもよく話を聞き、心を込めた対応を心がけていた。

ところが同僚や上司たちは、「何を面倒なことを訴えてくるのだ」とばかりに彼らを撥《は》ねつける。

その度に貞剛は彼らの前に出て、「何か問題があるのか」と問いかけるようになった。

農民たちからすれば仏のような存在だが、同僚たちからすれば、面倒なことを増やす存在ということになる。

妻を亡くし、娘も遠く郷里に預けていれば、やることは仕事しかない。たとえ同僚から、どのように思われようともかまわない。

一所懸命の言葉通り、その日、その場の職務を果たすべく日々を過ごしているが、このまま官僚として一生を終えていいものか、もっと自由に羽ばたくべきではないのか、という疑念がふいに頭をもたげてくる。

——品川殿は如何《いかが》されているかな。

時折、品川弥二郎の明るい笑顔を思い出す。彼は長州人であり、政府の中心派閥の中にいる。英国やドイツに留学させてもらっていると風の便りに聞こえてくる。羨《うらや》むわけではないが、貞剛は、政府の人事は理不尽であると思っている。薩摩藩や長州藩出身者の優遇が目立ちすぎる。能力ではなく、たまたまその藩に生まれたというだけで差がつくのは許せないという気になる。

同僚の中にも薩摩、長州の出身であるとか、関係が深いことを露骨に自慢し、自らの栄進の道に汲々《きゅうきゅう》としている者がいる。

貞剛にとってそういう類《たぐい》の者たちは、『論語』で言う斗筲《とそう》の人である。

弟子の子貢《しこう》が孔子に、今の政治家についての評価を聞いた。すると孔子は、「噫《ああ》、斗筲の人なり、なんぞ算ずるに足るや」と嘆いたのだ。つまり、ひと枡《ます》いくらでしか計れないような連中のことだ。

函館という地方の官僚の規律が緩み、歪《ゆが》むのは中央政界、官界にも原因がある。

——よもや品川殿はそういうことはないだろうが……。

貞剛の耳に入ってくるのは、中央政界、官界で薩摩閥、長州閥の専横《せんおう》に起因する汚職の噂だ。特に品川が属する長州閥がひどい。

山県有朋《やまがたありとも》や井上馨《かおる》など長州閥の中心人物が、山城屋和助《やましろやわすけ》事件、三谷三九郎《みたにさんくろう》事件、尾去沢《おさりざわ》銅山事件、小野組転籍事件など商人と癒着《ゆちゃく》した汚職事件を次々と引き起こしている。

彼らは自分の財を築くために明治維新を成し遂げたのかと、貞剛でなくとも多くの庶民が憤懣を抱《いだ》いているだろう。

――江藤殿も中央政界から下野《げや》され、乱を起こして斬罪となってしまった……。

江藤新平は朝鮮を開国するという征韓論を大久保利通らと戦わせたが、敗れ、参議を辞して西郷隆盛らと下野した。明治六年の政変と言われる一大事件である。

その後、出身地の佐賀に戻り、明治七年（一八七四年）二月に同地で決起した。佐賀の乱である。しかし同年四月には政府軍に鎮圧された。

――江藤殿は、裁判を受けられずに罪人として首を切られ、その首を晒されてしまわれた……。

貞剛は、江藤の爽やかな笑顔を思い浮かべ、その無念さを思うと涙を禁じ得なかった。

――江藤殿は征韓論に敗れて下野されたのではない。腐敗し、汚職が横行する政界、官界を正し、法の支配を徹底しようとされたのだ。そのために長州閥や薩摩閥は謀略の限りを尽くして江藤殿を追放したのだろう。

乱を起こされたのも、純粋に国を憂《うれ》うる地元の若い士族たちに担がれてしまわれたからだ。

それにつけても返す返すも無念なのは、法の支配を最も強く主張されていた江藤殿が、まともな裁判を受けずに斬罪にされたことだ。こんなことでいいのだろうか。貞剛は、尊敬する江藤の死のこともあり、急速に官途に対する熱意を失いつつあった。

これではいけないと思うのだが、どうしようもない。自分の生きる道、自分を生かす道は、官ではないのではないか。

国家を蚕食《さんしょく》するような官の状況を自分では如何《いかん》ともしがたいのが、悔しいというか、焦心をかきたてられる。

——三十にして立つ……。

もうすぐ三十歳になる。孔子も三十歳で自分の道を決めたという。自分も孔子にあやかるべきではないか。

ついに貞剛の思いが爆発する。貞剛は、公用で上京した際、大木司法卿に面会を求める。

明治八年（一八七五年）十月のことだ。

函館裁判所の副所長が、本省のトップに面会を求めるのは異例である。

しかし大木は、自分を函館に派遣した張本人であるし、なによりも自分に法の重要性を説いた江藤と同じ佐賀の出身であり、司法省における江藤の後任でもある。

ただし江藤が起こした佐賀の乱では、叛徒《はんと》を裁く側に立たねばならなかった。薩摩や長州が叛徒を裁けば、遺恨《いこん》が残ると考えた政府の巧妙な策だといえるだろう。

「大木様、私は不平を申し上げようとここに来ております」

貞剛は、挨拶もそこそこに大木に向かって言い放った。若気《わかげ》の至りという言葉があるが、貞剛の憤懣がほとばしり出てしまったということだろう。

「いきなりどうしたのだね。不平があるなら、拙宅《せったく》に来なさい。そこで話そう」

大木は大様《おおよう》に構える。

貞剛は、端から攻撃的だ。常に礼節を失わないようにと努めてきたのに珍しい。大木の背後に江藤の姿を見ていたのかもしれない。

「不平は公然と申し上げないといけません。公然と申し上げられない不平は真の不平ではありません。私に司法官の道を説いてくださった江藤殿も、誰もが真の不平を国家や政府に具申できるように司法制度を整えようとされました」

貞剛が江藤の名を出すと、大木の表情が歪んだ。苦しげだった。自分の手で裁かざるを得なかったことを悔やんでいるのだろう。

「では、ここで聞くことにする」

大木は、椅子に腰かけた。貞剛は立ったままだ。

「それでは申し上げます」

貞剛はひと息入れ、「士を遇するに道を以《もっ》てなすということがございます。またその言は訥《とつ》であるべきで、軽々しく口から出すものではありません」と強い口調で話し始めた。

貞剛は、郷里に老いた父母と娘を残したままであること、以前から郷里に近い裁判所に転勤の願いを出していること、それに関して上司は対処すると約束しながら、適当な後任がいないという理由で、一向に実現しないことなどを一気に話した。

「地方の裁判所の人事であるとして、ないがしろにされますのはあまりの不公平というものであります」

貞剛は、大木を睨みつけたまま、言いきった。

身の程知らずの無礼者だとの誹《そし》りを受ければ、そのときはそのときだ、と覚悟を決めていた。まるで四天流剣術の居合剣を抜いたようだ。

「わかった。伊庭君、来年の三月まで待ってくれ。私が責任をもって転任させる。武士に二言はない」

大木は、貞剛の気迫に圧《お》されながら答えた。

「ありがとうございます。失礼なことを申し上げました。お許しください」

貞剛が低頭する。

「気にしないでよろしい。組織というのは、いったん出来上がると硬直化し、言いたいことも言えなくなるものだ。昔から諫言《かんげん》は一番槍より難しいと言うではないか。よくぞ勇気を奮《ふる》って言ってくれた。礼を言うのは私の方だ」

　家康の言葉にある、「主君への諫言は一番槍に勝る」を引用して、大木は貞剛を褒《ほ》めた。

「これで失礼いたします」

「君のような人材は、これから官に必要だ。主要な役割を担ってもらいたいから、軽々《けいけい》なことは考えないでくれよ」

　大木が官に留まるようにと諭していることを十分に理解していたが、貞剛は言質《げんち》を与えず、ふたたび低頭した。

「おおそうだ、伊庭君」

　部屋を辞そうとする貞剛を、大木が呼び止めた。

「なんでしょうか」

　貞剛が聞く。

「君は、再婚しないのかね。いつまでも独りでいると、仕事に差し支えないとも限らない。いいお嬢さんがいるから紹介しようか」

　大木は笑《え》みを浮かべている。

「ご心配をおかけいたします。転任が叶いましたら、よく考えさせていただきます」

貞剛は微笑した。

「ははは、まずは希望のところに転任してもらうことにする。期待して待っていてくれ」

大木は、貞剛のささやかな皮肉が通じたのか、愉快そうに声に出して笑った。

貞剛は、大木のおおらかさに触れ、今度は希望が叶うだろうと確信して、司法省を辞した。

貞剛も再婚を考えていないではなかった。松子を亡くした悲しみはまだ十分に癒《い》えたとは言えないが、やはりやもめ暮らしは心身に影響する。

母田鶴からも度々、再婚の打診があった。

仕事にかまけて、真剣に受け止めなかったが、大木が転任の希望を叶えてくれる可能性が高くなった今、真剣に再婚を考えてみることにした。

その旨《むね》を母に手紙で相談すると、早速に一人の女性を紹介してきた。

旧彦根藩士、松本義信の長女で梅という。

「年齢《とし》はまだ十七歳だけど、とてもしっかりされているという話だよ」

母が熱心に勧める。

貞剛は、母が良い娘というなら間違いはないだろうと、了承した。

同年十二月、貞剛は、梅と内祝言《うちしゆうげん》を挙げた。

祝言の席で初めて見る梅は初々《ういうい》しさに満ちていた。時折見せる恥じらいを秘めた表情に少女の面影が残る。

——北海道に同行させて大丈夫だろうか。

貞剛は、梅を函館に同行することを躊躇《ちゅうちょ》した。先妻の松子のことがあるからだ。今年の冬は一段と、函館の寒さや雪が厳しい。ただ寒いだけならまだ耐えられるかもしれない。しかし雪に閉ざされた暗い北国で、まったく知人もいない孤独にはよもや耐えられまい。

松子の二の舞になっては大変なことになる。

「私は三月には郷里に近い裁判所に転勤になるだろう。大木司法卿が約束をしてくださっているから間違いない。無理に私と一緒に函館に行かなくてもよいぞ」

貞剛は梅に言った。

梅は貞剛の話に、一瞬、怪訝《けげん》な表情を浮かべた。

しかしすぐに居住まいを正し、まっすぐに貞剛を見つめた。

「お気遣いは無用でございます。一旦、嫁《か》した以上は、あなた様と労苦を共にするのが妻の務めです。函館へご同行いたします」

梅は、きりりと引き締まった表情で言った。

貞剛は、たじろいだ。自分より腕が上の剣の達人に勝負を挑まれたときのように緊張もした。

貞剛は二十九歳。梅とは十二歳と、一回りの年齢差がある。

しかし梅の気迫は、年の差を感じさせないものだった。

「わかった。では一緒に行こう。決して音《ね》を上げるなよ」

貞剛は、久しぶりに浮き立つような心地になった。

梅の強さ、前向きさが、人事などの不満からやや後ろ向きな気持ちになっていた貞剛に刺激を与えたのである。

貞剛と梅は、翌明治九年（一八七六年）に横浜港から乗船し、函館に向かった。

海上には冬の嵐が吹き荒れていた。

「寒うございますね」

梅はデッキから白波が立つ海を眺めて、心細そうに呟《つぶや》いた。

「怖気《おじけ》づいたか？」

「何のこれしき、でございます」

梅が怒ったように貞剛を見つめた。

「ははは」貞剛は、声を出して笑った。

――この女性となら荒海も楽しくなりそうだ。

貞剛は、梅の肩を優しく抱いた。

5
「住友に入る決心は、まだつかぬか」

叔父の広瀬宰平《ひろせさいへい》は、貞剛と梅の内祝言の席で言った。

「まだ官でやることがあります」

貞剛は、梅を横に置き、言った。

「官に入って、もう七年になるではないか。なんとなく窮屈であると、その顔に書いてあるぞ」

宰平は、酒の勢いもあるのか、軽口《かるくち》をたたく。

貞剛は、心の底を見抜かれたような気がして、表情をごまかすように右手で顎を撫でた。

「今、別子《べつし》銅山は、大改革の最中なのだ。御一新の世になってますます銅の需要は増え、海外にも輸出できるようになった。今までのような旧態依然とした採掘では間に合わんのだ。近代化を図っている」

宰平は勢いよく語った。

自分の考えで、どんどん道を切り拓いていく宰平を羨ましいと感じるところがあった。

　官である限り、あくまで政府の都合で、まるで駒のように動かされる。大木に不平を言い、転勤させてもらったとしても行先まで自分で決められるわけではない。不自由さがどこまでも付きまとう。

「近代化ですか。それはまた大変なことです」

「フランスからラロックという技術者を雇ったのだ。月給いくらか知っているか?」

　宰平の質問に、貞剛は首を横に振る。

「月給六百円だぞ。はっはっは」

　宰平は剛毅《ごうき》に笑った。

　貞剛は、その厚遇に驚いた。自分の月給の六倍以上だからだ。宰平が別子銅山の近代化にかける意欲がその金額に表れていた。

「それはえらく高額ですね」

　貞剛も笑顔になった。

「なあ、貞剛、住友に入ってお国に尽くすのも男の道だぞ。住友は三百年もの長きにわたってお国に尽くしている。徳川様の時代も、今の時代も……」

　宰平は、貞剛の前に腰を据えて住友の歴史を語り始めた。

　貞剛は梅と共に、叔父宰平の話に耳を傾けることにした。

「住友の家祖は、越前丸岡藩に天正《てんしょう》十三年（一五八五年）に生まれた文殊院《もんじゅいん》住友政友《まさとも》様だ……」

　政友は涅槃《ねはん》宗の僧侶だったが、涅槃宗は他宗から妬《ねた》まれ、排斥を受け、幕府の裁定により天台《てんだい》宗の一つの派となってしまった。

　そこで政友は、員外沙門《いんがいしゃもん》という立場になる。僧ではあるが、僧ではない、すなわちどの宗派にも属さない僧として、還俗《げんぞく》し、一般社会の中で生活しながら涅槃宗の法灯を継承する道を選んだ。

「住友が他の商家と異にするのは、祖が宗教家だからだ」

　宰平はどこか誇らしげだ。

　政友は、寛永《かんえい》五年（一六二八年）頃、京の上柳町《かみやなぎちょう》で富士屋嘉休《かきゅう》という薬と出版の店を開き、商売を始める。

「薬は人の体を、書物は人の心を癒やし、救う。共に人々の助けになる商《あきな》いなのだ。宗教家である文殊院様は、商売を仏が衆生《しゅじょう》を救う道と心得ておられたのだろう。一方、京都には涅槃宗の有力な信者で、政友の姉周栄《しゅうえい》と夫婦であった蘇我《そが》理右衛門《えもん》様がおられた。この方が住友の業祖だ」

　理右衛門は、元亀《げんき》三年（一五七二年）に生まれ、天正十八年（一五九〇年）に京の寺町五条で銅吹き業、すなわち銅の精錬業を開業し、泉屋《いずみや》蘇我家を興す。

「理右衛門様の偉大なところは、お名前に理という文字があるように非常に科学的で、『南蛮《なんばん》吹き』という銀、銅の吹き分け技術を実用化されたのだ」

南蛮吹きというのは、理右衛門が慶長元年（一五九六年）頃に開発した精銅技術である。理右衛門は、ポルトガル人からヒントを得たと言われているが、当時としても世界的水準の技術だった。

南蛮吹きとは、三工程からなる。まず銀は鉛に吸収されやすい性質があるので、銀を含んだ銅と鉛の合金を造る。これを鉛の融点以上、銅の融点以下で加熱すると、精銅と銀を含んだ鉛に分離する。銀を含んだ鉛合金は、今度は灰吹き炉で銀と鉛に分離され、銀が回収される。

灰吹き炉を使う灰吹き法は、古くから用いられている金、銀、鉛を分離する方法である。

金や銀を含んだ鉛合金を空気を送りながら八〇〇度から八五〇度に加熱すると、鉛は酸化鉛になり、金や銀と分離する。そこで残った金や銀を回収するのだ。これを灰吹き金、灰吹き銀と称した。

南蛮吹きのお陰で、それまで銅を取り出した後は廃棄せざるを得なかった鉛と銀の合金から、銀を取り出すことができるようになったのである。

「ところで、なぜ理右衛門様は泉屋と称したか知っているか」

宰平が貞剛に聞く。貞剛は、存じ上げませんと答える。

「この泉というのは、『孟子』によると清冽《せいれつ》な水がこんこんと湧き出《い》でて尽きないという意味があり、お金のことも泉貨《せんか》というほど、縁起のいい文字なのだよ。それで住友は菱井桁《ひしいげた》を紋にして、縁起のよい泉屋と称するようになったわけだ。文殊院様は宗教家でもあるから、お金ばかりでなく徳も湧き出でて尽きることがないだろう」

宰平が得意そうな表情で言う。貞剛は愉快だった。気難しいと思っていた宰平が、住友のことになると、ここまで子どものように楽し気に話すからだ。

理右衛門には息子、友以《ともゆき》がいたが、彼は政友の娘、妙意の婿となり、泉屋住友家を興した。

彼が、理右衛門の南蛮吹きを引き継ぎ、銅吹き業の後継者となった。

寛永七年（一六三〇年）に本店を大坂淡路町に移した。銅吹き業の発展とともに材料の仕入れ、銅の販売などには大坂が適していたからである。

「その際、文殊院様からの助言もあり、南蛮吹きの技術を独占せず他の人にも教えることとした。その結果、大坂は日本一の銅吹き業の街となったのだよ」

一方、文殊院政友には政以《まさもち》という息子がいた。彼の妻は涅槃宗の熱心な信者であった幕臣岩井（永田）善右衛門《ぜんえもん》の娘で、亀といった。後の宝泉院春貞である。

「政以様は富士屋嘉休を順調に営んでおられたが、寛永十五年（一六三八年）、急死されてしまった。また不思議なことと言うべきか、不幸は続くと言うべきか、友以様の奥様である妙意様も亡くなられたのだ。そこで文殊院様は、政以様の妻であった亀様を友以様の後妻にされたのだ」

後妻という言葉に、貞剛の後妻となった梅の表情がわずかに張り詰めた。貞剛が、梅の手に自分の手をそっと重ねる。

そして友以が住友家の二代目となる。初代住友文殊院政友は慶安《けいあん》五年（一六五二年）八月十五日に六十八歳で没する。

「友以様は文殊院様の教えをよく守られ、銅吹き業は順調に発展したのだ。長堀に銅吹き所を開設したため大坂には銅吹き屋、銅問屋などが集まり、日本一の銅の街となったのだよ」

友以は五十六歳という若さで、寛文《かんぶん》二年（一六六二年）に没する。

三代目友信《とものぶ》が後を継ぐと、江戸、長崎に支店を出し、岡山の吉岡銅山や山形の幸生《さちう》銅山など鉱山経営へと事業を拡大した。

彼は三十八歳で早々に引退し、息子友芳《ともよし》を四代目に指名、就任させた。

「このとき、住友家に大きな変化が起きる」

宰平は目を輝かせた。

いつの間にか、宰平の周りには内祝言に来た親族が集まっていた。皆が、宰平の話に耳をそばだてている。

「それは元禄《げんろく》三年（一六九〇年）のことだった……」

宰平は、余程思い入れが深いのか、過去を懐かしむように目を細めた。

岡山の吉岡銅山支配人、田向重右衛門《たむけじゅうえもん》からの書状が届く。そこには坑道を上向きに掘りすすむのを得意としたため〝切り上がりの長兵衛〟の異名を持つ坑夫が、「伊予国《いよ》（愛媛）西条《さいじょう》藩赤石山《あかいしやま》南斜面に銅の大露頭《ろとう》が見える」との情報を持ってきたというのだ。

長兵衛は、以前、吉岡銅山で重右衛門のもとで働いていたが、今は西条藩の長谷坑で働いていた。

「早速、重右衛門様と長兵衛たちは備後《びんご》（広島）鞆《とも》の浦から伊予川之江《かわのえ》に船で渡り、赤石山に分け入った。勿論、天領だから代官所や庄屋の了承は取りつけた上だ。なにせ三千尺とも四千尺とも言われる険しい山だ。地元の人間も入ったことがない。足を踏み外せば、そこは千尋《せんじん》の谷だ。生きては帰れん。もっとも、重右衛門様は銅山を見つけるまでは帰らないという悲壮な決意だった。そしてついに見つけたのだ」

宰平は、まるで自らが深山《しんざん》に分け入り、崖をよじ登り、銅山を見つけたかのように目を閉じ、感激にしばらく言葉を詰まらせた。

「どうして長兵衛殿は住友にそんな良い知らせを持ってきたのでしょうか。そのときは別の銅山でお働きになっていたのでしょう」

梅が、思わずといった風に無邪気に聞いた。

実は貞剛も同じ疑問を抱いていたのだ。

「おお、いいところに気づいてくれたの」宰平はさも得意げな笑みを浮かべた。「その疑問は当然だ。長兵衛によると、いろいろなお山を渡り歩いてきたが、住友ほど坑夫を大切にしてくれるところはなかった。だから何としても住友にこの情報を伝えたかったというのだ。ありがたいではないか。これも皆、文殊院様の教えを守ってきたからだ」

住友には、初代文殊院政友が商売の道を説いた、五か条の文殊院旨意書《しいがき》というものが伝わっている。

文殊院は、商売は言うに及ばず、どんなことでも心を込めて励むようにと教えている。

宰平は、住友が人を大事にし、心を込めて商売をしてきたから長兵衛が情報をもたらしてくれたのだと言っているのだ。

「人を大切にするというのは良いことなのですね」

梅が納得したように言った。

「その通りです。何事も人があってこそ始まります。また人という字は、昔から人が支え合っている姿を表現していると言われていますよ。夫婦も人として支え合わねばなりませぬぞ」

宰平が梅に諭すように言う。

「はい」

梅が小声で返事をする。

「別子は、神の山と言うべき最高の銅山だった。これが住友発展の基になったのだが、御一新の世になって、実は新政府に接収されそうになった。このことは存じておろう」

宰平が、身を乗りだすようにして貞剛に言った。

「別子銅山は、幕府から住友が採掘を委託されているものである。当然、新政府の所有にするというのでありましたな。銅は政府にとっても重要な産業ですから」

貞剛は答えた。

宰平は大きく頷いた。「その通りだ。私は別子銅山の支配人として引き続き銅山経営を住友に任せるべきだと政府に必死で陳情した。これには我が実家、北脇家が公家《くげ》に仕える漢学者の家であったことが大いに役立った。なんとか伝手《つて》を見つけ、岩倉具視《いわくらともみ》様にもお願いして、引き続き住友が別子を経営していいことになった。ところがじゃ」今度は宰平の顔が歪んだ。

「どうされましたか」

「情けないことに本店の重役の方々が、別子を売った方がいいと言うんだ。これには情けないと思い、私は怒った。別子を売ったら、住友はどうなるとお思いかと迫って、これを食い止めた。そのとき、政府から鉱山司の役人になるように命じられたのだ。生野《いくの》銀山などを視察する機会に恵まれ、そこで黒色火薬を使う西洋の鉱山技術を目《ま》の当たりにした」

宰平は鉱山司付属試補となり、鉱山司に出仕したのだが、その際の鉱山視察で鉱山技術の近代化に目覚めた。

「それは驚いたなどと簡単に言えるものではなかった。驚きを超え、驚愕と言うべきものだった。鏨《たがね》や鎚《つち》でコツコツと掘るのではなく、一気に掘ってしまうんだからな。私はこれだ！　と思ったのだ」

「それでラロックを呼んだのですね」

貞剛も心が弾んだ。宰平の喜びがびしびしと胸に伝わってくる。ふと、羨ましいという気が起きてきた。今の自分は、宰平ほど仕事に喜びを抱いているだろうか。

「ラロックはようやってくれた。一年半かけて別子銅山目論見書《もくろみ》を提出してくれた。これには別子を西洋に負けぬお山にする知恵が詰まっている。それだけではない。塩野門之助《しおのもんのすけ》という、そのときに通訳をしてくれた者をフランスに勉強に出した」

「ラロックはどうしたのですか？」

「残念だが、辞めてもらった」

「辞めさせたのですか」

　貞剛は驚いた。

「いかんせん、外国人は高すぎる。ラロックの目論見書によるとお山を近代化するのに六十七万円以上もかかる。お山の利益の七年分だ。そのうちの二割の十四万円が外国人の給料だ。これだけの金があれば、もっと近代化の設備投資ができる。だから日本人の手で近代化をする。いつまでも外国人の力に頼っているようではいかんのだ。私が鉱山司に出仕していた際の上司は、長州出身の井上勝《まさる》鉱山正《かみ》というお方だった。まだお若い方だったが、幕末にイギリスに命懸けで密航して、西洋の鉱山や鉄道技術を学んでこられた方だ。この方は日本中に鉄道を敷設《ふせつ》したいという大きな夢をお持ちだが、おっしゃっていたことがある。日本人の手で技術を蓄え、日本人の手で鉱山を採掘したり、列車を走らせるようにならねば、西洋に勝つことはできない。いつまでも外国人に頼るようではいけないとな。その通りだと思った。だから非情のようだが、ラロックには帰国してもらった。ラロックは、別子で働きたいと無念そうだったが、仕方がない」

宰平はきっぱりと言った。

貞剛は、経営者として、なるべき時に非情になることができる宰平を尊敬の目で見つめた。

自分は果たしてどうであろうか。罪人を捕まえ、裁く立場の司法官でありながら、どこか非情になりきれない甘さがある。人に対する思い入れが深すぎるところがあるのだろう。

これは経営者として不向きな資質ではないか。経営者は、宰平のように、時に非情でなければならない……。

「別子のお山の産銅高は、御一新のときは、七十万斤（約四二〇トン）だったが、今では百三十万斤（約七八〇トン）にもなっている。銅は国家の要だ。ますます重要になっている。鉱山の近代化が成功すれば、この数字は飛躍的に上昇する。私は、お山で働く者たちにも月給制を採用したり、真面目に働けば等級が上がるようにしたり、多くの者がちゃんとした生活ができるようにもしたい。お山は住友家だけのものではない。お山は、そこで働くみんなのものなんだ」

宰平は、やにわに貞剛の手を握った。貞剛は、突然のことに目を大きく見開いた。その手は熱く、血が脈打っているのが感じられるようだった。

「なあ、貞剛。住友に来い。何度も言ったことだが、お国に尽くすのは官の道ばかりではない。住友はお国のためにどれだけ役に立っているかわからんぞ。血を分けた貞剛が、私の右腕になってくれれば、どれだけ心強いことか。頼む」

宰平は頭を下げた。

「叔父さん……」

貞剛は、あまりに真剣な宰平の姿に心を強く動かされたが、返事に窮していた。

隣に座る梅を見つめた。梅は、貞剛と視線を合わせ、穏やかに微笑んでいるだけだった。

6

貞剛は、明治十年（一八七七年）九月、大阪上等裁判所判事に命じられた。しかし翌明治十一年（一八七八年）の暮れ、一身上の理由という名目で辞表を提出した。それは受理され、明治十二年（一八七九年）一月二十一日付けで免官となった。

そして同年二月四日、貞剛は住友に入社したのである。

貞剛の入社辞令書には、重任局を申しつけるということが記載されていた。月給は四十円だった。

「あらら、あなた給料が半分以下になりましたわよ」

梅はそれをまじまじと見つめ、深くため息をついた。

そのとき、梅は一男一女の母となっていたのである。

第六章　本店支配人

1

なぜ、命を懸けて国家のために尽くそうと誓っていたのに、官を辞することになってしまったのか。

貞剛《ていごう》は、住友本店の執務室で自問自答していた。

明治十二年（一八七九年）二月、三十三歳での人生の転機だった。同年五月には住友本店支配人に任じられ、二等社員から一等社員にもなった。

叔父の広瀬宰平《ひろせさいへい》のお陰で厚遇されていると感じる。いささか給料も上がり、梅の表情が和《やわ》らいだのには安心したのだが、あまり厚遇されすぎると、他の社員のやっかみを受け、居心地が悪くなってしまうのではないかと懸念しないでもない。

——お前が自分の甥《おい》だから住友本店支配人にするわけではない。官の世界で出世したその能力は、今の住友にはない。これから多くの官出身者を迎え入れたいと考えている。そのための試金石《しきんせき》だと思ってくれ。

宰平の言い分だが、それをそのまま素直に受け取るわけにはいかないだろう。

宰平は、思っていた以上に住友で力がある。

明治十年（一八七七年）二月十日に、宰平は十二代当主友親《ともちか》によって総理代人に任じられ、事業に関する一切の権限を委任されることになった。この職務は、後に総理事と改称されるが、所有と経営の分離ということである。

友親は住友の所有者、いわゆるオーナーであるが、経営の実務一切は宰平が執り仕切ることになる。

オーナーである友親は、君臨すれども統治せずという立場になったわけだが、これは住友が近代的な経営形態に移行する第一歩だった。

宰平は、住友の経営を近代化するにあたって古くからいる幹部たちを排して外部から人材を採用し、また若く優秀な店員（社員）を抜擢《ばってき》しようとしていた。貞剛は、その第一号というわけだ。

――叔父宰平は、実力が他の使用人と比べて抜きんでているため総理代人になったのだが、自分はそうではない。まだ住友に何も貢献していないし、実力を示せたわけではない。ただ官の世界でそれなりに出世を遂げたというだけで、それが住友の役に立つかどうかはこれからの働きにかかっている。謙虚でないといけない。叔父宰平の虎の威を借る狐にはならぬように、あるいはそう見られぬように振る舞いを律せねばなるまい。

貞剛は、官を辞するにあたって帰郷したときに、師である西川吉輔《にしかわよしすけ》に相談をした。吉輔は、貞剛に国家という観念を教授し、官の道に誘ってくれた恩人だ。その道を辞する際に相談をするのは当然のことである。

維新後の吉輔は、神道の普及に尽力していた。明治七年（一八七四年）三月三十一日、日吉《ひよし》神社の大宮司《だいぐうじ》に任じられていた。

日吉神社は、近江国《おうみ》（滋賀県大津市）にあり、日吉大社とも言う。また全国の日吉神社、日枝《ひえ》神社など大山咋神《おおやまくいのかみ》などを祀《まつ》る山王《さんのう》神社の総本宮であり、政府が定めた官幣《かんぺい》大社二十二社の一社という格式の高い神社である。

この大宮司という職務は、手練手管を弄《ろう》する政治的駆け引きを担うより、純粋に天皇を中心とした国家を造らねばならないと考えていた吉輔に最もふさわしい仕事だと言えた。

また社格の最高位の官幣大社の神官最上位である大宮司職は、町人出身である吉輔にとって満足すべき出世だった。

実は、明治政府の宗教政策は政府樹立当初のものから大きく変化していた。

当初は、宗教を司《つかさど》る神祇官《じんぎかん》が、行政の中心である太政官《だじょうかん》よりも上位にあり、完全な祭政一致政権だった。

しかし、しばらくして神祇官が廃止され、神祇省、そして教部省と変遷する過程で神職は太政官の傘下に置かれるようになった。

形式上は西欧各国に倣い政教分離の方向となったのだが、実態は教部省を通じて国家神道を国の隅々にまで浸透させるのが狙いであった。国家の中心に神道を置く、すなわち天皇を中心とした国家神道で国民の精神面を統治しようという政策を遂行していたのだった。

吉輔は、教部省に所属し、大宮司という職務を担いながら神道を国民に浸透させるという役割を担っていた。

貞剛は、日吉神社に向かった。

鳥居を潜《くぐ》り、森閑《しんかん》とした森に囲まれた豪壮な社殿に迎えられると、自ずと身も心も引き締まる思いがする。

吉輔は、本殿の前で神官の正装で立っていた。

官の世界で立派に身を立てた愛弟子《まなでし》を迎えるにあたって、吉輔は余程嬉しかったのだろう、表情は崩れていた。

「ご無沙汰《ぶさた》しております」

貞剛は、深く頭を下げた。

「いえいえ、こちらこそ吉武《よしたけ》のことでは世話になりました」

吉輔も低頭した。

実は、吉輔の養嗣子《ようしし》吉武は、近江国八幡で営んでいた肥料商、干鰯《ほしか》問屋の家業が傾き、単身で蝦夷地（北海道）に渡り、貞剛の世話で函館裁判所に勤務していたのだが、明治九年（一八七六年）に享年三十四という若さで急死してしまったのである。

「蝦夷地は寒うございます。私も先の妻を亡くしましたが、暮らすにはなかなか大変でございます。吉武さんには申し訳ないことをいたしました。残された奥様やご子息吉之助さんのことは、私が責任をもってお世話したいと思います」

貞剛は、吉武の遺族の世話を約したのである。

「本当にかたじけなく思っております。貞剛殿は、この度は大阪の裁判所に栄進されたとのこと、まことに喜ばしく思っております」

吉輔の言葉に貞剛は表情を曇らせた。

吉輔は、その変化を見逃さない。

「何か屈託《くったく》があるのですか」

貞剛は、まっすぐに吉輔を見つめた。

「実は、官を辞そうと考えております」

鎮守の森に鳥の声が響く。

吉輔は、沈黙したままじっと貞剛を見つめている。

「辞した後は、どうするか考えておりますが、叔父の宰平が住友に来いと申してくれております。宰平が申しますには、住友でも国家に尽くすことができると言うのです」

貞剛は、目を伏せた。

「官は、乱れておりますな。御一新で国を造った際の純粋さが失われております。それに絶望されましたか」

吉輔の問いに、貞剛は顔を上げた。

「先生から法の支配が国を造ると教えられ、江藤先生にもお会いしました。素晴らしい方でした。ところが乱の首謀者として、法の裁きも受けず、打ち首となり、その首を晒されるという無慈悲な、辱《はずかし》めをお受けになりました。江藤先生のこれまでの貢献を考えれば、納得できないことです。西郷先生も乱を起こされましたが、辱めを受けることがないよう、その首は今も隠されております。政府の腐敗に対する無念の思いで、その霊魂は今も漂われておられることでしょう」

「確かに薩長、特に長州閥の腐敗は目に余ります。あなたが官に絶望されるのもわかる気がします。私も同じ思いを抱き、この国が心を失わないように神道の普及に努めることにしたのです。貞剛殿がどのような道を選ばれようとも、その道はこの国に貢献することでしょう。迷わず自分の道を進まれればよい。信じる道を行かれなさい。道に志《こころざし》し、徳に拠《よ》り、仁に依《よ》り、芸に游《あそ》ぶと申します。貞剛殿が志された道を歩まれれば、必ずや悠々たる人生を全《まっと》うされます」

吉輔は、『論語』の述而《じゅつじ》第七篇にある「道に志し、徳に拠り、仁に依り、芸に游ぶ」という言葉を示して貞剛の決断を後押しした。

この言葉は、孔子の理想像である。

道を志し、徳を極めれば、それは思いやりの仁となり、やがて芸を楽しめば、迷うことなく生きることができるという意味だろう。

芸に游ぶとは、君子はいろいろな芸を身につけ、楽しむのがよいという解釈もあるが、貞剛には、迷わず自分の道を歩めば、まるで芸に遊ぶように楽しみながら道を違《たが》うことがないという、吉輔の激励に思えた。

「私は、官の道を全うできませんでした。今度は実業界に身を投じようと思いますが、実業界は利益、すなわち金儲けが目的になります。そちらも私には向いているかどうか……」

貞剛は苦笑した。

「ははは」吉輔はおおらかに笑い、「ご心配は無用でしょう。住友はその祖を仏教者でもある文殊院政友《もんじゅいんまさとも》としておられます。もともとは仏の道を広めるために商売をなされたと聞いております。それに、中国の『礼記《らいき》』にある『報本反始《ほうほんはんし》』という考えを大切にされています。すなわち天地、祖先に感謝し、いつでも物事の最初、根本に思いを致すことを心がけた経営を為されているそうです。ただ単に金を儲けるだけでは、これほど長く住友が続くわけがありません。安心して、ご自分の役割を果たされればよろしいでしょう」

貞剛は吉輔の言葉に勇気づけられ、迷いを振り払い住友に入社する決意を固めたのである。

吉輔は、貞剛が住友に入社した翌年、明治十三年（一八八〇年）に死去した。それはまるで愛弟子貞剛が、住友という自分の道を見つけたことを見届け、安堵したかのような死だった。享年六十五。干鰯《ほしか》問屋という商家に生まれながら、尊王《そんのう》攘夷《じょうい》に奔走《ほんそう》した疾風怒濤《どとう》、かつ自分の思い通りに生きた見事な人生であった。

2

住友は別子《べっし》の銅と共に生き、発展してきた。

別子や各地の銅山から大坂長堀（鰻谷《うなぎだに》）の本店にある、吹所《ふきしょ》、すなわち精錬所に粗銅《あらどう》が集められ、そこで精錬され、銀を含むものは南蛮吹きで銀が取り出される。これらは棹銅《さおどう》、丁銅《ていどう》、丸銅などの型銅に加工され、国内外に出荷されるのである。

この仕組みは、長く変わることなく続けられてきたのだが、宰平の尽力により、銅山経営を明治政府に接収されるという危機を乗り越えて以来、近代化が進められてきた。

フランス人の鉱山技術者ルイ・ラロックを雇い入れ、別子銅山の近代化計画である銅山目論見書《もくろみしょ》を作成させたり、彼の通訳であった塩野門之助《しおのもんのすけ》をフランスに留学させたりしただけではない。

まず宰平は、住友本家の機能を三分割したのである。

本家には、当主一家の住まい、本店組織、そして吹所、すなわち精錬所としての機能があった。

一つの場所に三つの機能が集中していることにいろいろな不都合を覚えた宰平は、長堀鰻谷の本店を当主一家の住居だけにし、本店組織の機能は、水運の便が良い川口地区富島《とみしま》に移転した。

これは宰平の深謀遠慮という一面もあった。すなわち経営と資本を明確に分離するためには、当主の住居と経営の中心となる本店機能を分離した方がいいというわけだ。この考えは、宰平の頭の中だけに仕舞っていたが、当主友親は薄々感づいていた。しかし総理代人として経営を任せた以上、宰平のやることには口を挟まなかった。

次に吹所、精錬所を別子銅山の北にある立川《たつかわ》に移転することに決めた。ここは産銅の運送拠点である新居浜《にいはま》に近い。ここに精錬所を造れば、別子銅山から産出した銅を地元で精錬することができ、生産効率も高いと考えられたからだ。この立川精銅所は明治二年（一八六九年）に完成した。

このとき、鉱山経営の最大の課題に「水抜き」があった。間符《まぶ》と言われる坑道は、地下数百メートルまで掘り下げる。そのためどうしても水が溜まってくるのだ。これを抜かねばさらに地下へと掘り進むことができない。

水引《みずひき》という排水を専門とする職人が、箱樋《はこひ》と呼ばれる木製のポンプを操作し、水をくみ上げる。

坑道の暗闇の中、螺灯《らとう》というサザエの貝殻に鯨油《げいゆ》を入れ、それに燈心《とうしん》を挿《さ》し、火を点《つ》けただけのほのかな明るさの中での作業だ。

地下数百メートルの深さから、何人もの水引が地上に向かって数珠《じゅず》つなぎになっている。一人が箱樋を動かし、水を吸い上げ、一旦、貯水槽に溜める。そこに次の水引が箱樋を操作し、水をもう一段上の貯水槽に引き上げる。

こうして何十人もの水引が延々とつながることで地下の水を地上に運び、排水するのだ。気の遠くなるような作業である。しかしこれを怠ると坑道の掘削を進めることはできないし、坑夫たちの命にかかわる事故が発生する。

これまでも別子銅山は突然の湧水に見舞われ、坑夫が亡くなったり、掘削の中断を余儀なくされたりした。鉱山は水との闘いと言われる所以《ゆえん》である。

宰平は、「水抜きができなければ我が鉱業は将来必ずや水のために廃業の不幸を免《まぬが》れざるなし」と言い、別子銅山から新居浜の反対側、東南の方向に流れる銅山《どうざん》川《がわ》に坑道からの水を流す疎水《そすい》を造ることにした。

銅山川のこの辺りは、悪《あ》しき谷の意味も込めて足谷川《あしたにがわ》と呼ばれていた。

実は、この疎水、小足谷疎水道は元禄《げんろく》十二年（一六九九年）に第一回目の着工が行われたが、あまりの困難さに中断、そして寛政《かんせい》五年（一七九三年）、約百年後に再開された。ところが一六六メートルでふたたび中断を余儀なくされた。

中断の理由は、農民からの強い反対だった。

銅山川は、四国山脈を流れ、徳島県阿波《あわ》地方の吉野川へと流入している。吉野川流域は四国でも一大農地が広がっている。ここで農業を営む農民たちから、「銅山の鉱毒水を流されたらどれだけの被害が出ることか。中止せよ」との反対が広がったのである。

執念ともいえる約百年を経ての工事再開だったが、住友としてはまたしても工事を中断せざるを得なかった。

しかし宰平は、水抜きなくしては銅山経営はできないとの強い信念で明治二年(一八六九年)に工事再開を決断した。

課題は、下流域の農民たちに鉱毒水の被害を及ぼさないことを約束しなければならないことだった。

宰平は、社員を工部省に派遣し、鉱山からの水に含まれる鉱毒を取り除く方法を研究させ、イギリス人技師の指導を受け、鉱毒を沈殿させ、除去する収銅所を造った。

大きな沈殿槽を幾つも作って坑水を溜め、そこに鉄棒を投入することで溶けだした鉄と銅が反応し、沈殿し、沈殿銅となる。坑水に含まれた銅が沈殿することで鉱毒が取り除かれた上澄みの水を、疎水道を通じて銅山川に流すことができる。

この小足谷疎水道は、明治十九年(一八八六年)十一月十三日に完成するが、貞剛が住友に入社した頃には全長八六四メートルのうちの約八〇%が完成していた。

もう一つ、難工事を宰平は行っていた。牛車道《ぎゅうしゃみち》の普請だ。

別子銅山が繁栄するにしたがって多くの人が働き、居住するようになった。常時居住する者は四千人以上で、日中人口は一万人を超えるようになっていた。

彼らに日々提供する食料や日用品を別子銅山に運び込まねばならない。また産出し、粗く精錬した粗銅を港まで運ばねばならない。

別子銅山は海抜一二〇〇メートル以上の高地にあり、周囲も千数百メートルの山々に囲まれている。道は作られているが、平坦ではなく、山の斜面を縫う道は長く勾配《こうばい》もきつい。

この道を重い荷物を担いで行き来しているのは、仲持《なかもち》と言われる人々だ。彼らは背負子《しょいこ》という道具に男は四五キロ、女は三〇キロの荷物を背負う。

別子銅山の最初の坑道歓喜坑《かんきこう》が開坑したのは、元禄四年（一六九一年）のことである。

当初は、粗銅は新居浜の東にある土居町天満浦から大坂に送られていた。当然、別子銅山への食料などもここから運ばれていた。

この仲持道には、西条《さいじょう》藩領の立川銅山があるため、これらを避けるように赤石《あかいし》山系の東側を通ることを余儀なくされていた。

天満浦から浦山までの一二キロを馬荷で運び、そこから一二百メートルほどの高度にある小箱越を経て、別子銅山に至る二三キロを人力である仲持が歩く。仲持の人数は五百名から六百名ほどいたというが、運搬道を延々と仲持の列が続いたことだろう。

住友は、もっと近い道の開発を模索し、西条藩内を通過できるように交渉を続け、元禄十五年（一七〇二年）には別子銅山から雲ヶ原、石ヶ山丈《いしさんじょう》など赤石山系の西側を通り立川中宿に至る一二キロは仲持が運び、そこから新居浜までの六キロを馬荷で運ぶようになった。

運搬道の距離が短縮され、別子銅山の業務の効率化が大きく進んだ。また新居浜から大坂へ粗銅を運ぶことができるようになり、住友はここに浜宿《はまやど》という口屋《くちや》（事務所）を開設し、粗銅搬出の事務や物資の集積地とした。これが契機となって、新居浜が住友の街として発展していくことになる。

その後も住友は仲持道の短縮化に努め、寛延《かんえん》二年（一七四九年）に西条藩内の立川銅山を吸収合併すると、別子銅山から海抜一二九四メートルもある銅山越と言われる峠を一気に越え、東平《とうなる》を経て立川中宿に至る六キロを仲持、そこから新居浜口屋までの六キロを馬荷で運ぶようになった。

当初の仲持道二三キロ、馬荷で一二キロの計三五キロが、仲持道六キロ、馬荷で六キロの計一二キロになり、約三分の一に短縮されたのだ。

しかし、運搬道は短縮されたが、仲持という人力に頼っているという問題点は解決されなかった。また運搬に数日かかることもあり、事故なども多発していた。住友にとってこの運搬の効率化は、最重要の経営課題だった。

宰平は、この問題にも取り組んだ。明治九年（一八七六年）に着工し、明治十三年（一八八〇年）には別子銅山から銅山越、石ヶ山丈、立川中宿、新居浜口屋の三九キロの牛車道を開設した。山中の急勾配を避けるため距離が長くなり、片道二日、往復四日を要する行程となったが、人力から牛車に変え、運搬する量は飛躍的に増大する一大改革だった。

宰平は使用する牛を故郷近江から取り寄せた。数十台の牛車がぎいぎいと車をきしらせる音は、別子の風物詩となった。

またこの牛車道の完成で途中の立川、石ヶ山丈などに宿場が形成され、銅山周辺の発展に寄与することにもなった。

別子銅山では、三工程で粗銅生産が行われる。木方と吹方に分かれ、粗銅が生産される。木方は焼鉱《やき》、吹方は製銅を行う。

ここで別子銅山の生産工程を簡単に説明すると、まず坑夫が鉱石を掘り、それを負夫《おいふ》が鋪《しき》（坑道）から運び出す。それらを金場《かなば》という選鉱場で砕女《かなめ》という選鉱婦が銅の含有量、すなわち品位約八％以上の物を選び、それを約三センチ程度に細かく砕く。

これを焼窯《やきがま》に入れる。薪《まき》と砕いた鉱石を敷きならべ、三十日から六十日間、蒸し焼きにして鉱石中の硫黄分を取り除く。これによって銅、鉄、石英、少量の硫黄を含む焼鉱になる。ここまでが木方の作業であり、銅鉱石一三三〇キログラムと薪五三〇キログラムで焼鉱一〇〇〇キログラムが得られる。

次は吹方の作業に移る。焼鉱に珪砂《けいしゃ》を混ぜ、吹床《ふきどこ》と呼ばれる溶鉱炉に入れ、木炭で加熱、溶解する。吹床の中で鉄分は珪酸《けいさん》と化合して珪酸鉄となって比重が軽いために浮き、炉の上部から流れ出る。これを鍰《からみ》という。鉄分の多いカスである。

一方、銅分を多く含んだ硫化銅は炉の底に溜まる。これは水で冷却すると皮状に固まるので鈹《かね》と呼ばれる。鈹は、銅分を三五％から四〇％含む。

この鈹を吹大工が火箸で一枚一枚剝ぎ取る。後には鍋尻《なべじり》という床尻《とこじり》銅が残る。これは銅分が土中に沈殿したものだ。

鈹をふたたび珪砂と混ぜ、間吹炉《まぶきろ》という二番吹きの工程に移る。木炭で加熱すると、硫黄分は亜硫酸ガスとして蒸散し、鉄分は、珪酸鉄となって除去され、銅分九七％の粗銅、すなわち荒銅《あらがね》が得られる。

焼鉱四〇〇〇キログラムと木炭一〇〇〇キログラムから鈹一〇〇〇キログラムが得られ、鈹二八五〇キログラムと木炭二〇〇〇キログラムから荒銅一〇〇〇キログラムが得られる。

この方式を和式精錬と言う。

ここまでを別子銅山で行い、荒銅は新居浜から大坂鰻谷精錬所に送られていたが、宰平がそれを廃止して立川に精銅所を造ったため、そこでふたたび間吹炉にかけられ不純物を除かれ、純度九九％の精銅になる。銀を多く含む荒銅は南蛮吹きにかけられ、銀を取り除かれる。こうして出来た精銅は、輸出用の棹銅、国内向けの丸銅、丁銅に加工鋳造され、大坂や神戸から各地に運ばれていったのである。

宰平は、東延《とうえん》近くの足谷川沿いに明治十三年（一八八〇年）、荒吹炉二基、真吹炉一基の高橋《たかはし》精錬所を建設した。ここは従来の吹子《ふいご》ではなく送風機を備えた洋式精錬所だった。

ところでここまでの説明でもわかるように、銅の精錬は大量の木材を消費する。また精錬過程で発生する亜硫酸ガスは木々を枯らす。そのため天然の原生林だった赤石山系の山々は、赤茶けた土がむき出しとなったはげ山になってしまった。この結果、山の保水力は失われ、度々、別子は土砂崩れなどの災害に見舞われることになる。

さらに宰平は、明治九年（一八七六年）に東延斜坑の掘削に着工した。これこそラロックの最大の提案だった。

日本の鉱山は従来、鉱脈に沿って掘っていったため、不規則に曲がり、迷路のようになっている。そのため水平のところは這《は》って進まねばならない。これでは非効率極まりない。

ヨーロッパの多くの鉱山は竪坑《たてこう》を掘り、竪坑を水平坑でつなぎ、そこにトロッコを走らせ、鉱石を運び出す方法を採用していた。この方法は排水や通風にも有効だった。

ラロックは、別子銅山の鉱脈を調査し、斜めに鉱脈が続いていることを発見し、東延の鋪口（坑口）から斜めに斜坑を掘削することを宰平に提案した。宰平は、これを西洋人の手を借りずに日本人だけで開削し始めたのである。

このように貞剛が住友入りした頃には、宰平は別子の申し子から、別子と住友のナンバーワンの支配者となり、次々と近代化施策を進めていた。

貞剛が、別子銅山の経営に口を挟む余地などなかったのである。

3

「貞剛、期待しているぞ。私の補佐を務めてくれ。住友は私がいる限り安泰だ」

総理代人室で宰平は、部屋に響くほどの大声で言った。

「はい、どれほどの力になれるかはわかりませんが、住友のことをよく学び、務めさせていただきたいと思います」

貞剛は、叔父とはいえ、自分の雇い主である宰平に丁寧に頭を下げた。

「あまり堅苦しく考えなくともよい。叔父、甥の関係でもある。『命《めい》に逆らいて君を利する、これを忠と謂《い》う』という言葉を知っているだろう」

「はい、存じ上げております」

――逆命利君、謂之忠。中国の古典、『説苑《ぜいえん》』に出てくる言葉だ。

上司や主君の命令であっても、あるいは国家の命令であっても、それが主家や国家のためにならなければ逆らうことが本当の忠であるという意味だ。

その反対は、「従命病君、為之諛」（命に従いて君を病ましむる。これをへつらいとなす）である。

「私はこれを信条としている。実は、孫子《そんし》も同じように、戦場で戦う将帥《しょうすい》は、『君命に受けざるところあり』と言っている。君主の命令に唯々諾々《いいだくだく》と従っていたら戦《いくさ》に負けるということだよ」

「私も裁判所ではそのような考えで勤務しておりました。なかなか難しいことです。自分の欲得を考えていてはできることではありません」

貞剛は、裁判所勤務時代に大木司法卿に直言したことなどを思い出していた。

「貞剛の言う通りだ。実は、私は当主……今は家長と呼んでいるが、その家長に命懸けで諫言《かんげん》したことがあるんだ」

宰平は、苦笑とも苦痛とも表現しがたい表情になった。

「穏やかでありませんね」

貞剛は柔らかく微笑んだ。

「私は現在の友親様まで四代の当主にお仕えしているのだが、皆さま、どういうわけか酒好きであり、ご趣味に興じる方々ばかりである。かつて住友家が幕府の銅座に支払う金がなくなってしまって、すわ、倒産かという事態になって初めて仕事に少し身を入れられた友視《ともみ》様のような方もおられたがな」

宰平は昔を思い出したのか、目を細める。

貞剛は、無言でじっと耳を傾ける。

「先代の友訓《とものり》様には家業に精を出してほしいと文《ふみ》を送ったこともある。そして我が住友の最大の危機にも家長友親様は的確な判断をされなかった。明治の新しい時代になった頃のことだ。銅会所の小山雄右衛門という者がやってきて、たかだか十万円で別子銅山を売らんかという話を持ってきた。たかだか十万円だぞ」

宰平は怒りに顔を赤らめた。「その頃、住友は借金で苦労をしていたんだ。毎日、本店の重役は金策に走り回っていた。友親様はそれを知っていても見て見ぬ振りだった。それでこの際、これほど金策に苦労するなら別子銅山を売ってしまおうという考えに傾かれたのだよ。馬鹿なことだ」

宰平の話に力がこもり始めた。体がいくらか震えているように見える。最大の危機のことを思い出して体の中から興奮し始めているのだろう。

「叔父さん、いえ総理代人がそれを阻止されたのですね」

「叔父さんでいい。今日はな」宰平がじろりと目を剝《む》いた。「私は友親様に諫言した。まさに逆命利君が忠義の道だと思ってな。馘《くび》になってもいいと思った。命を懸けた。——友親様、住友は別子銅山のお陰で百八十年近くやってこれているのです。唯一無比の財産であります。それをたかだか十万円で売ってしまうなどということは承服できませせぬ。別子銅山がなくなったら住友はただの銅吹き屋になってしまいます。五千人以上のお山で働く者たちを如何《いかが》なされるおつもりですか、とな」

「友親様はどうなされたのですか?」

「ええようにせえ、と言われて奥に引っ込んでしまわれたわ。呆《あき》れたもんやった。それからなんとか協議に協議を重ねて、どうにか売却を阻止したのだ」

明治九年（一八七六年）には宰平は住友家の当主を家長に改称し、また同年八月には「本家第一之規則」十か条を定め、友親の名前で発布した。

その第二条で「予州（伊予《いよ》国＝愛媛県）別子銅山の鉱業は重大にて、万世不朽我所有する不動産にて他に比すなく、後来の利害得失を謀《はか》り、勉励指揮すること」と規定した。

よもやこれからどのような事態が起きようとも別子銅山こそが住友であり、売却などもってのほかであると謳《うた》ったのだ。これこそが宰平の思いだった。

住友家ではなく、別子銅山こそが万世不朽であると強調したのだ。

「大変な時代をよく切り抜けられましたね」

貞剛は、宰平の胆力に感心した。とても自分の比ではない。

「とにかく友親様は趣味人でおられてな。事業より茶道具に凝《こ》られて、ほとほと困っている。とにかく私が総理代人になった以上は、倹約もしていただき、経営には一切、関与させない。それが住友を安泰にさせる道だ。家長はシャッポでいいのだ」

宰平は強く言いきった。

シャッポとは、帽子のこと。宰平は、家長は、宰平の頭の上にちょこんと乗る飾りでよいというのだ。

「シャッポですか」

貞剛は、呆れる気持ちになった。この考えは、住友という家の存続に苦労している宰平の立場を思えば、理解できないことではない。

しかし貞剛は違和感を禁じ得なかった。十代の頃より、天皇を中心とした国を造らねばならないと尊王を掲げて命を懸けて奔走してきた。京で朝廷を護り、函館の裁判官にもなった。これらのことは全て天皇を中心に、法が支配する、人々が安心して暮らすことができる国を造らんがためだった。

ありていに言えば、天皇が宣言された五箇条の御誓文の精神を実現しようとするものだった。

住友にとって天皇の位置にあるのは家長だ。これをただの飾りとは……。国家で言えば、天皇をただの飾りにするようなものだろうか。

明治政府の重鎮たちはどのように考えているかはわからないが、貞剛のように実際の場で国造りに命を懸けた者にとって天皇は唯一無二の存在だった。

――品川殿は、どう考えておられるかな。

錦の御旗《みはた》を考案した品川弥二郎のことを思い浮かべた。

品川は、ドイツ留学から明治九年（一八七六年）に帰国し、内務省官僚になり、国の本は農業にありとの考え方を強くし、農政の分野で活躍していた。

「住友の家を強くするには、近代的な経営をする必要がある。かの石田梅岩《いしだばいがん》でさえ、家長がその任に堪《た》えぬときは押込隠居させ、番頭が経営すべしと言っているではないか。江戸時代でさえ、そういう考えがあったのだ。だから私は『本家第一之規則』の第十条において『嫡子《ちゃくし》の者、不学にて家政を体認せず、放逸《ほういつ》に過る時は、嫡子たるの権を奪い、次男、次女にても相続すること』と規定したのだ」

宰平は、自分が行ってきた住友の改革について、唾を飛ばさんばかりに熱く語った。

貞剛という自慢の甥に、如何《いか》に自分が住友に貢献してきたか理解してもらい、もしも自分の後を継ぐだけの力量があれば、その際には改革を忘れるなとでも言いたげだった。

それにしても住友家の嫡子が家長にふさわしくないときは、辞めさせてもよいと定めるとは、なんという激越さだろうか。貞剛は驚きを禁じ得なかった。

――とても真似できるものではない。

貞剛は、宰平の住友家改革を十分に支えることができるか、宰平について行けるか、やや不安を覚えないでもなかった。

「私が叔父さんの期待に応えられるかどうか、ちと心配です」

貞剛は寂しそうに口角を歪めた。

「私は、貞剛が入社してくれたことが何よりもうれしい。これがどれだけ住友に貢献することか、気がついているか？」

宰平が、燃えるような目で貞剛を見つめる。

「叔父さんの改革は政府以上です。政府も当初は改革に燃えておりましたが、いつの間にか停滞、堕落《だらく》してしまいました。内部では政府の私物化とでも言うべき汚職が蔓延《まんえん》しています。官僚たちの猟官運動も目に余ります。正直に申し上げると、そうした状況に嫌気がさしたことが官を辞するきっかけとなりました。自分の理想と、目の前の現実との齟齬《そご》に苦しんだ結果です。官で自分の理想を実現できなかった自分が真に住友の役に立つのかどうか……心もとない限りであります」

貞剛は静かに言った。

「本当に貞剛は真面目だのう。姉上とそっくりであるな」宰平は陽気に笑う。「大阪上等裁判所の判事にまで昇進した貞剛が入社してくれたことで、住友の人材が大きく変わることになるんだ。私はどんどん貞剛のように官で活躍した人材を入社させようと思っている。我が住友では、『子抱《こがかえ》』と言って、私のように『子供』と言われる幼い頃から奉公に出て、やがて年功で『仲間《ちゆうげん》』『小者《こもの》』という手代《てだい》に昇進していくことになっている。奉公人の心得では年功ばかりではなく能力も重視することにはなっている。最も評価の対象になるのは、主人に対する忠誠心ではあるがな。私のように諫言ばかりしている者は、いくら逆命利君といえども煙たい存在じゃ。ははは」宰平は大きく口を開けて笑った。「しかし、私はこの『子抱』制度を廃止したんだ。それは知っておろう」

「はい。存じ上げております」

宰平は明治五年（一八七二年）三月に、別子銅山において月給・等級制、能力主義の採用を宣言、翌年三月に実施した。これを契機にして明治八年（一八七五年）には「子抱」制度を廃止した。宰平の考えは、能力の有無は子どものときに見極めるのは難しい。ただ家長にへつらうのみで無能頑愚《がんぐ》な者を増やす可能性が高いというのだった。

「鼻汁垂れも次第送り」という言葉がある。年功でのみ昇進していく「次第送り」を皮肉ったものだ。この仕組みを打破することが宰平の強い望みだった。年功で出世した無能な重役に仕えた苦労に、ほとほと嫌気がさしていたのだろう。

そしてまるでとどめを刺すように、宰平は総理代人に就任した明治十年（一八七七年）に「老朽淘汰、下級店員の抜擢、新人物の重用」という人事方針を打ち立てた。

「私は、『今日文明開化の域に至り、無能頑愚の者、上等に座し、その権を振るい候《そうろう》謂《いわ》れ、これ無き候事』と重役を前に言ってやった。皆、目を白黒させておったわ。住友を発展させるためには『仲間・小者』からも抜擢する、出来ない奴は落とす、外部から貞剛のような人材を連れてくる、これくらい大胆に人事を動かさねば、住友の発展はない」

宰平が次々と打ち出す改革に動揺し、戸惑う重役たちの姿が貞剛の目に浮かんだ。

「まさに五箇条の御誓文にあります『官武一途庶民に至るまで、各《おのおの》その志を遂げ、人心をして倦《うま》ざらしめんことを要す』ですね」

「その通りだ。人事の停滞が住友の発展を阻害する。だから貞剛の入社を知って、我も我もと有為な人材が住友に押し寄せてもらいたいのだ。貞剛も良い人材がいたら、どんどん連れてきてもらいたい」

貞剛は、宰平の自分への期待をひしひしと感じながらも、別の思いにふけっていた。

自分はまだ住友でなんの実績もない。社員たちは、自分にどれだけ実力があるかと、お手並み拝見という態度をとるだろう。

いきなり本店支配人になったことも嫉妬《しっと》されるに違いない。今や絶対権力者になった宰平の甥という縁故がなければ、この地位を与えられることはない。

——謙虚でなければならない。

貞剛は、胸の内でふたたび自分に言い聞かせた。

「貞剛には本店支配人になってもらう。私の補佐として全住友の経営を引き受けてくれ。ただし別子銅山など本業については、私がいるから煩《わずら》わせることはない。貞剛には財界活動を手伝ってもらいたい」

「財界活動ですか？」

「そうだ。今、私は大阪の経済界からいろいろな頼みごとをされて、それに時間を割かれて、住友の経営に専念できない。例えば大阪商法会議所や大阪株式取引所の設立に忙殺されている。それぞれ副会頭などに就任しているんだよ」

宰平は、さも嬉しそうに指を折った。住友での地位を盤石《ばんじゃく》にしたため、外での活動に時間を割けるようになったことが自慢なのだ。

別子銅山に九歳で入って以来、よくぞここまで成り上がってきたものだという感慨深い思いなのだ。

「わかりました。務めさせていただきます」

貞剛は慇懃《いんぎん》に頭を下げた。

宰平は、住友の経営を近代化するために改革を大胆に進めている。これは住友に長年奉職している宰平だから可能なことだ。

住友のことは宰平に任せればよい。自分はじっくりと宰平の仕事ぶりを眺めておこう。とりあえず宰平から求められることを着実にこなしていくことだ。

ふいに心が総理代人室を離れ、吉輔に乞われて京へ旅立った二十二歳の頃へと飛んだ。

母田鶴《たづ》の見送りを、心を鬼にして振りきった。もしかしたら二度と母に会えないかと思うと涙が止まらなかった。それでも国造りに命を懸けねばならないと思った。

――あれから十年か。

自分は官では挫折した身だ。そのことをしっかりと自覚せねばならない。その上で青年の頃の理想を今一度、取り戻し、それを果たさねばならない。

自分の理想とは、なんであったか。それは全ての人が法の下に平等で平穏に暮らせる社会を造ることだ。それは自らも、そして社会にも「仁」を根づかせることだろう。「仁」すなわち他者への慈《いつく》しみ、それこそが自分に課せられた職務というものだろう。

貞剛は、官での暮らしからもわかるように、自分は他人を押しのけて出世や名誉、金銭欲を追求する人間ではないと理解していた。そのようなものに価値を見出さない。職を通じて、自分の人間性を高める方に価値を見出す人間なのだ。

――宰平は住友という社会を変えていく。そこには軋轢《あつれき》も確執も起きるだろう。自分はそれらを「仁」で平らかにしていく。そして理想社会を住友に築いていく。それが期待される役割かもしれない。

「なにをぼんやりしている。官と商人は天と地ほどの違いがある。戸惑うこともあるだろうが、思い通り好きにやってくれ。貞剛の後ろには私が控えているからな。とは言うものの私に非があれば容赦《ようしゃ》なく諫言してくれ。逆命利君、これを忠と謂うだからな」

宰平は剛毅《ごうき》に笑った。

「承知しました」

貞剛も笑みを浮かべた。

「とりあえず、すぐに友親様と一緒に別子銅山を視察してきてくれ。祖業がどんなものか、その目で見てきてくれ」

宰平は命じた。

貞剛は、早速の別子銅山行きに心を弾ませた。そしてそれが家長友親に同行する形であることも嬉しく思った。友親と同行することで、その信頼を勝ち得るようにとの宰平の配慮に感謝したのだった。

4

貞剛は、住友が用意した汽船で尾道《おのみち》港を出港し、瀬戸内海を新居浜まで航海する。汽船を接岸するのは新居浜の沖合にある御代島《みよ》だ。新居浜は遠浅で汽船が接岸できないため、住友が御代島に港を造った。ここからは艀《はしけ》に乗り、新居浜へ行く。

「伊庭さん、デッキに出てみましょうか。四国の山が見えますよ」

家長友親が親しげに話しかける。

十二代住友家家長だ。すらりとした細身で、なで肩の体つきは上品な印象を与える。顔つきもつるりとしたうりざね顔で額が広く、鼻筋もきれいに通っている。

――宰平叔父とはえらい違いだ。

顎《あご》の張った顔立ちで太い眉の下に鋭い目を光らせ、髭《ひげ》を蓄えた宰平の顔を思い浮かべておかしくなった。この優しげな顔立ちでは宰平に対抗することはできないだろうと思ったからだ。

貞剛は、友親に誘われるままデッキに出た。

「あれが四国山脈です」

友親が指さした。

「おお」貞剛は感嘆の声を発した。驚くほど山が近い。海岸からまるで屏風《びょうぶ》でも立てたかのように一気に高い峰が連なっている。

「赤石山、黒森山、笹ケ峰……。どれもこれも一六〇〇メートルから一八〇〇メートルの山々です。あの向こうにも一〇〇〇メートル級の山々が幾重にも連なっているのです」

友親は懐かしいものでも見るように目を細める。

「こんなに山が高く、かつ近いと思いませんでした」

汽船が近づくにつれ、山々が貞剛に覆いかぶさるように迫ってくる。あの山の頂《いただき》近くに別子銅山があるかと思うと、その峻険さに身が縮む思いがする。

「うちにはタヌキがいましてね」

友親が愉快そうに言う。

「タヌキですか？」

つられて貞剛も微笑む。友親の笑みにはなんの邪気もない。住友という名家の血筋の良さが表情に出ている。

「別子のお山を見つけたのは四代友芳《ともよし》のときです。そのとき、備中《びっちゅう》（岡山）吉岡銅山の支配人として勤務していた、田向重右衛門《たむけじゅうえもん》というのがいましてね。田向の配下だった〝切り上がりの長兵衛〟という坑夫が、別子に銅の大露頭があるとの情報をもたらしたのです。それで田向は長兵衛たちと密かに伊予に渡り、あそこに見える」友親は山々を指さした。「千数百メートルの深山の道なき道を命懸けで探索して、大鉱脈を発見したのです。住友の大功労者、重右衛門の子孫は、田向、すなわちタヌキと親しみを込めて呼ばれて、今も大事に処遇しているのです。もう一人はイズカンと申しましてね」友親は視線を貞剛に移した。

貞剛は、静かに友親の言葉を待った。

「元禄七年（一六九四年）四月のことです。杉本助七という者が初代別子銅山支配人をしているときでしたが、焼窯から火が出たのです。折からの強風に煽《あお》られて火はたちまち燃え広がりました……」友親は表情を曇らせた。「助七は部下を指揮して、消火に獅子奮迅《ししふんじん》の働きをしたのですが、ついに力尽き、炎に焼かれてしまいました。この火事で百三十二人もの貴重な人材を失ったのです。杉本助七には、住友家の祖・蘇我理右衛門《そがりえもん》が用いた泉屋の屋号を与えました。助七の子孫に勘七という者がおりましてね。それでイズカンと言われているのです」

「助七様のご子孫も厚遇されているわけですね」

「はい、助七の子孫も大事にしております。また亡くなった者たちに対しては蘭塔《らんとう》場《ば》という墓所を設けて毎年お盆にはお参りしているんです。タヌキといい、イズカンといい、そして多くの坑夫やその家族たちの血と汗が別子のお山にはしみ込んでいるんですよ。本当にありがたいことで感謝してもしきれません」友親は手を合わせ、山々に向かって目礼した。

　貞剛も友親に倣って手を合わせた。友親は、宰平から相当な圧力をかけられているらしいが、純粋で正直な人物のようだ。

　——この人をお守りするのも重要な職務だ。

「そろそろ御代島に横着けになります。これからは大変な山道ですから覚悟してください」

友親は、まるで子どもが悪戯《いたずら》を企んでいるような笑みを浮かべた。

5

貞剛は、新居浜口屋から駕籠《かご》で立川出張所に向かった。

立川出張所は、新居浜口屋と別子銅山との物資運搬の中継基地の宿場町として賑《にぎ》わっていた。生活物資などを保管する蔵も多く建ち並び、また立川精銅所があり、精銅方、会計方、運輸方など多くの職員が働いていた。

荷物を運ぶ仲持など運送に携わる人や住友の職員たちのための宿泊施設、遊興施設、食堂などもあり、一つの街を作っていた。

「ここには『せっとう節』という流れの坑夫の歌があるんです。せっとうというのは、石頭と書き、ハンマーのことです。十四番まであるんですが、今から渡るあの眼鏡橋を歌ったものがあるんです。ご披露しましょうか」

友親が言う。

「お願いします」

貞剛は頼んだ。友親は家長という立場にあり、ある意味では雲上人《うんじょうびと》なのだが、市井《しせい》のことにも関心があるのだろうか。

「アー行こうか戻ろうか銅山山《やま》へ、ここは思案の眼鏡橋……」

友親はやや高い透き通った声で歌う。

貞剛は、川にかかる眼鏡橋を眺めた。花崗岩《かこうがん》で造られた二つのアーチを持つ美しい橋だ。堅牢に造られているため不朽橋とも呼ばれている。

「お山へ行くのが辛いという意味でしょうか?」

貞剛が聞く。

「立川には遊ぶところもありますからね。あの眼鏡橋を渡ったら辛い鉱山仕事が待っているのですから、思案のしどころです。ははは。私たちはどうしますか?」

友親がにんまりとする。

貞剛は、別子銅山視察に来てよかったと思った。友親と距離が近くなってきた気がするのだ。

「行きましょうか」

貞剛が快活に答える。歩き出そうと一歩足を踏み出した。改めて顔を上げると、目の前に山々がまるで何重にも折り重なった壁のように迫ってくる。箱根の山が尻尾《しっぽ》を巻いて逃げ出すほどの険しさだ。果たして登りきることができるだろうか。

「駕籠に乗ってください。この坂はあなたや私の足では太刀《たち》打ちできませんからね」

友親はさっさと駕籠に乗り込んだ。

駕籠は四人の駕籠かき、昇夫《かきふ》が担ぐ。貞剛は躊躇《ちゅうちょ》した。急坂を、自分を乗せて駕籠が登るのだ。こんな贅沢《ぜいたく》、傲慢《ごうまん》さが許されていいのだろうか。

「支配人、早く乗ってください」

昇夫が急《せ》かす。

「伊庭さん、出発しますよ」

先頭の駕籠から友親の声が聞こえる。貞剛は、その声に押されるように駕籠に乗り込んだ。

貞剛が座ると、駕籠がぐいっと浮いた。昇夫が威勢の良い声をかける。駕籠が動きだした。

貞剛は不覚にも涙が込み上げてきて、袖で拭った。

――申し訳ない。

駕籠に乗ることができるのは支配人以上の特権らしい。昇夫の労苦を思い、その特権を利用していることへの申し訳なさと、本店支配人という地位を与えてくれた宰平と友親への感謝の思いが涙となったのである。

まさかこのときから十数年後、この急坂を毎日、歩いて登ることになろうとは、思いもよらなかった。

第七章　煙害問題発生

1

明治二十三年（一八九〇年）七月一日から三日間、第一回衆議院議員選挙が実施され、貞剛《ていごう》は郷里の人たちに乞《こ》われて滋賀県第三区から出馬し、当選した。

明治という新しい時代になったものの、政府の実態は伊藤博文《いとうひろぶみ》ら長州閥などの専横が目立っていた。

そこで人々の間に、イギリスなど欧州に倣って国会を開設し、広く衆議を尽くすべきであるとの声が強くなり、国会開設運動や自由民権運動が盛んになった。

政府自体も新政府を立ち上げる際に五箇条の御誓文を発し、「広く会議を興し、万機公論に決すべし」と言っている以上、国会開設を約束せざるを得ない状況に追い込まれていた。

政府内でも議院内閣制とし、早期に国会を開設すべしと主張する大隈重信《おおくましげのぶ》と、君主制とし、国会開設は時期尚早とする伊藤博文とが対立し、大隈重信が下野《げや》する明治十四年の政変が起きるなど、国会開設を巡って対立が激しくなっていた。

そこで明治十四年（一八八一年）、国会開設の詔《みことのり》が発せられ、明治二十三年を期して憲法制定と国会開設が約束されたのである。

貞剛は明治十二年（一八七九年）に住友に入社して以来、大阪紡績や大阪商船の設立、かつ経営再建や大阪商業講習所（現・大阪市立大学）開設など、叔父の宰平《さいへい》に代わって財界活動を精力的にこなしていたが、今一つ、充実感がなかった。

国事に奔走した青春時代、法治国家を目指して戦った司法官時代は、崖っぷちに追い詰められ、一歩間違ったり、後退《あとず》さりすると、命さえ危《あや》うくなる、ひりひりとした緊張感があった。

それに比べると、住友という、関西では比肩《ひけん》するものなき強力な組織の大幹部として、かつ宰平という強力な権力者のもとで働くことに関して、本当に自分の生きる道なのだろうかという迷いを覚えることがあった。

あるとき、貞剛は自分の悩みを臨済宗天龍寺《りんざいしゅうてんりゅうじ》の峩山和尚《がざんおしょう》に率直に打ち明けた。

峩山は、京都天龍寺の禅僧で、蛤御門の変で焼かれてしまった天龍寺の伽藍《がらん》などの再建に尽力していた。その際、住友にも支援を求め、頻繁に貞剛を訪ね、鰻谷《うなぎだに》の邸宅に寝泊まりしたため、いつしか貞剛と肝胆《かんたん》相照らす仲となっていたのである。

貞剛は、青年の頃、西川吉輔《よしすけ》を父のように慕い、大きな影響を受けた。吉輔亡き後は、寂山が精神的支えとなっていた。

寂山は嘉永《かえい》六年（一八五三年）生まれであり、貞剛より六歳も年下であるが、その言動は師、ないし兄ともいうべきものだった。

このように寂山と親しい関係になったことに対し、貞剛は妻・梅に感謝していた。

梅は、寂山が引き連れて来る天龍寺の雲水《うんすい》たちを心からもてなし、屋敷で寛《くつろ》ぐのを許した。

「梅殿に会いに来るのが、楽しみでございます」

寂山は快活に笑うことがあった。

貞剛が留守にしているときも、寂山たちは屋敷に上がり込み、時には貞剛の方が居候《いそうろう》のように窮屈な思いをすることさえあったのである。

「東嶺《とうれい》禅師をご存知か」

貞剛の悩みに対して寂山は、十八世紀に活躍した臨済禅の高僧白隠《はくいん》禅師の高弟、東嶺禅師の名前を挙げた。

東嶺禅師は「白隠あっての東嶺か、東嶺あっての白隠か」と称せられた高僧だが、近江《おうみ》国出身で、貞剛と同じく近江源氏佐々木氏の流れを汲むという。

「東嶺禅師の『宗門無尽燈論《しゅうもんむじんとうろん》』に、『君子財を愛す、これを取るに道あり』という言葉があります。事業で財を築く、すなわち事業で金儲けをするのにあたって正しい道を歩めば、決して問題はないという意味に解釈できるでしょう」

袰山は言った。

「石田梅岩《ばいがん》が『都鄙問答《とひもんどう》』で、商人が正しい方法で利益を得るのは武士が俸禄《ほうろく》を得るのと同じだ、決して恥ずかしいことではないというのと同じですね」

貞剛が答える。

「住友で利益を上げることは国に尽くすことと同じだと解釈できます。また『財』を、金銭的な財ばかりではなく社会に貢献することも含まれると考えれば、どのような道であろうとも正しいと信じる道ならよろしいということでしょう」

袰山の言葉に貞剛は救われた気がした。

自分が正しいと信じた道を歩めば、それが住友、ひいては国家に尽くすことになるのだ。

袰山の教えが背中を押した。貞剛は、住友の地元、大阪の企業人たちや郷里の滋賀県の人々から第一回衆議院議員選挙に出馬するように懇請《こんせい》されていた。

国に尽くしたいという熱意を持ち続けている貞剛は、これこそ君子が愛する「財」だと思った。

出馬には宰平も賛成した。

住友には「政治に関与するなかれ」という不文律がある。しかしそれは度を越してはいけないという、商家には普通にある考えでもある。

実際、宰平はこれまで政治に翻弄《ほんろう》され、住友を守るために政治に深く関係してきた。

維新直後に新政府が別子《べっし》銅山を接収しようとした際、土佐の川田小一郎《かわたこいちろう》、後藤象二郎《ごとうしょうじろう》、公家《くげ》の岩倉具視《いわくらともみ》ら新政府の要人と交渉し、別子銅山を守った経験がある。

宰平の立場から言えば、最も信頼する貞剛が衆議院議員となって政治的な交渉を担ってくれれば、住友の経営にとって非常にプラスになると考えたのだ。

貞剛は、郷里の滋賀県からの出馬を決意し、当選したのである。

「当選、おめでとう。国会で会うのを楽しみにしている」

品川弥二郎《しながわやじろう》は言った。貞剛は、尊攘堂《そんじようどう》の庭で品川と会っていた。

尊攘堂は、品川が京都高倉通錦小路の旧典薬頭《てんやくのかみ》の別邸を買い取り、幕末の志士たちを祀《まつ》ったものである。

品川の師である吉田松陰《よしだしょういん》は、京都に若者たちの教育機関として尊攘堂を作る希望を抱いていた。しかしその夢を果たすことなく、安政《あんせい》の大獄《たいごく》に倒れてしまった。

その遺志を継いだのが品川というわけだ。

「議員として国に尽くすことができる喜びを感じています」

貞剛は、落ち着いた風趣の庭を眺めながら言った。

「しかし政治の世界は理想通りとはいかぬから。伊庭さんに向いているかどうかはわからないいな」

品川は、茶を啜《すす》りながら静かに言う。

「寂山和尚からも同じことを言われました」

貞剛は薄く笑った。

寂山は、衆議院議員当選を祝うどころか貞剛に、「ご迷惑なことです。なるべく早めにおやめなさい。あなたには向かないよ」という手紙を寄越していたのである。

「和尚らしいな。理想通りとはいかないことが多い。とりわけ政治の世界はね」

品川が属する長州閥は、明治政府で最も勢力を持ち、伊藤博文、井上馨《いのうえかおる》、山県《やまがた》有朋《ありとも》らが政治を牛耳《ぎゅうじ》っていたが、品川は彼らから距離を置き、産業、特に農業振興に注力していた。

「汚職が蔓延しているからですか」

貞剛の問いかけに、品川は哀しそうな視線で応えた。

長州閥の山県や井上の汚職は目に余るものがあり、世間を騒がすことも度々だった。

「だから私は松陰先生の理想を後世に伝えるために、この尊攘堂を作った。私は十四歳、松陰先生は二十七歳、伊藤も皆、若かった。塾といっても八畳、六畳、そして土間があるだけの藁葺《わらぶ》きの粗末な建物でね。そこに三百人もの生徒が押し寄せた」

品川は往時を懐かしんだ。

「大変な数ですね」

貞剛も茶を啜った。

「だから私たちで四畳半の小屋を建て増ししたんだよ。私は左官になってね、壁を塗った。先生は私に向かって壁土を投げた。私が屋根の上に登って、その土を受けたのだが、ははは」

品川は突然、笑いだした。

「どうされましたか」

「なんとも間抜けな話だが、その土を受け損なってね。ああ、と悲鳴を上げたが、その土が先生の顔にべったりと……」

「それは大変でしたね」

　貞剛も笑った。

「しかし、時代は変わった。皆、先生の教えを忘れてしまい、私欲に駆られているかのようだ。だからせめて私くらいは先生のお考えを継ぎたいと思っている。政治の世界は汚れている面があるが、だからこそ伊庭さんのような真っすぐな人が貴重だと思う」

　貞剛は、品川の言葉を真剣に受け止めた。

　品川も㐮山も、貞剛は政治家には向かないと言うが、それでも貞剛は国に尽くすことができるのを密かに喜ぶ自分がいるのに気づいていた。

　貞剛は第一回帝国議会の出席のために、東海道本線の列車の客となり、東京に向かった。

　東海道本線は明治二十二年（一八八九年）七月に、神戸―新橋間約六〇〇キロが開通していた。

　後に鉄道の父と尊称される井上勝《まさる》たちが、第一回帝国議会開会に向けて努力した成果だった。

　第一回衆議院議員選挙の有権者は、満二十五歳以上の男性で十五円以上の国税を納付している者、約四十五万人、総人口三千九百三十八万人の一・一四％だった。

また被選挙権者は満三十歳以上の、やはり国税十五円以上納付する男性で、議員定数は三百人だった。貞剛は、その一人となったのである。

2

第一回帝国議会は午前十時に始まる。そろそろ開会時間になる。出席議員たちはそれぞれ自分の席につき始めていた。

伊庭が議場の正面議長席に向かって左側の九九番席についていると、がっしりとした体軀《たいく》の、いかにも意志が強そうな印象の男が声をかけてきた。

「あなたが住友の伊庭さんかね」

「はい、伊庭ですが」

貞剛は椅子から立ち上がった。

「私は」男は、後ろを指さし、「最後尾の二七七番の席の田中正造《しょうぞう》と申します。栃木三区で立憲改進党から出ております。下野《しもつけ》の百姓であります」と自己紹介した。

田中は大隈重信が率いる立憲改進党に属していた。

一方、伊庭は院内会派である大成会に属していた。立憲自由党や立憲改進党などの自由民権運動を進めてきた政党とは、一線を画する立場だった。

「別子銅山は開坑二百年を祝われたようですが、銅山など、早々におやめなさい」

突然に野太い声で言う。

明治二十三年（一八九〇年）五月から六月にかけて住友大阪本店、新居浜《にいはま》、別子銅山など各地で銅山開坑二百年を祝う祝典が、前家長友親《ともちか》に代わって十九歳の若き十三代家長友忠《ともただ》を迎えて盛大に開催されたのである。

「何を失礼なことをおっしゃるのですか。このような場所で」

貞剛は、挨拶も早々になんという無礼な振る舞いだと憤慨した。眉根を寄せ、ぐいっと睨んだ。

「失礼を承知で申し上げています。あなたが別子銅山の経営者であることを知った上でのことであります。私の地元には古河市兵衛《ふるかわいちべえ》が経営する足尾《あしお》銅山がありますが、ここでは銅の増産を進めるあまり、鉱毒被害が出ており、渡良瀬川《わたらせがわ》流域の住民を苦しめております。あなたがた銅山経営者は、銅は国家なりと、増産に次ぐ増産を為し、巨万の富を築いております。しかしその結果、この豊かな国土を鉱毒で汚し、農民を苦しめているのです。真の文明というものは、山を荒らさず、川を荒らさず、村を破らず、人を殺さざるべしと考えます。銅より国土、銅より農、銅より人、であります。私は、足尾銅山の鉱毒問題を国家の責任において解決するために議員になりました」

正造は、一気に言いきると、急に笑みを浮かべた。

その表情の変化に貞剛は戸惑ったが、正造の笑顔には人を引きつける魅力があった。太い眉に人を射るような大きな目と厚い唇。全体的に武骨な顔立ちは、寉山に似ている。そう思うと、不躾《ぶしつけ》な態度の正造に親しみを覚えた。

「田中正造先生のお言葉、よく肝《きも》に銘じておきます」

貞剛は軽く低頭した。

「失礼ながら、あなたのことを調べさせてもらいましたが、もともとは司法官であったとのこと。司法官とは正義を為す仕事であります。そうであればただ金儲けに明け暮れる資本家ではないと見込んで、失礼を承知で申し上げました。足尾銅山では銅の生産量が増加するにつれ、煙害で山々の木々は枯れ果て、川の魚は死に絶えました。さらに今年の八月二十三日に大雨が降り、渡良瀬川が氾濫《はんらん》いたしました。その結果、鉱毒を処理するために作られた沈殿槽《ちんでんそう》が決壊し、流域の村々に鉱毒水が溢れたのです。農民たちは、洪水が去った後も、鉱毒に覆われた土地では作物も作れず、たとえ作ったとしてもそれを食した途端に体が病《やまい》に冒されてしまうという始末。誠に悲惨であり、早急に解決しなければ、さらに大きな問題になります。ぜひとも私のこれからの活動に注意を払っていただき、これ以上、日本各地の農地、山林を破壊せぬようにお願いしたい」

貞剛は、別子銅山の景色を思い浮かべていた。

それは木々が枯れ、赤茶けた土がむき出しになっている山の姿だった。

あの山々を初めて目にした際、貞剛の胸を表現しがたい痛みが走った。それは一言で言えば悲しみであり、山々から発せられる悲鳴が胸を貫いた痛みだった。

自分が育った近江の琵琶湖周辺の赤茶けた山の惨状も思い出し、強い衝撃を受けたのである。

「私も別子銅山の木々が枯れているのに心を痛めております」

「金儲け主義に陥って、この国の自然や農民を苦しめてはなりませんぞ」

正造は目を大きく見開いた。

「私は金儲けが得意ではありません」

貞剛は笑みを浮かべた。

そのとき、開会を告げるベルが鳴った。

「田中先生、そろそろ議会が始まります。本日いただいたご意見は、肝に銘じさせていただきます」

「あなたは普通の経営者とは違うようだ。非常に正直で人の痛みがわかる方に思える。ぜひ私にもお力を貸してください」

正造は、貞剛に握手を求めてきた。貞剛は、その手を握った。節くれだってごつごつとした感触の、まさしく土とともに生きた手だった。下野の百姓というにふさわしい手だ。

午前十時になった。曾禰《そね》荒助《あらすけ》書記官長が議員全員が着席したのを確認して、「諸君に申し上げます。議院法第三条第二項によりまして本職が議長の職務を行います」と宣言し、仮議長として議長、副議長の選出を進めた。

貞剛は緊張しつつ、議員としての職務に臨んだ。

3

明治二十三年（一八九〇年）、別子銅山開坑二百年の式典を盛大に祝っていた住友家は、突然、大きな災難に遭遇することになる。

第十三代家長、友忠は、別子開坑二百年の式典を別子や大阪で行った後、同年十月三十一日に東京神田の住友別邸に戻る途中の汽車の中で発熱に苦しんだ。急遽《きゆうきよ》、日本橋区数寄屋《すきや》町の旅館島屋で病床に臥《ふ》すことになった。病名は腸チフスだった。

貞剛は、同年十一月二十五日に開会される第一回帝国議会に出席するために上京しており、すぐさま友忠を見舞った。

災難は続く。友忠が病床に臥している間の十一月二十三日に、かねてより病気療養中だった友忠の父、友親が亡くなったのである。享年四十八。

一方の友忠の病状も一向に回復に向かわないまま、十一月三十日午後十一時十分、旅館島屋において亡くなったのである。享年十九。

貞剛は、特に友忠の死に衝撃を受けた。というのは、友忠の教育係を担っていたからである。

貞剛は友忠を家長たるべき人物に育てるため、自らの出身地の滋賀県にある、質実剛健な校風で有名な彦根《ひこね》中学に入学させた。

友親を含む何代かの家長は、住友家の事業運営に身を入れず、趣味に淫《いん》する人物が続いていた。

宰平は、家長は「シャッポ」、すなわち「飾り」でよいという考えを持っていたが、貞剛はそうではなかった。

家長は、国家における天皇と同じ存在であり、住友家で働く社員の精神的な支柱であるべきだと考えていた。

何か問題が発生したり、社員だけでは解決が不可能な問題が発生したときには、オーナーとして果敢《かかん》な決断を下すだけの度量を備えてほしいというのが貞剛の友忠に対する期待だった。

貞剛は、友忠を彦根中から明治二十二年（一八八九年）に学習院高等科に入学させ、東京神田の住友家別邸から通学させていた。

友忠の家長教育は順調に進むかと思われていたのに、友親、友忠の死という思いがけない事態に、貞剛は天を仰いだ。

宰平でさえ「実に住友家にとり最も第一事の災害」と言い、事態の収拾を急ぐことになる。

宰平は、貞剛に衆議院議員を辞め、住友に戻るように命じる。

貞剛は迷いはしたが、議員を辞職することにした。住友の一大事に中途半端な対応はできないと考えたからである。また友忠の教育係として、その健康管理にまで気を配らなかったことへの大いなる後悔の思いもあった。

品川弥二郎は、「もったいない」と止めた。

品川は、すでに政界で重きをなしており、いつ大臣に任命されてもおかしくない立場だった。

しかし大臣になることよりも農業などに強い関心を持っており、日本の農業の発展に政治生命を懸けようとしていた。そのため良き同志として貞剛に期待していたのである。

貞剛は、「宰平が困っているので助けねばなりません」と品川に言い、翌明治二十四年（一八九一年）七月七日に議員を辞職した。

辞職にあたって貞剛は田中正造に挨拶をした。住友が存亡の危機にあり、それを切り抜けなければならないと告げたのである。

正造とは、国会で最初に親しく言葉を交わしたというだけではなく、「真の文明というものは、山を荒らさず、川を荒らさず、村を破らず、人を殺さざるべし」という言葉に心を動かされていた。

「それは惜しいことです。しかし国会議員は多人数ですが、住友を支えるのはあなた一人であり、余人をもって代えられません。あなたが住友を破壊するほど変革し、刷新されることを期待しています」正造はごつごつと節くれだった手で貞剛に握手を求め、「私は足尾の鉱毒問題を国会で追及いたします。私はこの問題に命を懸ける所存です。ぜひ見守っていただきたい」と強い口調で言った。

貞剛が大阪に戻ると、宰平はすでに友忠の母、登久《とく》に十四代家長を継いでもらい、十七歳の長女、満壽《ます》に婿を取って第十五代家長にする方針を決めていた。

「お前に満壽様の結婚相手を探してもらいたい。経営は私が行うから、心配するな。家長なんぞは『シャッポ』に過ぎん」

宰平は、貞剛に命じた。

貞剛が懸念していることがある。それは宰平が、このところ傲慢になってきたことだった。

宰平のことを貞剛は、「元亀天正《げんきてんしょう》以来の英雄」と尊敬していた。その勇気、決断力、リーダーシップは織田信長や豊臣秀吉に通ずるものがあると感じていた。

そのお陰で住友は幕末、明治の経営危機を乗りきり、別子銅山開坑二百年を盛大に祝うことができたのだ。

「しかし……」と貞剛は呟く。

二百年の祝いの年にこれだけの災難が降りかかるのは、何かを変えなければ、一大事になるという天の啓示ではないのか。

貞剛は、元司法官であり、いろいろな情報には他の人より耳ざとい。巷間《こうかん》の噂、雑多な情報から犯罪の証拠を見つけ出すのが仕事だったからだ。

そのためか社内の噂などには、どうしても敏感になる。かつては新政府に反抗的な人物を探索した経験もある。

「友親様を死に追いやったのは宰平殿だ。若き友忠様を祝いの席に連れまわし、これまた死に追いやった。これも宰平殿の責任だ」

「体が悪い友親様を酒席に誘い続けて、わざと病を悪化させた」

社内には、宰平を批判する噂が流れるようになった。

このような噂を、甥である貞剛は聞きたくはなかった。

しかし友親が、経営を宰平に移譲するという名目で全ての権限を奪われて以来、貞剛にも生きる意欲をなくしたかのように見えていたことは事実だ。

友親に随伴《ずいはん》し、別子銅山に行ったことがあるが、友親は、酒や趣味に耽溺《たんでき》するだけの無能な人物ではなかった。

宰平の悪評は、厳しい人事制度の採用にも原因があるのではないだろうか。

宰平は「子抱《こがかえ》」という子飼いの社員を優遇する制度を廃止し、「中年《ちゅうねん》」と呼ばれる中途採用の者でも差別なく昇進させ、また「仲間《ちゅうげん》」と呼ばれる現地採用の者に対する昇進差別もなくした。

宰平は「今日文明開化の域に至り、無能頑愚《がんぐ》の者、上等に座し、その権を振い候謂《いわ》れ、これ無き候事」と言い放ち、単なる年功序列で偉くなった無能な管理職を排する荒療治に出たのだ。

この実力主義人事は近代的な経営のためには必要な措置だったが、古参の社員には恨みに思う者もいたのである。

実力主義と言いながら、一方では貞剛のような縁故者を優遇しているではないか、という声も耳にした。

貞剛は、宰平の甥であることを笠に着た振る舞いをしないようにしているつもりだが、それでもまったく批判がないわけではなかった。

人間誰しも成功すれば、傲慢になっていくものだ。孔子は、君子に三戒ありとして、若いときは情欲、壮年期は争闘欲、そして老年になれば物欲と、それぞれの年齢に応じて自戒しなければいけないと説いた。

宰平も六十四歳で、老年の域に入った。物欲というよりも、いよいよ権勢を振るいたい欲が大きく膨らんだのだろうか。

今、住友社内には、「逆命利君、これを忠と謂う」と直言する人材はいなくなり、誰もが陰でこそこそと宰平に対する不満、批判を口にしている。

ところが表向きには我が身可愛《かわい》さで口をつぐんでいる。

このままでは、「従命病君、これをへつらいとなす」人材ばかりになってしまう。

政治の世界も、官僚の世界も、君主は誰かということを忘れてしまっているから、本当の忠義が廃《すた》れてしまうのだ。

日本の君主は天皇である。ところが今は薩摩や長州の権力者たちがまるで君主であるかのように振る舞う。だから品川が嘆くように汚職が蔓延しているのだ。

住友も同じだ。本当の君主は家長である。宰平ではない。宰平は、ただの雇われ人に過ぎない。そのことを十分に自覚しなければ、住友にとっても宰平にとっても大きな禍《わざわい》になる。

住友の危機は、友親、友忠の死ではない。宰平の独断専行だ。

貞剛は、新しい家長には、宰平がどれほど権勢を振るおうとも、絶対に勝てないほどの権威と人間性、能力などを兼ね備えた人物を選ばねばならないと固く誓った。

「いざとなれば私が宰平叔父と刺し違える覚悟を持って、逆命利君にならざるを得ないだろう」

貞剛は、宰平が望むような単なる「シャッポ」ではなく、この未曽有《みぞう》の禍を転じて福にしてくれるような人物を探し出すことに決めたのである。

貞剛のもとには自薦、他薦の婿候補の情報が上がってきた。政治家や商家からの候補は丁寧に断った。政治家と姻戚《いんせき》関係になった場合、その政治家に住友の盛衰が影響されてしまう。商家と姻戚関係になった場合、その商家に家業が影響を受けてしまう。

貞剛は、あらゆる情報網を駆使して婿候補を探した。まさかこんなときに、元司法官としての情報網や情報収集能力が生きるとは思わなかったと、皮肉な思いにとらわれることもあった。

情報収集に奔走していた貞剛のもとに、有力な情報がもたらされた。

徳大寺公純《とくだいじきんいと》の第六子、隆麿《たかまろ》である。

公純は明治十六年（一八八三年）に六十三歳で没したが、幕末から明治初年にかけて攘夷《じょうい》派公家として活躍し、右大臣にまでなった人物だ。

幕末において公家は百三十数家あったが、そのうち藤原氏系が百家余り。そしてその中でも近衛《このえ》、鷹司《たかつかさ》、一条、二条、九条の五摂家《せっけ》は摂政関白《せっしょうかんぱく》にまで、久我《こが》、三条、西園寺《さいおんじ》、徳大寺、花山院《かざんいん》、大炊御門《おおいのみかど》、菊亭《きくてい》、廣幡《ひろはた》、醍醐《だいご》の九家は太政大臣にまで昇ることができると決められていた。

徳大寺家は公家の名家、九家の一つである。

また、公純の長男、實則《さねつね》は明治天皇に仕える侍従長《じじゅうちょう》、内大臣、公爵。次男、西園寺公望《きんもち》は伊藤博文に従って憲法制定に尽力し、ドイツ公使などを務めた政界、官界の大物（後に首相となる）であり、公爵。三男は中院通規《なかのいんみちのり》伯爵である。

実は西園寺公望と、貞剛の親友である品川弥二郎とは、憲法制定などで伊藤博文を通じて交流があった。

各所から公望の弟に学習院の学生がいるとの情報が貞剛のもとに集まったが、その情報源の一人は品川だったのである。

貞剛は、亡くなった友忠も学習院で学んでいたことから、これは何かの縁だと思い、早速、友忠の学習院時代の友人に依頼し、隆麿を確認することにした。

友人は、隆麿を学習院の構内の庭に誘い出し、桜の木の下で談笑していた。そのそばを貞剛はさりげなく通りすぎたのである。

「この人しかいない」

貞剛は、涼やかな印象の隆麿を一目で気に入った。その後、学習院での評判、成績などを調査したが、ますます隆麿を気に入り、ぜひ満壽の婿として迎え入れたいと考えた。

貞剛は、山王日枝《さんのうひえ》神社近くの料亭に徳大寺實則、西園寺公望、中院通規、そして隆麿を招き、「ぜひ隆麿殿に、住友家へ入っていただきたい」と平伏したのである。

貞剛は、住友入りを躊躇《ちゅうちょ》する隆麿に、「住友の財産といったところで何ほどのものでもなく、たかが銅を吹いて儲けたくらいのもの故《ゆえ》、潰してもらっても結構です」と言いきった。

これには隆麿は当然のこと、實則や公望、通規の三人も驚き、かつ爽快な気持ちになった。

特に公望は声に出して笑い、「隆麿、実業界で自由に活躍するのも愉快ではないか」と住友入りを勧めた。

隆麿は、開明的な思想の持ち主である公望を深く尊敬していたため、その場で住友入りを応諾した。

——居合《いあい》と同じだ。

貞剛は、安堵した。

若い頃、居合の四天《してん》流免許皆伝となったが、それと同じだ。

たとえ剣は抜かなくても、覚悟を定めた迷いのない説得が功を奏したのだ。

貞剛は寂山に、説得にあたっての心構えを聞いていた。

寂山は「仏と魔とは是《こ》れ染浄《ぜんじょう》一境なり」と言った。臨済の教えなのだろう。

迷いがあれば魔となり、迷いがなければ仏となるという意味だと貞剛は思った。

「剣禅一如《けんぜんいちにょ》と同じ心境で臨むということですね」

貞剛は応じた。

「剣と禅とは相通じる。剣に迷いがあっては人が斬れぬ。それどころか自分を生かすこともできぬ。迷いを捨て、臨むことだ。そうすれば道が拓けるだろう」

寂山は微笑んだ。

貞剛は、寂山の示唆《しさ》のお陰で、「住友を潰してもよい」との覚悟を込めた言葉を発した。この一太刀が、隆麿の住友入りを迷う心を斬ったのだ。

隆麿は、明治二十五年（一八九二年）四月十八日、満壽と結婚し、翌年四月に家督を相続し、十五代家長友純《ともいと》となったのである。

4

「誰もこの危急存亡の秋《とき》に身を捨てて住友を守り、祖業である別子銅山を守るという気概のある者はいないのか」

居並ぶ重役たちを前に、宰平は顔を真っ赤にして声を荒らげていた。

眉は吊り上がり、目は赤く充血し、口髭は怒りを映しプルプルと震えている。

重役たちは、嵐が過ぎ去るのをじっと待つかのように顔を伏せて、まともに宰平の顔を見ようとしていない。その中で一人貞剛だけが宰平を見つめていた。

「私は、別子銅山がたった十万円で売られようとしていたとき、命を捨てる覚悟で重役たちに反対し、新政府の大物たちを説得して回った」宰平は往時を振り返った。「そのお陰で今の住友があるんだ。そのお陰でお前たち無能の役員たちも毎日、飯を食い、酒が飲めるのではないのか。お前たちは、住友の繁栄のために、高禄を食《は》んでいるのだろう」

貞剛は、宰平の怒声を聞き、悲しい気持ちになっていった。

住友は、十五代友純を家長に迎えて、新たに出発したが、問題は山積みであり、危機は深まるばかりだった。

別子銅山が開坑して二百年経ったが、積年の問題が一気にふき出し始めたのである。

精錬所から出る亜硫酸ガスが周辺の農地の稲や野菜を枯らし、農民たちが抗議行動を起こしている。それに呼応するかのように別子銅山では職員や坑夫たちも本店の指示に逆らい、このままでは銅山の操業が止まってしまいかねない事態になっていた。

誰かが別子銅山に赴き、事態を早急に収拾する必要に迫られていたのだ。

——これらの問題は、叔父宰平の専横に起因するとの声が大きい。いつ頃からこれほどまでに宰平叔父は独裁者のようになってしまわれたのか。

最初は、宰平と精錬所技術者、塩野門之助《しおのもんのすけ》との対立から始まったのだろう。

塩野は、別子銅山近代化のために呼んだフランス人技師ルイ・ラロックの通訳として宰平の目に留まった。

宰平は、お雇い外国人を排して日本人の手で別子銅山の近代化を進めようと、塩野と社員の増田芳造《よしぞう》をフランスへ留学させた。

彼らは明治九年（一八七六年）四月五日に横浜を出港した。

——他日業を得るの後帰朝、かの大恩の万分の一を報ぜん。

二人は宰平に大いに感謝してフランスに渡った。しかし増田は神経症になり七月三十日に帰国する。

一方、塩野は、名門サン・テチエンヌ鉱山学校で学び、明治十四年（一八八一年）十二月に帰国する。五年八カ月に及ぶ留学費用は約五千円から六千円も要したという。現在の価値に正確には換算することはできないが、二億円以上にも及ぶだろう。

塩野は帰国後、住友に戻り、新居浜港に面した惣開《そうびらき》に洋式の銅精錬所を造るべく日夜努力していた。

塩野は、大型の中央精錬所を造る発想を持っていた。

塩野は宰平に、「いずれ別子も鉱脈が尽きることもあります。その際には国内外から銅鉱石を輸入し、精錬する中央精錬所を造りたい」と提言した。

宰平は、この案に烈火《れっか》のごとく怒った。「こいつは何を言うか」という思いだったのだろう。

明治十五年（一八八二年）に宰平は家法を定め、そこに別子銅山を「万世不朽の財本」、すなわち住友家の永遠の利益の源泉であると位置づけた。

宰平は、幕末に住友家が困窮した際、別子銅山を売却してしまおうとした重役たちがいたという事実が、ある種のトラウマ（心的外傷）になっていたのである。

——二度とあのような事態を起こさせない。別子銅山は永遠である。

ところが塩野がそれを否定するようなことを言ったのだから、怒るのも当然だった。

「バカ者！　それが莫大《ばくだい》な金をかけて留学をさせてもらった住友に対する報い方か！　お前は恩を仇《あだ》で返すのか」

宰平は塩野と冷静な意見を交わそうとしない。

塩野と対立した宰平は、明治十九年（一八八六年）に東京帝国大学理学部の岩佐《いわさ》巌《いわお》教授の招聘《しょうへい》を決める。

「欧州では製鉄業や化学工業が盛んだ。別子銅山で廃棄していた銅分が少ない鉱石などから鉄や硫黄《いおう》を取り出すんだ。こうすれば別子銅山は永遠に栄える」

宰平は、あろうことか中央精錬所案を退けていながら、岩佐の招聘を塩野に命じたのである。

塩野は肩を落として、貞剛の前に姿を現した。

貞剛は塩野の様子が尋常でないことに気づき、「どうしたのだ」と声をかけた。

「多額の費用をかけて留学させてもらい、住友の助けになろうと思いましたが、どうにもこうにも宰平殿が頑迷で、これでは何もできません」塩野は、弱りきった表情で、切々と中央精錬所の建設の必要性を訴えた。「確かに宰平殿の言われるように、別子の銅鉱石は含銅硫化鉄鉱で鉄分や硫黄を多く含んでいますが、これを利用して製鉄や硫酸製造をするには多額の費用がかかり、採算が合うとは思われません。なんとか思いとどまるように言ってくださいませんか」

貞剛は塩野に、「時を待て」とだけ言った。

宰平が一旦思い込んだら、後に引かないことを十分に承知していたからだ。

塩野はしぶしぶ納得し、岩佐招聘に力を注いだ。

岩佐は住友に入社するや、廃棄された銅から副産物を取り出すには、別子銅山に近くて、水利などに便利な山根《やまね》に銅精錬所、製鉄所を造るべきだと宰平に提言する。

こうして最終的には総額約八万円もの巨費を投じて山根精錬所が造られる。現在の貨幣価値から言えば、二十億円以上になるだろうか。一方、惣開の精錬所建設も進められるが、塩野は、宰平に何度も費用がかさむことを訴え、山根精錬所と惣開精錬所を統合し、中央精錬所を造るべきだと訴える。しかし宰平は岩佐の方針を選択し、塩野の意見はまったく聞き入れられなかった。やむなく塩野は、明治二十年（一八八七年）に住友を退職するに至った。

「どうしても辞めるのか」

貞剛は、塩野を引き留めた。

「私は大恩ある住友に貢献したいのは山々なのですが、宰平殿の頑迷さが変わらねば、私の居場所はありません」

「必ず君を必要とするときが来る。そのときは必ず戻ってきてくれたまえ」

貞剛は、塩野ほどの人材を上手《うま》く活用できない住友には大きな問題があると思った。しかし、それをすぐに改善できない自分も悔しい限りだ。「時を待て」というのは、塩野に対するよりも自分に対する戒めでもあった。宰平は、塩野の退職に関しては一言も口にしなかった。恩知らずと思ったか、それとも……製鉄業成功という夢に、気持ちを高揚させていたため、塩野の退職など、気に留めなかったのだろうか。

宰平は、まだ大声で怒鳴っている。

——宰平叔父は、元亀天正以来の英雄であることには間違いない。しかし織田信長は本能寺の変で明智光秀《あけちみつひで》に討たれ、豊臣秀吉は朝鮮出兵に失敗し、豊臣家は滅亡してしまった。人には、それぞれ器量というものがある。幕末、明治初年の乱世には宰平叔父のような英雄が必要だが、安定した時代を築くには徳川家康のような人物が必要なのではあるまいか。

——私が徳川家康なのか。あるいはそのような器量があるのか。

貞剛は自問し、「ない」と否定する。

――私にあるのは何か。私は、今まで何かを成し遂げたということはない。宰平叔父のように他人に誇るものはない。しかし、未熟であることを知っている……。それくらいの自分の器量というものをわきまえている……。

貞剛は、ふっと寂しく笑みをこぼした。

山根、惣開の二つの精錬所は明治二十一年（一八八八年）に同時に操業を開始した。明治二十三年（一八九〇年）には山根精錬所には製鉄試験係が設置され、明治二十六年（一八九三年）には惣開精錬所に製鉄所が開設される。

宰平は、ますます製鉄業に身を入れ始めた。

――山根、惣開の精錬所が稼働し、銅は増産となったが、周辺農地に煙害がひどくなり始めた。精錬所を造る際に煙害対策をもっと講じるべきだったのではないか。

貞剛は深く思い悩んだ。目の前に赤茶け、はげ山となった別子の山々が浮かんだ。

二か所の精錬所の稼働で別子の産銅量は順調に伸びた。貞剛が住友に入社し、本店支配人となった明治十二年（一八七九年）は約一千トンだったが、煙害が目立ち始めた明治二十三年（一八九〇年）には約二千トンと、二倍にもなったのである。

増産には鉱山鉄道の開通も貢献した。

宰平は明治二十二年（一八八九年）五月、還暦記念に妻の幸《こう》を伴って欧米の旅に出た。

その際、ロッキー山脈のコロラドセントラル鉱山鉄道に乗り、非常に感激したという。

「鉄道の左右、岩盤のいたるところに坑口がひらいており、その厳しい状況は日本の鉱山となんら変わることはない」と鉄道敷設に自信を持った。

明治二十四年（一八九一年）に、まず下部《かぶ》鉄道（惣開―端出場《はでば》間一〇・四六一キロ）の工事に着手、続いて上部《じょうぶ》鉄道（角石原《かどいしはら》―石《いし》ヶ山丈《さんじょう》間五・五キロ）の工事に着手し、ともに明治二十六年（一八九三年）に開通した。

この鉱山鉄道により、別子銅山で採掘された銅鉱石は角石原で貨車に積み込まれ、上部鉄道の一本松駅を経由し、石ヶ山丈で一旦、下ろされる。その後、鉱石は索道（ロープウェイ）によって端出場に運ばれ、下部鉄道によって新居浜に運ばれる。

鉄道が開通するまでは人や牛によっていた運搬が、汽車に代わったことで大幅に効率化し、銅の増産に圧倒的に寄与した。

鉱山鉄道は必要な設備だったが、こうした巨額投資は別子銅山の経営を大きく圧迫したのである。

明治二十五年（一八九二年）は鉄道建設費に約十九万円、製鉄所に約一万四千円など約二十一万円を費やした。その結果、八千六百四十円もの赤字を計上してしまった。これは西南戦争後のインフレーションを抑えようとした松方正義《まつかたまさよし》蔵相が実施した松方デフレで、世の中が急激に景気悪化した明治十七年（一八八四年）以来の赤字となった。

——宰平殿は、重任局で重役たちの意見にまったく耳を傾けない。そればかりか、せっかく家長友純様をお迎えしながら、その存在さえ無視しているのは許されない。赤字の責任をどう考えているのだ。

赤字という事態に宰平に対する批判の声が、さらに大きく聞こえるようになった。

——伊庭《いば》は何をしているのだ。甥であり、支配人なのだからもっと意見を言うべきだ。

貞剛に対する批判も大きくなりつつあった。

——悪いときには悪いことが重なるものだ。やることなすことが悪い方に転がっていく。これが良き勢いなら良い方に転じていくが、悪い勢いなら、どうしようもなく事態を悪化させる……。

貞剛は、残念に思うとともに自分の力の無さを痛感した。

――あれは何が何でも止めるべきだった……。

貞剛が反省するのは、別子銅山で起きた「金矢事件」から発展した一連の問題に対する対処だった。

宰平の製鉄業に対する思い入れは強く、それに呼応するように別子銅山技師、金矢が製鉄業の拡大、拡充を進言した。

それを受けて宰平は金矢を製鉱課長などに抜擢したが、成果が上がらず、怒った宰平は別子銅山支配人・広瀬坦、山根精錬所監督・大島供清《ともきよ》を厳罰に処し、金矢を解雇したのである。明治十九年（一八八六年）のことだ。このとき、金矢たち現場の者にだけ責任を取らせ、宰平自身は自らをまったく責任の埒外《らちがい》に置いたことに強い非難の声が起きた。果たしてそれは宰平の耳に届いたのだが、宰平は「職員ごときが何を騒いでいるのだ」と問題視しなかったのである。

宰平の銅山人事への不満が鬱積《うっせき》し、銅山職員、坑夫の士気に影響が出始めた。

そこで宰平は、明治二十五年（一八九二年）二月、ついに銅山支配人・広瀬坦を解任し、久保盛明を後任に充てた。久保は宰平の甥だった。そのため血縁重視の人事であるとして、銅山の現場の不満に一気に火を点けたのである。自ら責任を取らずして、縁故人事をするのか、というわけだ。

貞剛は宰平に、人事は公平にするべきであることや、宰平自らの責任もなんらかの形で明らかにした方がいいと諫言《かんげん》したが、宰平は聞く耳を持たなかった。

それどころか久保の銅山支配人赴任にあたって自らも別子に行き、職員、坑夫に向かって演説し、宰平の指示に従えない者は解雇するとの「盟約書」を求めたのである。

盟約書の内容を要約すれば、世間の雑音、風潮などに惑わされることなく、貴賤《きせん》尊卑《そんぴ》の立場をわきまえて仕事に専念しろ、というものだった。もしこれに反すれば、「住友家職員の資格を除かれ」ても異議申し立てはするなとの罰則がついていた。

ありていに言えば、宰平や新任の銅山支配人である久保への絶対服従を無理強《じ》いしたのである。

――宰平のことを、これまで職員はみな尊敬、畏敬《いけい》していた。それは職員らの心からの思いだった。住友が今日あるのも、自分たちがこうして働けるのも宰平のお陰だと思っていた。ところが盟約書を徴求しないと職員をまとめきれないということは、宰平が職員を信ぜず、職員は宰平を信じないという最悪の事態ではないか。総理人と職員とが信じあわないで、住友家が維持、発展できるはずがない。どうしてそれが宰平にはわからないのだ……。

別子銅山の現場で、宰平や久保支配人に対する不満はますます大きくなった。特に住友家元理事でもある大島供清は激烈である。宰平と久保に対する反対派をまとめあげ、銅山内部での対立を扇動していた。

もともと大島は宰平に認められて昇進してきたのであるが、金矢事件での厳罰を境に、宰平に不満を抱くようになった。

またその三年前の明治二十二年（一八八九年）に宰平が妻・幸を伴って欧米旅行に旅立つ際、同行を強く要望したにもかかわらず拒否され、強引に船に乗り込むなどの行為に及び、さらに宰平の逆鱗《げきりん》に触れ、山根、惣開両所長ならびに理事を解任されてしまった。それ以来、深く宰平を恨むようになった。

大島は、宰平を尊敬していた。しかしその寵愛《ちょうあい》が自分に向いている間は良かったが、縁故者である久保や他の優秀な職員に向き始めたことに嫉妬《しっと》の念を抱いたのだろう。さらに度重なる厳罰を受けたことで、もはや宰平から愛されていないとの思いを強くし、恨みに転じたものと想像される。

別子銅山が大島たちの動きで宰平派と反宰平派に分かれて対立し、その動きは大阪本店の重任局、すなわち重役たちにも影響を与えるようになった。

本店支配人であり、かつ、久保と同じく宰平の甥である貞剛にとっても看過できない事態となった。

それに加えて、ついに明治二十六年（一八九三年）九月、煙害に苦しむ農民たちの暴動が起きたのである。

金子《かねこ》、新居浜、庄内、新須賀《しんすか》四村の農民総代は煙害被害を愛媛県に訴え出た。数年前から農民の間でくすぶっていた煙害問題が、社会問題としてついに表面化したのだ。

新居浜村役場も住友新居浜分店に煙害調査を要請する。ところが住友は、「煙害ではない。虫害である」として取り合わなかった。この住友の態度は不誠実であるとして、農民たちの反感を強めることとなる。

同年九月二十五日、新居浜村農民約六十名が「溶鉱所の事業を停止すべし」と住友新居浜分店に押し寄せた。

翌二十六日には、新須賀、庄内、金子村農民が、さらに翌二十七日には新居浜、金子村農民が同様の要求を掲げて住友新居浜分店に押し寄せたが、住友は煙害ではないと言い張って、一切交渉に応じなかった。

怒りが収まらない農民たちは翌二十八日、新居浜、金子村の数百名で住友新居浜分店に押し寄せ、「支配人を出せ」「溶鉱所の事業を止めろ」と騒ぎ、警察が出動する事態となった。

これだけの騒ぎになっても、住友は煙害を認めず虫害であるとして農民を説得しようとした。それがふたたび農民の怒りに火を点け、同年十月八日、新居浜村などの農民数百名が住友新居浜分店に押し寄せ、警官とぶつかり、けが人が出てしまった。

このような状況を受け、県知事が農民と住友との交渉仲介に入ったが、住友は煙害を認めないため、事態は一層、深刻化し、もっと大きな暴動が起きる懸念があった。

宰平は重役に怒鳴る。

「小作人が騒ごうが、そんなものは問題ではない。騒いでいる連中の農地を買えばよい。金で解決しろ」

住友は、別子銅山で消費する飯米《はんまい》確保のため、新居浜村などに田畑のみで約六百町歩（東京ドーム約百二十八個分）という広大な土地を所有する大地主だった。煙害で騒ぐ農民たちの多くは、住友の土地を借りて別子銅山用の飯米を作る小作農民たちだった。このことも住友が容易に煙害を認めない一因になっていたと思われる。小作人に対する蔑視《べっし》的な思いが、久保支配人や宰平たちに根強くあったのだろう。

――農民たちの怒りは尤《もっと》もだ。最近の米、麦の生産量は激減していると聞く。またそのことが住友以外の地主に対しての小作料減免要求になっているようだ。このままでは銅山の飯米確保にも問題が出るだろう。

貞剛は、宰平の怒声を聞きながら、農民たちの窮乏に心を痛めていた。

実際、金子村は明治二十年（一八八七年）には米二千五百石、麦二千百石だったものが、煙害が社会問題化した明治二十六年（一八九三年）には米千百八十石、麦八百八十九石と急減していた。

この農民たちの騒ぎに便乗する形で、大島たち反宰平派の動きもさらに激しさを増してきていた。煙害、農民暴動、そして別子銅山内部の抗争と三つの問題が同時に発生し、今や住友は八方塞《はっぽうふさ》がりの袋小路に押し込められていた。なんとか突破口を見つけねば、住友は破綻《はたん》する……。

「小作人の暴動や大島などという職員に過ぎない者を抑えることもできないのか。お前たちは、役立たずだ！」

ひと際高く、宰平の怒声が重役たちの間に響き渡った。

そのとき、貞剛は静かに立ち上がった。そして宰平を見つめた。

「貞剛、何か意見があるのか」

宰平が聞いた。

「私が別子に行きましょう」

貞剛は静かに言った。

宰平の表情に戸惑いの色が浮かんだ。

貞剛は、本店支配人として宰平に次ぐナンバー2の地位にある。その貞剛が別子銅山に乗り込むと言う。それほどの地位の者が、その地位にふさわしくない現場の交渉役として別子銅山に行くと申し出ることを期待していなかったのだ。

「なんだと？　お前が行くというのか」

「はい、私に何ができるかわかりませんが、行かねばならないでしょう」

貞剛はあくまで冷静に言葉を選ぶ。まったく気負いはない。

重役たちの間を沈黙が支配した。意外な事態に誰もが宰平の反応を気にしている。ただならぬ緊張感が張り詰めている。

「さすが、我が甥。貞剛、よくぞ志願してくれた。礼を言うぞ」宰平は破顔し、「貞剛こそ、住友を真に憂《うれ》うる人物だ」と手を叩いて喜びを溢れさせた。

他の重役たちも、やっと宰平の怒りから逃れられると安堵したかのように、貞剛に拍手を送った。

貞剛は、宰平そして重役たちに静かに頭を下げた。

第八章　銅山へ

1

明治二十七年（一八九四年）一月、貞剛《ていごう》は鰻谷《うなぎだに》の住友本店で友純《ともいと》と会っていた。

友純は明治二十五年（一八九二年）四月に故・友親《ともちか》の娘、満壽《ます》と結婚し、住友家に入った。翌明治二十六年（一八九三年）四月には住友家を相続し、吉左衛門《きちざえもん》友純となっていたのである。

本店では、友純を交えて盛大に新年の祝賀会が開催されていた。

会の喧騒《けんそう》を離れて、友純は貞剛を別室に招き入れていた。

「別子《べっし》に行っていただけるのですね」

友純は、端正な顔に陰《かげ》りを映していた。

「そのように決意いたしました。本店支配人としての仕事は引き継ぎましたので、ご安心ください」

　貞剛は、友純をまっすぐ見つめた。

　友純に対して貞剛は特別な思い入れがあった。自分が探し出してきて、住友入りを懇請《こんせい》した経緯がある。

「ご苦労をおかけいたします」

　友純は貞剛を労る。

「お言葉、かたじけなく存じます」

　貞剛は頭を下げた。

　友純は、貞剛が想像していた以上に人格識見ともに優れ、人としての温かさ、思いやりの深さがあった。そして何よりも生まれ持った威厳というものが、体の奥底から発せられていた。

　そのためだろうか、住友に入ってわずか三年足らずだが、お世辞ではなく、重役のみならず職員たちの尊敬を集めつつあった。

　貞剛は悩んでいた。

　現在、同時多発的に起きている大島供清《ともきよ》の反乱、重役局のまとまりのなさ、別子銅山の坑夫や職員の不満やサボタージュ、そして煙害による地域農民による騒擾《そうじょう》などは、全て宰平《さいへい》に問題の源がある。

宰平の独裁に、誰もが倦《う》み始めているのだ。

宰平は、住友の中興の祖である。それには異論がない。

明治政府に接収されそうになった別子銅山を守り抜いたばかりか、経営の近代化に大胆に踏みきり、住友の今日の隆盛をもたらした。

「別子の申し子」という言葉が、最もふさわしい人物であることは間違いない。比類なき成果を上げたことで、宰平は、カリスマとなった。絶対権力者である。家法も改め、家長友純といえども経営には口が出せなくなったのである。

批判する者がいなくなった場合、自分で自分を律しなくてはいけない。宰平もそのことを十分にわかっているはずだ。

しかし周囲に諫言《かんげん》する者がいなければ、人間誰しも傲慢になっていくのを止めることはできない。

貞剛は、自分はどうなのか？　十分に宰平を支えることができたのか？　自問自答しても、満足できる答えは出ない。

今回、別子銅山に行くことで何が解決できるかわからないが、宰平の名誉だけは守りたい。それが本音だ。

しかしそのようなことを考えながら、このもつれにもつれた多くの問題を解決できるのだろうか。

あるいは名誉を守ろうとすればするほど、問題解決が遠のく可能性もある……。友純の「苦労をかける」という言葉には、貞剛が宰平と問題解決との板挟みになっていることへの同情が滲《にじ》み出ていた。

「友純様、私が別子銅山に行ったとしても何ほどのことができるかわかりません」

「私は、貞剛殿の『火中の栗を拾う』姿勢に感服しております」

「煙害の解決には大変難しい問題があると思います。また別子銅山の職員たちの心もすさんでいるやに聞いております。私は、問題解決に失敗した挙句、住友を破壊し、潰してしまうかもしれません」

友純が微笑を浮かべた。貞剛はそれを見て、小首を傾《かし》げた。

「私に住友入りを勧められた際、何をおっしゃったかお忘れですか？」

貞剛は手を打って、大きく頷いた。

友純に、「住友の財産といったところで何ほどのものでもなく、たかが銅を吹いて儲けたくらいのもの故《ゆえ》、潰してもらっても結構です」と言ったことを思い出したのだ。

「これは友純様に一本、取られましたな」

「思い通りにおやりください。家長は経営に口が出せないことになっていますが、責任は取らせていただきます。貞剛殿が住友を破壊し、潰すことになるなら、それは貞剛殿ではなく、私が潰したことになるでしょう。私が、住友を相続いたしました際、兄の西園寺《さいおんじ》公からはなむけに『初めあらざるなし、よく終わりあるはすくなし』との言葉をいただきました。この言葉は、私への諫《いさ》めではありますが、住友を今日の繁栄に導いた宰平殿にも当てはまるかと思います。どうか、宰平殿の名誉も守るように努めていただければ嬉しく思います」

友純は小さく頭を下げた。

西園寺公望《きんもち》が友純に贈った言葉の意味は、「人は皆、物事を始めることはできるが、終わりを全《まっと》うする者はすくない」という意味だ。

友純が最後まで住友のために活躍するようにとの西園寺の願いがこもった言葉だが、それを援用して友純は、宰平に晩節を汚《けが》してほしくないという思いを伝えているのだろう。

友純も今回の問題の核心は、宰平の独裁に対する重役や社員たちの不満と見抜いていたのだ。

「大島は、今月、理事を辞めさせられましたが、まだまだ宰平総理人へ批判の矛先《ほこさき》を向けております。事態は、容易ならざる方向に進むやもしれません。友純様の御心を悩ませるかもしれません」

「覚悟しております。私は、私のできることをやらせていただきます。それよりも心配なのは、別子銅山の煙害です。新居浜《にいはま》など周辺の人々の協力があってこその別子銅山だと思っています。西園寺公によりますと、日本は韓国を巡る清《しん》国との対立が、いよいよ抜き差しならぬ状況になってきておるようです。そうなりますと銅の需要も大きくなるでしょう。住友への国家の期待も膨らむはずです。しかし国家の期待に応えるためとはいえ、地域の人々にご迷惑をかけるようでは、住友は早晩、潰れます。そうではありませんか」

「唐《とう》の太宗《たいそう》の『貞観政要《じょうがんせいよう》』にも『君たるの道は、必ず須《すべか》らくまず百姓《ひゃくせい》を存すべし』とあります」

「上に立つ者は、人々を憐《あわ》れみ、恩恵を施さねばならない。人々を疲弊《ひへい》させるようでは自分の足を食べるようなものだ、という君主の道を説いた言葉ですね。心得なくてはならないことです。住友が、こうして三百年近くも続いているのは、百姓を存すべしの姿勢を守ってきたからでしょう」

貞剛は、友純の言葉に感激した。

今更ながら住友は運がいい。こんなにも聡明な人物を家長に戴《いただ》くことができたのだから、と。

「足尾《あしお》銅山の件はご存知でしょうか」

貞剛は聞いた。

「はい。私たちは、他山の石とするべきでしょう」

友純は真剣な表情となった。

「足尾銅山の鉱毒被害を追及されている田中正造《しょうぞう》氏とは、第一回衆議院議員選挙でお互い当選し、議会でお話をいたしました。信念のある人物であるとお見受けいたしました」

「そうでしたか。ご縁があるのですね」

友純の言葉に貞剛は軽く頷く。

「正造氏が、国会で鉱毒問題を取り上げましたので、今や世間もこの問題に大きく関心を寄せております。事態を悪化させれば、古河《ふるかわ》と同様に、住友も厳しい指弾を受けることになります」

田中正造は、明治二十四年（一八九一年）十二月十八日、第二回帝国議会で足尾銅山鉱毒問題を初めて提議した。

田中は、足尾銅山から流れる鉱毒が渡良瀬川《わたらせがわ》流域の村々に甚大な被害を与えており、「去る明治二十一年より現今にわたり毒気はいよいよその度を加え、田畑は勿論、堤防竹樹に至るまでその害を被」ったと訴え、政府がこれに対して何もしないのは、憲法違反であり、採掘許可を取り消せと厳しく政府の姿勢を質《ただ》した。

そして翌明治二十五年（一八九二年）五月二十四日にも、「毒気は年を追いていよいよその度を加え」たと訴えた。田畑は不毛になり、川の魚は死滅し、渡良瀬川流域の村民の健康も害している。これらは足尾銅山の鉱毒が原因であることが明白であるにもかかわらず、農商務大臣は、原因が確定しないなどと逃げの答弁を繰り返すのみだ。早期に問題解決にあたらなければ、渡良瀬川が氾濫《はんらん》し、川底に沈殿した鉱毒が周囲の田畑に溢れ、被害が拡大する。速やかに採掘許可を取り消し、被害の賠償を進めるべきだと政府の対策の遅れを批判した。

二年前の明治二十三年（一八九〇年）八月二十三日、渡良瀬川は大洪水となり、鉱毒被害が流域全体に広がった。

田中は、早期に対策をしなければ、ふたたび大洪水が発生した場合、その被害は計り知れないと不安視していた。

不安は明治二十九年（一八九六年）七月に的中する。鉱毒被害が一層拡大し、田中の足尾銅山操業停止請願運動はいよいよ激しさを増していくことになる。

「世間の非難を受けるから、問題に対処するのではなく、この先もずっと住友が栄え、国家の任に応えるためには、別子銅山周辺の人々を安んずることが絶対に必要です」友純は強く言い、「貞剛殿、よろしくお願いいたします」と深く頭を下げた。

「問題を解決できなければ、私の命は友純様に捧げます。たとえ住友を破壊する結果となったとしても、人々が安寧《あんねい》を得られるようにいたします。それが住友の名誉を守ることだと考えます」

貞剛は、強く言いきり、唇を固く引き締めた。

2

貞剛を乗せた住友所有の蒸気船木津川丸《きづがわまる》が御代島《みよ》沿岸の新居浜港に着いた。明治二十七年（一八九四年）七月四日、空は青く澄み渡り、目の前に迫る四国山脈の緑が鮮やかだ。大阪と違って、空気が美味《うま》い。肺の隅々にまで酸素が沁み込んでいく気がする。艀《はしけ》に乗り移り、新居浜に向かう。供はいない。貞剛一人である。

＊

貞剛は、別子銅山で死ぬことを覚悟していた。自分の命を友純に捧げると言ったのは、決して追従《ついしょう》でもなんでもない。本気だった。

しかしそれは悲壮感を伴ったものではない。きわめて自然体であった。

考えてみれば、四天《してん》流という居合の免許皆伝となって以来、相手を斬るか、自分が斬られるか。はたまた自分を斬らせて、相手を斬るか。そういう覚悟を持って生きてきた。

京都御所をお守りしたときも、司法官として函館に赴任したときも、そうだった。死を覚悟するというぎりぎりの淵に身を置くと、周囲の景色が鮮やかに見えるようになる。心に余裕ができるのだろうか。人々の動き、それは物理的のみならず、心理的な動きまでもはっきりと見えるようになる。

今回も死を覚悟したのは、誰も引き受け手のない別子銅山の危機である、人心の乱れと煙害という問題を解決しなければならないからだ。

この二つの問題は、短期的に成果を上げようと強引に攻めていけば、問題が複雑になるだけだろう。また逆に住友を守ろうとすればするほど、結果として住友を破壊することになる可能性がある。

攻めてもダメ、守ってもダメ。道はない。しかしきっと道は見つかる。または自分の前に道が切り拓かれるだろう。そのためには死を覚悟する、すなわちすべての欲を捨てることではないか。

出発にあたって妻の梅に、「問題が解決できるかどうかはわからない。いずれにしてもいつ帰ってくるか、はたまた帰ってこないかもしれない。子どもたちを頼んだぞ」と言った。

梅は、泣きもしない。表情も淡々としたものだ。妻ながらたいした女だと思う。

しっかりおやりください。子どもたちのことはお任せくださいと落ち着いた口調で答えた。

「母のことも頼んだぞ」

母田鶴《たづ》は、貞剛が、また苦労の道を選択したことを嘆いている。目には涙さえ滲ませているではないか。

さすがの貞剛も心が揺れた。西川吉輔《よしすけ》に誘われて戊辰《ぼしん》戦争に馳せ参じる際、村の境まで来て見送ってくれた母の姿をまざまざと思い出した。

ようやく落ち着いた暮らしになったと思いきや、また貞剛が命を危険に晒すかもしれないと思うと、それだけで心が弱くなってしまっているのだ。

「お義母様《かあさま》のことは、ご心配なさらぬように」梅は、貞剛を睨むように見つめると、母に向かって、「お義母様、貞剛ひとりぐらい死んだって何ですか。私がいるではありませんか」と決然とした口調で言った。

貞剛は、その言葉に驚きを覚えたが、梅の目に、涙と思われる光るものを見つけた。思わず、申し訳ないと頭を下げた。

ある日、貞剛の別子銅山行きを聞きつけた臨済宗天龍寺派《りんざいしゅうてんりゅうじ》総本山である天龍寺の僧侶・峩山《がざん》が訪ねてきた。

宬山との交流は古い。いつの間にか、最も心を通わす仲になっていた。

もともとの交流の初めは、伊庭の知人の息子が出家し、天龍寺塔頭《たっちゅう》の住職をしていた縁だったと思うが、もはやそんなことは忘れてしまった。

貞剛は、鰻谷の住友邸の裏手に居を構えていたが、今は近くの塩町《しおまち》に越していた。宬山は、鰻谷の頃から頻繁に訪ねてきていた。

宬山には、貞剛を訪ねる理由があった。それは天龍寺の再建だった。蛤《はまぐり》御門《ごもん》の変で長州の本陣となっていた天龍寺は、薩摩の兵の攻撃で焼失してしまったのだ。それを再建するために宰平や貞剛など住友財閥の幹部に接近したのだが、今ではそんな資金援助のことは一切、口の端《は》にも上らない。

ただ酒を飲み、ごろりと横になるだけだ。一方の貞剛は、下戸《げこ》。まったく酒を飲めない。しかし酒飲みの相手は得意だ。羊羹《ようかん》などの甘い菓子を摘まみながら、茶を飲んでいる。

「貞剛殿、この屋敷は相変わらずぼろじゃのう。庭の草木は伸び放題。家は雨漏り。ほらそこから星が見えるわい」

縁側に座る宬山が顔を上に向ける。その視線の先の、軒先は崩れ落ち、夜空が覗いている。星が見えると、宬山は言ったが、曇っているので星は見えない。しかし宬山の目は、雲を払い、星の輝きを受け止めているのかもしれない。それくらいはできる僧侶だ。

　言われる通り庭も家も荒れている。庭については、貞剛はあまりこまごまと手を加えるのを好まないからだが、家の方は、仕事の忙しさを理由に修繕を放置していた。

「雨露は凌《しの》げますし、多少傷んでいる方が、泥棒にも入られず、安全なのです」

　峩山の隣に座り、庭を眺めていた貞剛は笑う。

「仕方がないのう。まあ、味があると言えば、あるのだが……」

　峩山は、手酌で湯呑に酒を注《つ》ぐ。

　峩山の酒は、杯《さかずき》でちびちびではなく、湯呑でぐいぐいと飲む。禅門屈指の酒豪だ。いつも白磁の徳利《とっくり》を持参し、それに貞剛の家で、酒を補充して寺へ帰る。

「素晴らしい天子様の世になりましたから、泥棒も少なくなり、本当のところは戸締りも不要です」

「そうはいうものの、いつぞや泊めていただいたとき、朝になり、雨戸を開けようとしたらまったく開けられず、そのまま雨戸ごと庭に倒れてしまったぞ。ははは」

「そんなこともありました。あのときの大きな音は、今でもよく覚えています。よき目覚ましとなりました」

「あのとき、まだまだ修行が足りんと反省したものだ。わしの人間が完成するときは、あの戸をすっと開け閉めできるようになるだろう」

真面目な顔で言う。

「では、当分、直さずにそのままにしておきましょう。和尚《おしょう》の修行のためにも」

貞剛は笑った。

「ところで別子銅山に行くそうじゃな」

寂山が、酒の入った湯呑を縁側に置いた。

「はい。参ります。もうすぐ出発です。私がいなくとも、遠慮せずここを訪ねてください。母や梅や子どもたちが喜びます。私も安心ですから」

「承知した。番犬代わりにはなるだろう」

「寂山和尚を番犬に使えるとは、私は果報者ですね」

貞剛の言葉に、お互い声を出して笑う。

「なにはともあれ心配せずに行きなされ。骨はわしが拾うてあげるから」

寂山は貞剛を見つめて言った。

「かたじけなく思います。ぜひ、お願いします。しかし、今回はお引き止めにならないのですね。国会議員になった際は、『やめなさい』とおっしゃったのに」

貞剛は疑問を口にした。

「国会議員は誰でもやれるが、別子銅山の問題を解決できるのは、貞剛殿しかいないからなぁ」

寂山は、酒を一口飲んだ。

貞剛は、寂山の言葉に胸を締めつけられるほど感動した。

別子銅山の問題を解決できるのは、自分しかいないのだ。もし人生にあらかじめ決められた運命の流れがあるなら、別子銅山問題の解決に向かうのは必然だったのだろう。寂山の言葉を貞剛は重く受け止めた。

「山で読む本を何かいただけませんか。ご紹介でも結構です。買って持っていきます」

貞剛は頼んだ。

「本など読む必要はない。しかしどうしてもと言うなら、これを読みなさい。はなむけに差し上げよう」

寂山が差し出した一冊の本を見ると、それは『臨済録』だった。唐末の禅僧臨済・義玄《ぎげん》の語録である。

「禅には、いささか関心がありますから、これを拾い読みしたことはありますが、なかなか難しい……」

「禅は書物で理解するものではない。だから読む必要はないが、それでも退屈しのぎにはなるだろう」

しかし、言葉とは裏腹に、書物の中で読まないでよい所は紙縒《こより》で閉じてあった。必要な箇所さえ読めばよいとの衰山の心遣いを、貞剛は嬉しく思ったのである。

「そう言えば、貞剛殿とは禅の話はしたことがなかったなぁ」

「いつも飲んでおられるだけですから」

貞剛は微笑する。

「禅とは、こうやってお互いが会うということかもしれん。二人が瞬間、瞬間、感応する。わしが酒を飲む。よもやま話をする。ごろりと横になる。それを直感で、ここで」衰山は、胸と臍《へそ》の間あたりの方三寸《ほうさんずん》と言われる箇所を指さした。「なにかを感じる、理解するのではなく、心眼で見ることかのう」

「酔った和尚を介抱するのが禅とは、上手《うま》い言い訳を考えましたね。今、心眼で酒が切れたことがわかりました」貞剛は、部屋の奥に向かって、「梅、酒を頼む。たっぷりな」と声をかけた。

梅が明るい声で「ただちに」と返事をした。

衰山は、はははと声に出して笑う。

「この絶妙の感応が禅である」

貞剛も声に出して笑った。

「臨済は、『信不及《しんふぎゅう》』と言った」

寂山は、庭の草が風に揺れるのを、さも愛おしそうに眺めながら湯呑を傾ける。

貞剛も同じように庭を眺める。

「己を信じきることだ。外に何かを求めるのではない。己の中にすべてがある。己を信じきって事を進めればよい」

寂山は酒を飲み、ごくりと喉《のど》を鳴らした。

*

艀を下りて陸に上がると、貞剛と交代することになっている銅山支配人の久保盛明と数人の部下が待ち構えていた。

「お疲れ様でございました。お待ちしておりました」

久保が挨拶をする。暗く、冴えない顔だ。管理不十分の責任を取らされて貞剛と交代させられる結果になったことに、複雑な思いを抱いているのだろう。

久保だけではない。他の職員たちも一様に表情が硬い。

——寂山に骨を拾ってもらうことになるかもしれんな。何はともあれ信不及だ。自分を信じきることだ。

貞剛は、彼らの沈んだ表情を見て、覚悟を新たにした。

3

貞剛は、自分のために用意された惣開《そうびらき》の新居浜分店近くの住居に荷物を置いた。荷物といってもたいしたものはない。多少の着替えだけだ。あとは峩山から贈られた『臨済録』だけ。もっとも、これが荷物と言えるかどうか。

荷物のあまりの少なさに久保が驚いた。彼の部下の一人が、大阪にすぐに帰るつもりだから荷物が少ないのだと囁く声が聞こえる。ちらりと貞剛が睨むと、慌てて口をつぐんだ。

多くの荷物など必要はない。ここで死ぬ気で来ているのだ。生活に必要なものは、ここで調達すればよいではないか。もともとたいして贅沢をする方ではない。貞剛は、目で、陰口を囁く部下に言い聞かせたのである。

住居は、坪数こそは百二十、三十坪はあるが、母屋《おもや》には二畳の玄関、六畳の台所、三畳の女中部屋、八畳の客室があり、それに付随して中二階の二畳の間、そして四畳半の離れ座敷となっていた。決して広くはない。妻の梅や子どもたちが押しかけたらどこに寝泊まりさせるか困ることになるだろう。

「狭くて申し訳ありません」

久保が恐縮して言う。

「いえ、十分です。庭もありますから」

離れ座敷に行く廊下に沿って庭がある。植栽はまばらで、その隙間を縫うように夏の陽光を浴びて生長した名も知らぬ雑草が丈を伸ばしていた。

「すぐに庭の手入れをさせますから」

「いえ、このままで結構です。なかなか姿がいいではありませんか」

貞剛は、庭を型にはめて手入れするのを好まなかった。

「私は、この四畳半で起居いたします」貞剛は、離れ座敷をぐるりと見渡し、「ところで山にひと部屋、借りられますかな」と聞いた。

「はあ」久保が首を傾げた。部屋を借りたいとはどういうことか、久保には貞剛の意図が量《はか》りかねたのだ。

「いえ、せっかく別子に来たのですから、里である新居浜よりも頻繁に山で起居しようと思いましてね。接待館の中でも、その近くでもいいので、ひと部屋お貸しください」

穏やかに微笑む貞剛に、久保は驚きを隠せない。久保は銅山の支配人であったが、新居浜で執務していたからである。あの険しい道を登り、山で暮らそうという発想はなかった。

「山で暮らされるのですか？」

久保は聞いた。

「はい。明日にでも登ってみます」

貞剛は答えた。

久保は神妙な表情で「ご用意させていただきます」と答えた。

そこに「失礼します」と少女が入ってきた。紺絣《こんがすり》の粗末ながらも清潔な着物を着て、臙脂《えんじ》の帯を締めている。

「お光《みつ》、お入り」

久保が言った。

貞剛は頭を下げた。

「この子が貞剛殿の身の回りの世話や食事を作ってくれます。通いになりますが、十五歳なのになかなかよく気働きのできる娘ですから」

まだあどけなさを残しているが、一見して、利発な印象である。貞剛は、自分の子どもと同じくらいの年齢の少女に親しみを覚えつつも、申し訳なく思った。

「お光さんか。貞剛といいます。よろしく頼みましたよ」

「はい」

お光は頬を赤く染めて、恥ずかしそうに頷いた。

「今夜は、新居浜分店の広間で歓迎会を開きますので、ご出席願います」

久保が言った。

とても歓迎している顔ではない。最初に挨拶を交わしてから一度も笑顔がない。よほど嫌われたのだろうと、却《かえ》っておかしみを覚えた。

歓迎会の時間になると、貞剛は住居から、指定された新居浜分店の広間に向かった。外は、暗闇というほどではない。陽が陰り始めている。

広間には、すでに久保以下幹部や職員がずらりと居並んでいた。たくさんの燭《しょく》台《だい》に火がともされ、中は昼間のように明るい。しかし、集まった職員たちの表情は一様に暗い。燭台の明かりの陰になっているからではないだろう。心が塞《ふさ》いでいるから、表情が暗いのではないだろうか。誰も貞剛と目を合わせようとしない。そればかりか、露骨に無視を決め込んで、隣の者と雑談を交わしている者さえいる。

――虫がいる。虫が巣くっている。

貞剛は、居並ぶ幹部、職員の顔を見て、ふいに「虫」という言葉が浮かんだ。彼らの心の中を虫が散々食い散らかしているため、上の者と下の者との間に円滑な話し合いがないのだろう。

いわゆる意思疎通が悪く、不満が溜まりに溜まっているに違いない。

沢庵《たくあん》禅師が「上中下三字説」を唱えたことがある。

ある城主から、政治について質問されたときの答えだ。

「上」という字を逆さにすれば「下」になる。上とは城主、下とは城下の民衆だ。上と下との間に「中」がある。「中」という字は「口」を一本の縦棒が貫いている。この縦棒は「言葉」を表している。すなわち「口」から発せられる言葉、縦棒が「上」と「下」とを結びつけるのだ。

上の者は下の者と、下の者は上の者と、よく言葉を交わさねば、政治はできないという意味だ。上意下達《じょういかたつ》、下意上達《かいじょうたつ》が政治には最も重要で、それがなければ人心は倦み、空気が淀《よど》み、良い気が流れず、政治は停滞する。

――住友も同じだ。なんとか良い流れを作りたいものだが……。

宴《うたげ》が始まり、幹部、職員たちは料理を食べ、酒を飲んでいる。

久保も隣に座る幹部と話をしているが、さほど楽しんでいるようには見えない。

貞剛のところに歩みよって酒を注ごうという者も皆無だ。貞剛が酒を飲めないことが知られていたとしても、一人も挨拶に来ないのは異常だと言える。

貞剛は、幹部や職員たちの考えにおよそ推察がついていた。彼らは、貞剛が宰平の甥であるため、宰平の意向を受けて、幹部や職員の粛清《しゅくせい》にきたのだと思っているに違いない。

大島供清は、本年の一月に理事を解任されたが、彼に扇動されて銅山の職場の秩序を乱した者が、この場に何人もいる。それらの者たちは解雇されるのではないかと不安なのだ。首を切りに来た貞剛に、尻尾《しっぽ》を振り、作り笑顔を浮かべて近づくわけにはいかない。そんな思いなのではないだろうか。

「おう、支配人様」

突然、屈強な男が、貞剛の前に胡坐《あぐら》をかいた。事務方の職員というより、坑夫という印象だ。一升瓶を抱えている。

――誰も挨拶にも来ないと思っていたら、赤ら顔の熊のような男が来たわい。

貞剛は、なんでしょうか、という風に小首を傾げた。

「俺の酒を飲んでくれ」

一升瓶を貞剛の湯呑に傾けようとする。

「申し訳ないが、私は不調法《ぶちょうほう》なのだよ」

貞剛はにこやかに言う。

「なんだ。山に来て、酒も飲めねえのか。たいした奴じゃないな」男は大声で笑い、「なあ、支配人様、山の歓迎は、ちと荒いぜ。いつこの燭台が飛んでくるかわからんから、せいぜい気をつけることだなぁ」と燭台の脚を摑《つか》んで揺すった。皿の上で燃えている火が大きく揺れた。

周囲の話し声がぴたりと止んだ。貞剛が男を怒鳴るか、男が酔った勢いで貞剛に殴りかかるか、いずれにしてもひと悶着《もんちゃく》ありそうな空気に皆が固唾《かたず》を呑んでいる。

「ほほう、この燭台が飛んでくるのかね」

貞剛は、笑みを浮かべて、男が摑んでいる燭台の脚を握り、さらに揺すった。

男は、貞剛がまったくたじろぐ様子を見せないので拍子抜けしたように力を抜き、燭台を摑んでいた手を放した。

同時に、どちらかと言えば小柄な貞剛が、ひどく大きく見えたのだろうか、男の表情にわずかに脅《おび》えが浮かんだ。

男は立ち上がると、「そういうことだ。気をつけろや」と一升瓶を抱えて、自席に戻った。

「ご忠告、痛み入ります。よろしく指導してくだされ」

貞剛は、静かに低頭した。

男は無言で、すっかり勢いをそがれたようにおとなしく酒を飲み始めた。急に空気が緩み、何事もなかったかのように幹部や職員たちが言葉を交わしだす。

貞剛は、湯呑を持ち上げると、すっかり冷めきった茶を口にした。


住居へ帰ると、「お帰りなさいませ」とお光が待っていた。

「お光さん、まだいたのかね。早く帰りなさい」

「大丈夫です。家は近いですから。お風呂を沸かしてあります。それからお布団《ふとん》も敷いてありますので」

「ありがとう。この近くに住んでいるのか」

「はい。おばあちゃんと一緒に暮らしております」

「お父さんやお母さんは？」

「お山で暮らしています。おばあちゃんは長い間、仲持《なかもち》をしていました。私たちは、別子のお山のお陰で暮らさせていただいております。どうかいつまでもお山が栄えますようにお願いいたします」

お光は、深く頭を下げた。このことを伝えたいために残っていたかのようだ。

「わかりました。ますます栄えるように努力します」貞剛は微笑し、「ところで」と、お光に訊《たず》ねる。「明日、早朝から山に登りたいのだが、誰か案内してくれる者を知らないか」

「支配人様なら会社の人が案内してくださるのではないですか」

お光が不思議そうに聞いた。

「そうかもしれないが、できれば地元の者がいいんだ。誰か知らないか」

貞剛の問いかけにお光は少し考えていたが、何かを思いついたのか表情を輝かせた。

「弟の小吉《こきち》に案内させましょう。丁度、山からうちに戻っていますから」

「そうか、それはなによりだ。ぜひ頼みたい。明日、早朝に迎えに来てくれ。早くても一向にかまわんから」

「はい、明日、陽が昇る頃、小吉を迎えに寄こします」

お光は、笑みを浮かべると、着物の裾を翻《ひるがえ》して、小走りに帰って行った。

4

「おはようございます」

貞剛が、寝巻のまま顔を洗っていると、お光がにこやかに入ってきた。

「おはよう」

手拭いで顔を拭う。水が冷たくて、体が引き締まる。

「小吉が玄関でお待ちしています」

お光が言う。

「おお、そうか。ありがとう。すぐに着替えるから」

部屋の時計の針は、午前五時を指している。

「お弁当とお茶を用意しておりますので、それを持って行ってくださいませ」

お光は、早速、貞剛の布団を片づけている。

「かたじけない」

よく気がつく娘だと仕事ぶりに感心をしながら、ズボンとシャツに着替える。

玄関には、茶が入っているのだろう竹筒と、竹皮に包まれた三個ほどの握り飯が置かれている。

「おじさん、おはようございます」

瞳を輝かせた少年が立っている。日焼けして、見るからに活気がある。

「君が小吉君か。幾つだね」

貞剛は、握り飯を風呂敷に包み、竹筒と一緒に腰からぶら下げた。

「六歳だよ。おじさん」

「こら、小吉、おじさんじゃない。支配人様と言いなさい」

困惑した顔でお光が叱《しか》る。

「よいよい、おじさんでよい。おじさんに違いないからな」

貞剛は声を出して笑った。

「みろよ、姉ちゃん、おじさんでいいってさ」

小吉は小鼻を膨らませて生意気そうに言った。

「ちゃんとお山にご案内するんだよ。おむすびは持ったかい？　水筒は？」

「ちゃんと、ほら」

小吉が、腰に巻いた風呂敷と、竹筒をお光に見せる。

「では小吉君、行きましょうか」

「行ってきます」

小吉は弾むような足取りで貞剛の先を歩いた。

住居を出てみると、遥か、赤石山《あかいしやま》や下兜山《しもかぶとやま》などの二〇〇〇メートル近い四国山脈が壁のように目の前に迫ってきた。道はすべて登り坂でうねうねと続いている。

「おじさん、汽車に乗らないの？」

小吉が聞いてくる。

去年、明治二十六年（一八九三年）、新居浜惣開と銅山の途中の端出場《はでば》間、約一〇・五キロの下部《かぶ》鉄道、そして石《いし》ヶ山丈《さんじょう》と角石原《かどいしはら》間約五・五キロの上部《じょうぶ》鉄道が完成し、運行を開始していた。宰平、念願の事業の一つだった。

「今日は、昔の人のように歩いて登ろうと思うんだ」

「仲持さんみたいだね」

「鉄道や牛車道ができるまでは、仲持さんが銅山から立川《たつかわ》まで粗銅を運んでいたんだろう。そこから新居浜口屋までは馬荷で、口屋からは生活物資を山に運んでくれたんだ」

小吉は横に並んで歩く。貞剛の脚力を気遣っているのか、歩みはゆっくりだ。

「おばあちゃんが仲持をしていたんだよ。大変だったって」

仲持をする人は、牛車道や鉄道の開通で明治二十四年（一八九一年）にはいなくなったという。

「そうなのか。それは大変ご苦労様だったね」

「おじさん、お山の偉い人なんだろう？　姉ちゃんが言っていたよ」

小吉が、貞剛を見上げた。

「さあな、偉い人かどうかは知らないなぁ。私が決めることではないから」

「いつか汽車に乗せてよ」

小吉は真剣な顔だ。

「ああ、わかった。乗せてあげるよ」

「ホント？」小吉の顔が晴れやかになる。「約束だよ」

「約束する」

貞剛は笑みを浮かべながら、きっぱりと言う。

貞剛は、小吉の笑顔を見ていると、心が晴れやかになっていくのを感じていた。別子に来てから、こんな明るい表情に触れたことがない。久保や幹部たちのじめじめと湿った顔ばかりだ。彼らの表情が明るくなるときは来るのだろうか。

朝早く、徒歩で銅山に向かったと知ったら、久保たちは、どんな顔をするだろうか。それを思うと少し笑いが込み上げてくる。

歩き続ける。周囲には田が広がっている。緑の稲の葉が風に揺れている。気になることがある。空に薄く靄《もや》がかかっているのだ。良い天気なのにどういうわけだろうか。それに少し硫黄《いおう》のような臭いがする。

振り向いてみると、惣開精錬所の高い煙突が目に入る。操業開始時間にはまだ早いと思われるが、すでに火を入れているのか、煙が薄く立ち昇っている。それが風向きの具合でここまで流れてきているのだ。途端に貞剛の表情が曇った。

「おじさん、煙を吸っちゃだめだよ。毒だって言うから」

小吉が注意を促す。小吉は慣れているのか、口を手で押さえるようなことはしていない。

「ありがとう」

貞剛は感謝の言葉を言いつつも、やはり手で口を押さえるようなことはしない。

煙害だ……。その原因を作っている住友の人間としてこの煙を、手で口を塞いで凌《しの》ぐようなことをするわけにはいかない。

「小吉、どこへ行くんだぁ」

道の左右に広がる田の草取りをしていた老婆が声をかける。

「お山の偉い人を、お山に案内しているんだ」

「精が出ますな」

貞剛は軽く会釈《えしゃく》して声をかける。

老婆は曲がった腰を伸ばし、険しい表情で貞剛を見た。

「あんたが新しい支配人様かね」

すでに村人には、支配人交代の情報が広まっているようだ。

「伊庭《いば》と申します」

貞剛は、わずかに警戒心を抱きつつ、答えた。老婆の怒りを感じたからだ。

「これを見てくれ」

老婆が周辺の稲の葉を鎌でざくりと刈った。それを貞剛に差し出す。

遠目には緑に見えていたが、老婆が持った稲の葉には、黒褐色の斑点が多くついている。

「わしらはここで長い間、米を作っている。あんたらが銅を掘りなさるずっと以前からじゃ。ここらは水がきれいでな。米がたんとできた。ところがじゃ。あれが」

老婆は惣開精錬所の煙突を指さし、「あれができて、煙を吐くようになってからはこのざまじゃ。米がまともにできん。このままではわしらは飢え死にせんといかんのです。なんとかしてください」とますます険しい形相《ぎょうそう》になった。

貞剛は、老婆から稲の葉を受け取った。葉はところどころが枯れてしまい瀕死《ひんし》の様相だ。老婆の悲痛な叫びが、稲の嘆きとして貞剛の胸に迫る。自分が育った琵琶湖周辺の青々とした稲を思い出す。それに比べると、なんと悲惨なことか。胸の中で悲しみが渦巻き、不覚にも貞剛の涙腺《るいせん》が緩みそうになる。

この辺りの土地は住友が買い上げている。住友は、煙害の苦情を防ぐための緩《かん》衝《しょう》地帯を作ろうと、大幅に田畑を買い占めている。いわば口封じだ。老婆は住友の小作のはずだ。

——なんと姑息《こそく》なことをするのか。

貞剛は、煙突からたなびく煙を見つめた。怒りを覚える。老婆を小作にすることで、住友に文句を言わず従えというのか。

銅と米、麦。人が生きるためにどちらが大切か。幼い子どもでも米、麦と答えるだろう。

銅は米、麦を買う金を稼ぐことができるが、命を養うことはできない。私たちや銅山で働く者たちは、この老婆が作る米や麦を食べて生きている。

また、たとえ土地を買い占めたとしても老婆は米や麦を作らねば生きていけない。それが天から与えられた役割だ。

住友は、老婆が天から与えられた役割を無慈悲にも奪っているのだ。

「何とかしてくださいな」

　老婆がすがるように言い、顔の皺《しわ》を一層、深くした。

貞剛は、大きく頷き、その稲の葉を、弁当を包んでいた風呂敷の中に入れた。

――仏に逢えば仏を殺し、祖師に逢えば祖師を殺し、羅漢《らかん》に逢えば羅漢を殺し、父母に逢ったら父母を殺し、親類縁者に逢えば親類縁者を殺し……。

昨夜、遅くまで読みふけった『臨済録』の言葉が蘇ってきた。

「住友を殺さねばならない……」

貞剛は、歯ぎしりをし、ふたたび煙突を見つめた。

第九章　お山暮らし

1

新居浜惣開《にいはまそうびらき》から別子《べっし》銅山に行くには、貞剛《ていごう》が支配人として赴任した明治二十七年（一八九四年）においても大変な苦労を強《し》いられた。

赴任の翌日に、銅山に住む少年、小吉《こきち》の案内で登ってみたが、延々と続く細い仲《なか》持《もち》道に疲れきり、体の節々が痛くてどうしようもなくなった。

海抜一三〇〇メートルもある銅山越と呼ばれる峠の頂上に立ち、遥か眼下に銅山を眺めたとき、はらはらと涙が溢れてきた。

「どうしたの？　おじさん」

小吉が不思議そうな顔をして尋ねる。

「ははは」貞剛は、きまり悪そうに笑い、涙を拭う。「見られてしまったか？　この険しい山道を一〇貫（約三八キロ）以上もの粗銅や生活物資を背負って歩いて運んだと思うと……その苦労に手を合わせたいくらいありがたいと思ったのだよ」

「おばあちゃんは仲持をしていたんだけど、ずっと昔は別の峠を通っていたんだって。だから山の茶屋で二泊もしたらしいよ。みんなでおしゃべりして楽しかったんだってさ」

小吉は生き生きと話す。

「そうなのかい？　二泊もね」

貞剛は逆に苦労を想像して胸が痛む。

「この銅山越の道ができて一泊で済むようになって、それから牛車道ができて、もっと便利になって、鉱山鉄道ができたら、とうとう仕事が無くなったってさ」

小吉は、陽気に笑う。

「仕事が無くなったのか。悪かったな」

「そんなことはないよ。おばあちゃんも年を取ったから、ちょうどよかった。辞め時だったたって。時々、お山に雪が降るとね、おばあちゃんはお山に手を合わせて、泣くんだ」

「どうしてだね」

「冬のお山は雪が積もってすごく寒い。草鞋《わらじ》が雪で滑って大変だったたって。仲持の友達が、雪で足を滑らせて、崖下に転落して亡くなったんだってさ」小吉は峠の一《いち》隅《ぐう》を指さした。小吉の指さす方向には、周囲を石垣に囲まれ、石段を上った台座に鎮座する地蔵がある。小吉は手を合わせた。「あのお地蔵さんは、亡くなった仲持さんをお祀《まつ》りしてあるんだ。八月の四日には、縁日があってね。相撲《すもう》大会があるんだよ」

「そうなのか……。小吉は相撲は強いのか」

「まあまあだね」

小吉が鼻の下をひとさし指で擦《こす》る。得意げな顔だ。

「拝んで行こうか」

貞剛は地蔵に歩み寄る。

小吉は一緒に行かずに、小走りに何処《どこ》かへ駆けて行った。

石段を上る。穏やかな笑みを湛《たた》えた地蔵だ。貞剛は、頭《こうべ》を垂れた。

「おじさん、これ」

小吉が声をかけた。振り向くと両手が赤い実でいっぱいだ。

「それは？」

「銅山いちごだよ」

「いちご？」貞剛は、摘まんで口に運ぶ。甘酸っぱくて美味《おい》しい。疲れた体が一気に元気になる。

「美味しいだろう？　これは本当はアカモノっていうんだ。これでお酒を造ったりするんだよ」

小吉も口に運ぶ。時々、酸味の強いものが混じっていて、顔をくしゃくしゃにする。

さらに仲持道を歩いて先へ進む。谷にへばりつくように建つ家々や建物が眼下に見えてくる。煙が幾筋も立ち昇っている。鉱石を焼く焼窯《やきがま》からの煙だ。硫黄《いおう》の臭いが鼻をつく。

「ようやくここまで来たな。蘭塔場《らんとうば》に寄ってから目出度町《めったまち》へ行こうか」

「目出度町に寄るの？」

小吉が嬉しそうな顔をする。

目出度町は商店や食堂などが並ぶ、銅山唯一の賑やかな場所だ。

「お礼に何か買ってやる」

貞剛がにこやかに言う。

「ホント？　ホント？」小吉は破顔する。そして思案し、「えびす屋の饅頭《まんじゅう》がいい」と声を弾ませた。

「小吉はどこに住んでいる？」

「うちは、あそこ」

目出度町の方向をさす。商店が並ぶ見花谷《けんかだに》、両見谷《りょうけんだに》と言われる谷がある。そこには坑夫住宅が密集していた。稼ぎ人と言われる流れの坑夫たちの住まいだ。小吉の家はそのうちの一軒なのだろう。

「小吉だけじゃなくてお父さんにもお土産《みやげ》を買ってやろう。お礼にな」

「やった！　だったらお酒がいい。伊予《いよ》屋に売っているから」

伊予屋は目出度町で唯一の大商店だ。

「その前に重任分局に寄るかな。挨拶をしないといけないからな」

重任分局とは銅山経営を担う統括事務所だ。

仲持道を辿りながら石組みの蘭塔場に近づく。目出度町の賑わいを見下ろすかのように周辺より小高くなっている。

「蘭塔場って、昔の大火事で亡くなった人を祀ってあるんでしょ？」

「銅山を火事から守ろうとして百三十二名もの人が亡くなったんだよ」

元禄《げんろく》七年（一六九四年）の四月。別子銅山開坑から三年経っていた。春になり、冬ごもりから抜け出し、ようやく仕事を再開できる。銅山や目出度町も活気づいていた。

当時の別子支配人・杉本助七は手代や勘場役人らと銅山を見回り、坑夫たちに声をかけていた。

風が強い。こうした日は火災に気をつけねばならない。助七は焼窯を見回っていた。この窯の底に薪を敷き、砕女《かなめ》が砕いた鉱石を並べる。それを幾段も積み重ね、その上を藁《わら》や筵《むしろ》で覆い、水をかけながら燃やす。三十日から六十日ほどその作業を続けると焼鉱《やき》になる。この焼鉱に吹床《ふきどこ》で風と火を送り、銅分を取り出す。

いつもより硫黄の臭いがきつい。冷やし水が十分ではないのではないか、と懸念した瞬間、焼窯から爆発音が響き、炎が上がった。

「火事だ!」

助七は、大声で叫び、坑夫たちを指揮して、水をかけた。しかし折からの強風に煽られて、炎はたちまち広がり、山肌から谷に赤い舌を伸ばす。

午前十時頃から午後二時半頃までの四時間余りで、番所四軒、勘場一軒、銅蔵一軒、米蔵一軒、雑物入蔵一軒、吹所《ふきしょ》の前身である床屋二十三軒、銅改所一軒、焼窯四百か所、炭蔵一軒、坑夫小屋二百二十五軒、砕女小屋三軒など、銅山施設のほとんどを焼き尽くしたのである。

そして何よりも悲劇だったのは支配人・杉本助七をはじめ、百三十二人もの尊い命が失われたことだった。

木立に囲まれた蘭塔場の石段を上がる。蘭塔とは、禅宗における墓所のことだ。

貞剛は、跪《ひざまず》き、石碑に向かって頭を垂れる。無事に務めが果たせるようにと、犠牲になった人たちに祈る。隣にいる小吉も同じように祈っている。

銅山では、これまでも水害、火事などで多くの人が亡くなっている。こうした犠牲者を少なくすることは支配人としての重要な仕事だ。坑夫たちの働きで、住友は成り立っている。そのことを片時も忘れないようにしなければならないと強く誓った。

蘭塔場の高台に立ち、鉱山街の様子を眺める。

あちらこちらから焼窯の煙が立ち昇っている。風向き次第では、貞剛のところにまで流れてきて、硫黄臭に鼻と口を押さえねばならない。

重任分局が見える。目出度町の賑わいもその下に広がっている。ここには住友病院、公衆浴場、大商店、料亭一心楼、村役場、そして山の安全を守る大山積《おおやまづみ》神社などが、狭い谷間にひしめき合っている。常時、この銅山には数千人が居住し、日中には一万五千人もの人が行き来している。

「この賑わいは大したものだが、本当に緑がないなぁ」

貞剛は嘆息した。

眼下に広がるのは、赤茶けた土がむき出しになった山肌である。緑の木々がない。地獄もかくやと思われるような荒涼とした景色だ。

別子銅山が長きにわたって山々の木々を、鉱石を焼く炭に使用し、建物を建設する用材とするため乱伐を繰り返してきたからだ。

今や炭の使用量は年間九千トンを超えるまでになっている。

——これは山ではない。ただの土くれだ。死したる土くれだ。

貞剛は、考える。日本人は、自然を愛する。桜花を愛《め》でて、心を浮き立たせる。

一方、松や杉などの緑を湛えた木を見、それらの木に囲まれることで、勇気を奮い立たせる。『論語』にも「年寒くして松柏《しょうはく》の凋《しぼ》むに後《おく》るるを知る」とあるではないか。どんなに厳しい冬であろうと、雪の重みに堪《た》える松の姿は、我々をどれだけ奮い立たせてくれることか。

山々の広葉樹は、若葉の季節には緑となり、秋には赤や黄など、人の技を超えた色彩になる。

自然に造詣《ぞうけい》の深い地理学者、志賀重昂《しがしげたか》は、『日本風景論』でこのような山の景色を称《たた》えて、「染め具をもってかくのごとく調合せんとするも、庸凡《ようぼん》の頭脳をもって到底為しうべからず、大地の彩色は山を得て始めて絢煥《けんかん》す」と書いた。

貞剛は、隣に立つ小吉を見つめた。この少年に豊かな山の木々を見せてやりたい。

「なあ、小吉」

「なに、おじさん」

「このまま別子の山を荒れ放題にしておくことは天地の大道に背くことだ。だから私はなんとしても別子の山々を元の青々とした姿にして、大自然にお返ししたいと思うのだが、どうかな」

小吉に問いかけると、小吉は、しっかりとした目つきで貞剛を見つめ、「おじさん、そうしたら狐やリスなんかも戻ってくるかな」と聞いた。

「ああ、山々が緑になれば、みんな戻ってくる」

「おじさん、僕にも手伝わせてよ。緑にするのを」

「ああ、ぜひ手伝ってくれ」

貞剛は、小吉の頭を撫でた。

2

「伊庭《いば》様、どうなされました」

重任分局に行くと、前支配人の久保盛明が他の幹部たちと慌てて飛び出してきた。

「仲持の道を歩いてきたのだよ。小吉の案内でな」

貞剛は、にこやかに小吉の方を振り向いた。小吉は、貞剛の背後に隠れるように立っている。

「びっくりしました。お迎えに伺いましたら、お光《みつ》にそのことを聞きまして、私は、鉄道を利用して山へ先回りした次第です。お腹がお空きになったでしょう」

久保は盛んに恐縮している。

「大丈夫ですよ。お光さんが作ってくれたおむすびを途中で食しましたから」

「そうですか。では今から如何《いかが》なされますか」

「小吉を目出度町に連れて行って、饅頭を買ってやろうと思う」

小吉は、貞剛の背後から顔を出し、にっこりと笑った。

「こら、小吉、支配人様に何を無理言っているんだ」

幹部が怒った。

「これこれ、私がお礼をしたいんだ」貞剛は、幹部を制して「じゃあ、小吉、行こうか」と小吉を促した。

久保も幹部も、貞剛の様子をあっけにとられたように見ていた。

貞剛は坂道を下り、目出度町の中に入っていく。

通りには人々が大勢、歩いている。ここが一〇〇〇メートル級の高山の上とは思えない。

荷物を積んだ牛車が行き交う。買い物に来たのだろうか、着飾った女性もいる。

えびす屋の店先からは、湯気が上がっている。饅頭をふかしているのだ。客たちが、一個二個と買っていく。中を覗くと、簡単な食事ができるようになっており、大勢の人が食事を楽しんでいる。

「饅頭、幾ついるんだね」

「えっ、僕の分だけじゃないの」

小吉の表情が明るくなる。

「お父さんやお母さんの分も買ってあげるよ」

貞剛は「十個包んでくれ」と店員に頼んだ。

「十個も！」小吉は弾んだ声で言い、「やった！」と拳を上げた。

「伊予屋に行くか。お父さんへの酒を買おう」

貞剛の言葉に、小吉の表情が輝く。急ぎ足で伊予屋に向かう。

別子銅山で唯一の大商店だ。衣料から食料品まで多くの品が揃っていて、買い物客で賑わっている。

「おじさん、お酒はここだよ」

小吉が、酒売り場に先回りをして、貞剛を呼ぶ。

酒は、量り売りのようだ。銘柄は「イゲタ正宗」。キゲタ（井桁）は住友の家紋だ。

この酒は、別名「鬼ごろし」と呼ばれ、辛口でアルコール度数が高く、すぐに酔えるとなかなかの人気だと言う。小足谷《こあしだに》の醸造所で造っている。

一升瓶に酒を詰めてもらい小吉に持たせる。小吉は両手でしっかりと抱える。饅頭は弁当用の風呂敷に包み、首にかけた。

「気をつけて持って帰れよ。また頼むこともあるからよろしくな」

「任せといて」小吉はどんと胸を叩き、「おじさん、ありがとう。またね」と坑夫住宅の方に飛ぶように走って行った。

小吉が見えなくなったのを確認すると、「さあ、行くか」と貞剛はふたたび重任分局に戻った。

支配人執務室に入ると、早速、土木課長の本荘種之助を呼んだ。

貞剛の机の上には、「山林之義ニ付上申書」が置かれていた。

これは本荘が、久保に別子の山林保護について上申したものだが、そのまま棚ざらしになっていた。

「本荘、入ります」

きびきびとした身のこなしで本荘が執務室に入ってきた。

「本荘君、これを説明してくれるか」

貞剛は、本荘の上申書を手に取った。

本荘の表情が、急に明るくなった。

「採り上げてくださるのですか」

「今、考えている。私は、この別子の山々の景色に、いささか衝撃を受けているところだ。あまりにも荒涼としている……」

「その通りです。お山に自然を取り戻さねば、別子はいずれ立ち行かなくなります」本荘は、身を乗り出した。「ご説明します。私の提案は、山林課が、製炭課が所管する薪炭林《しんたんりん》を所管する。その上で山林調査を行い、区画を決めてそれぞれの区画にふさわしい植樹、伐採を行うのです。今までのような無計画な山林伐採は禁止し、鉱山で使う燃料は薪炭《しんたん》から石炭に転換します。そして必要な坑木などは他所《よそ》からの調達で凌《しの》ぎます。伊庭支配人、森を取り戻しましょう。そうしなければ早晩、別子銅山は行き詰まります」

顔が青ざめるほど真剣な様子で、貞剛に迫った。

「本荘さん、お互い近江《おうみ》の生まれですね」

本荘は、近江八幡出身だ。実は貞剛とは親戚筋にあたり、本荘の住友入社の保証人は貞剛なのである。

貞剛は、故郷の滋賀の話をした。琵琶湖周辺の山々も信楽焼《しがらきやき》などに使用される炭のために木々が乱伐され、雨が降ると、土砂が川に流れだし、洪水を引き起こしていた。

「近江の人たちは、はげ山となってしまった山に植林をし、水害を食い止めたのだ。別子もなんとかしなければ、土砂崩れなどで多くの人命が失われる可能性がある。山の神の逆鱗《げきりん》に触れるだろうね」

貞剛は言った。

「私にやらせてください。お願いします」

「私と一緒に第一回衆議院議員選挙で当選した、田中正造《しょうぞう》という人がいる」

「足尾《あしお》銅山の鉱毒問題に取り組んでおられる方ですね」

「田中先生によると、足尾銅山の鉱毒が、渡良瀬川《わたらせがわ》などの洪水で流域の村々を襲い、木々や農作物を枯らし、魚類を死滅させ、人々の暮らしを破壊しているという。田中先生は、自らを下野《しもつけ》の百姓と言われている。百姓の暮らしを立ち行かなくして、何が近代国家か、ということなのだろう。私も同感だ。足尾のようになってはならん」

貞剛は強い口調で言った。

「費用は如何《どう》しましょう?」

本荘は心配そうな表情になった。

「金と自然とどちらが大切かな。そんなことは考えなくてもわかる。住友が今後も世の中に存在を許してもらえるかどうかが、ここにかかっている。費用は気にせずやりなさい。私が責任を持つから」貞剛は、何かを思いついたかのように上目遣いになり、「品川にも協力を乞うことにしよう」と言った。

「品川弥二郎先生ですか」

「品川は、農こそ国の根本と言い、農政に造詣が深い。山林局長として国に尽くしていたから、植林を手伝ってほしいと言えば喜ぶだろう」

「願ってもない話です」

本荘の表情が明るくなった。

「植林の作業は、私も手伝わせてほしい。村の人やお山の坑夫たちにも協力してもらおうじゃないか」

「ぜひともそうしましょう。支配人にもたくさん植えてもらいますよ。ところで」急に本荘が声を潜《ひそ》める。「支配人、十分に気をつけてください」

「何に気をつけるんだね」

貞剛は、にこやかに言った。

「別子には、不穏な空気が漂っていまして……」本荘の顔が曇る。「前任の久保支配人の専横に反感を持つ者が多いのです。これは広瀬総理人に対する反発でもあります。私のような広瀬総理人と縁戚関係にある者も批判の対象でありまして……。銅山幹部と、現場の坑夫たちの反目も甚《はなは》だしき状態です。広瀬総理人を追放せよという声が日に日に大きくなっております」

「広瀬総理人は製鉄業に取り組まれたが、上手《うま》くいっていない。その責任を取ろうとしないからかね」

貞剛は、穏やかに聞いた。

「確かに広瀬総理人は偉大な方です。しかしその虎の威を借る狐が多いことも問題でしょう。それに、思いつきで事業を拡大されることがあり、職員も坑夫も過重な労働で疲れきっています。久保支配人は、交代になりましたが、業績の悪化などでもっと首を切られる者が出てくるとか、人員整理が進むとか、いろいろな噂があって、銅山の皆が動揺しています。大島前理事の影響もまだ強いのです」

大島供清《ともきよ》は、理事を退任した後も反広瀬の活動を続けているようだ。

「煙害の問題もある」

貞剛は、神妙な顔になる。

「それらは皆、つながっています」

「というと」

貞剛は、詳しく説明するように本荘に促した。

「惣開、山根精錬所などを新居浜近辺に造り、銅の増産を進めた結果、煙害が広がりました。銅山で働く者たちの多くは新居浜周辺の者たちです。彼らは農地や山が枯れていくのが耐えられないと思っています。しかし、農地も山林も皆、住友の所有で、文句が言えない。そんな鬱憤《うっぷん》が銅山に満ちているんです。煙害に対してついに去年の九月、新居浜の農民たちが抗議行動を起こしましたが、住友はまともに取り合いませんでした。このことに批判が集まり、銅山で働く者たちの中にも農民に同調する者が多くなっております。まさかとは思いますが、伊庭支配人に危害を加える者がいないとも限りません。広瀬総理人に対する反発が、そのまま伊庭支配人に及ぶ可能性があるのです」

本荘は、一気に話し終えると、「言いすぎました。申し訳ありません」と頭を下げた。

「いや、ありがとう。せいぜい気をつけることにしますが、本荘さんは、私のことなど心配せずに植林の詳細計画を練ってください」

貞剛は笑みを絶やさない。

本荘は、執務室を辞去した。

貞剛は机の上に置かれた「海南新聞」に目を通して、銅山関連の記事を探す。

七月十四日付け。

「煙害事件に対する二官吏
住友精錬所煙害事件について同地村民に不穏の状況あるより、新居周布桑村郡長、津田顕孝氏は去る十二日、新居浜村へ出張し、また同地へ出張中なりし」

同日の主力記事は、日本と清《しん》国が朝鮮での東学党《とうがくとう》の乱の収束を巡って対立しているとの内容だった。

朝鮮半島は、日本をはじめ欧米諸国に侵食されつつあった。そこで朝鮮の独立を保ち、列強の侵略や清国の支配を許さないと主張する排外的な宗教団体東学党が大きな反乱を起こした。

これを鎮圧する名目で日本、清国は朝鮮に出兵した。乱は鎮圧されたが、日本、清国とも撤兵しなかった。お互い譲らず、英米露の三国が調停に入ったが不調となったと記事は伝えている。

――いよいよ戦争が始まるのか。

貞剛は暗い気持ちになった。戦争ともなれば、銅の増産が要請される。増産すれば、煙害がさらに悪化するだろう。悩みは深い。

七月十七日付け。

「煙害事件の後報
すでに再三記載せし、かの新居郡新居浜なる住友精錬所の煙害事件再燃については村民不遜の状ありしより、西条警察署にては非常警戒をなせしかば、ようやく一時を弥縫《びほう》するを得たるも昨今に至りてまたまた不遜の風説盛んなり。よって西条警察署長坂本到氏は、川之江警察署に開きたりし、方面会所より直ちに新居浜に赴きて状況を視察し、一昨日十五日帰署せしが、同日二名の巡査を同地へ出張せしめたり」

貞剛は新聞を置いた。

明治二十一年（一八八八年）に新居浜で惣開精錬所と山根精錬所が操業を開始してから、煙害被害が一気に拡大したのは事実だ。

銅山で精錬していたときよりも銅の生産が飛躍的に増えていったからだ。

住友は、別子開坑二百年などと祝祭気分に浮かれていたが、その間、農民は米や麦の不作に悩んでいた。

農民たちが声を上げたのは、明治二十六年（一八九三年）九月のことだった。

新居浜などの農民総代が、煙害を愛媛県に訴え出た。新居浜村役場から住友に煙害調査の指示が来たが、住友は虫の害だと主張した。

住友が、あくまで煙害と認めないのは、それによって銅の生産に支障が出るからだ。しかし、そのような住友の利益だけを考えた姿勢では農民が納得するはずもない。

銅は国家だと叫んでみても、農民は、米や麦こそ国家だと反論するだろう。その通りだから、住友は引き下がらざるを得ない。

住友の「虫の害」という回答に対する対抗措置として新居浜村などの数百人の農民が新居浜分店に押し寄せる騒ぎとなった。

その頃、「海南新聞」は、この騒動のことを大きく採り上げたのだろう。

この事件は、愛媛県選出の国会議員から品川弥二郎を通じて家長友純《ともいと》の兄、西園寺公望《きんもち》の耳に入った。西園寺からは友純に善処するよう指示があったのである。

友純はひどく心を痛めた。経営への関与を制限されている家長という立場では、思うに任せることができないからだ。

――あのときは、なんとも言えない安堵したお顔になられた……。

別子行きを報告した際の友純の表情を、貞剛は思い浮かべた。

――友純様のご心痛を、なるべく早く和らげたいものだ。

品川からも内々に、「早く対処しなければ足尾のようになるぞ」と警告されている。

貞剛は、書類を片づけて執務室を出ると重任分局に顔を出した。早いもので陽が傾き始めている。

「どこへ行かれますか？」

慌てて幹部が近づいてくる。

「接待館のそばにある支配人宅に帰ります」

貞剛は答える。

久保が、接待館のすぐそばに銅山における支配人宅を用意してくれたのである。新居浜の支配人宅よりもかなり狭い。

久保は、どうせ仮住まいだと考えているのだろう。

「新居浜のお宅にお帰りではないのですか？」

「必要なときに、こちらと新居浜と行き来いたします。今夜は、こちらに泊まります」

「わかりました。食事などの世話をする者をすぐにやらせますので」

「ありがとうございます」

貞剛は、銅山街の真ん中を貫く道をゆっくりと、接待館のある小足谷の方に歩いて行く。この道が銅山の本通りとなっている。その両側に、険しい山の斜面のわずかな平地を造成して、多くの建物が所狭しと建てられている。

山のあちこちから焼窯の煙が上がっている。

「明日は歓喜坑《かんきこう》や歓東坑《かんとうこう》に行ってみようか」

独りごちながら歩く。

時折、坑夫や住友職員とすれ違う。貞剛は、「お疲れ様」と挨拶するのだが、相手は警戒するかのような視線で貞剛を見るだけで、返事を寄こさない。

「まあ、そのうちだな」

風向きが変わり、高橋《たかばし》精錬所の煙が貞剛の周囲まで流れてきた。

今では惣開や山根の精錬所にその地位を奪われつつあるが、まだまだ現役だ。ラロックの設計で造られた本邦初の洋式精錬所だ。

本通りの右手には高橋集落があり、高橋精錬所で働く人たちの住居がある。

夕食の支度をしているのだろう。煮炊きする煙が上がっている。夫の帰りを待ちながら、妻たちが道に出て、笑いながら話を交わしている。その脇で子どもが遊んでいる。

「新しい支配人さんかね」

でっぷりと肥えた女が声をかけてきた。

「はい、そうです。よろしくお願いします」

貞剛は立ち止まる。

「私ら、ここを追い出されたら行くところがありません。首切りなんかせんといてくださいな」

彼女と話していた女たちが一斉に貞剛を見る。

貞剛は、何も答えずにその場を通り過ぎようかと思った。しかし、彼女たちがあまりにも真剣な表情だったことに心を動かされた。

「皆さん、機嫌よく、働いてくださいな」

貞剛はにこやかに言い、軽く頭を下げ、その場を後にした。

女たちは、それ以上、何も言わなかった。

学校や劇場が見える。斜面を切り開き、石組みを組んでその上に建っている。

「小吉は坑夫の子どもだが、あの小学校で学んでいるのだろうか」

明るい小吉の顔を思い浮かべる。

住友は、銅山職員の子弟教育のために、明治六年（一八七三年）に目出度町に小学校を開校した。その後、明治二十二年（一八八九年）に小足谷に移転。明治三十二年（一八九九年）当時、教員七名に生徒は男女合わせて三百名近くいる。

明治二十二年に造られた小足谷劇場は、収容人数一千人という大きさだ。新居浜にもない規模だ。

回り舞台があり、銅山の祭りの際には、歌舞伎役者を呼んで公演させることがある。その際は、標高一二〇〇メートル以上もある、この鉱山の街に新居浜からも観客が集まり、大いに賑わうと聞く。

接待館の近くに用意された支配人宅に着く。

小さな庭がある平屋の家だ。一人で住むには十分だ。玄関まで来ると、家の裏で人の気配がする。

「誰かいるのですか」

貞剛が問いかける。

「は、はい」

女が小走りに駆け寄ってくる。紺絣の着物に地味な鼠色《ねずみいろ》の丸帯姿だ。年齢は、四十代の後半くらいか。目鼻立ちのくっきりした整った顔立ちだ。

「あなたは?」

「失礼しました。おさきと申します。支配人様の食事の支度などをしろと言われまして参りました」

「そうですか。それはご苦労様です」

「たいしたものは作れませんが、ご用意しております。風呂も沸いておりますが、どちらを先にされますか?」

「大丈夫ですよ。私、一人でやれますから。作っていただいた食事をありがたくいただきます」

「そうですか……。お好みがわかりませんでしたので、野菜の煮たのや魚を焼いたのを用意しております。気に入らなければなんでもおっしゃってください。汁もございます。では申し訳ありませんが、失礼させていただきます」

　おさきが帰ろうとする。その手に何かを握っているのが見えた。貼り紙のようだ。

「おさきさん、ちょっと」

　貞剛が呼び止める。

　おさきが不安な表情で立ち止まり、振り向く。

「なんでしょうか？　支配人様」

「あなたが手に持っているものはなんですか？　見せてください」

　貞剛に言われて、おさきはしぶしぶ差し出す。やはり貼り紙だ。広げると、「支配人、帰れ」「首切り、許さず」と墨で黒々と書かれている。

「これは？」

　貞剛が聞く。

「申し訳ありません」

　泣きそうな顔でおさきが謝る。

「謝ることはありません。どこにありましたか」

「家の壁に貼ってありましたので、剝《は》がしました」

　おさきが顔を上げた。

「ご心配をおかけします」

貞剛は、貼り紙を丁寧にたたんだ。おさきは、何度も頭を下げながら帰っていった。まるで自分が何か悪いことでもしたかのように恐縮している。

誰がこのようなことをしたのかなどは詮索《せんさく》しないようにしよう。いずれにしても「虫」を退治し、職員や坑夫の人たちと、良き意思疎通を可能にしたい。

「もし人、仏を求めば、この人、仏を失す。もし人、道を求めば、この人、道を失す。もし人、祖を求めば、この人、祖を失す」

貞剛は、『臨済録』の言葉を口にする。とにかく「信不及《しんふぎゅう》」だ。自分を信じて、多くを求めてはいけない。なすがままだ。自分に言い聞かせる。

3

明治二十七年（一八九四年）七月十九日——。

貞剛は、銅山から新居浜分店に下りて執務をしていた。

貞剛の頭の中には、煙害をどうするかの思案が渦巻いていた。

「塩野を呼び戻すしかないだろう」

貞剛は、七年前に別子を去った塩野門之助《しおのもんのすけ》のことを考えていた。

塩野は、宰平に中央精錬所の建設を進言し、受け容《い》れられずに別子を去った。

塩野の頭にあったのは、いずれ別子銅山といえども銅鉱石が枯渇するときが来る。そのときのために港湾を整備して、海外などから銅鉱石を輸入し、精錬すべきであるとの考えだった。

塩野は今、古河《ふるかわ》の足尾銅山で技師として働いているが、明治二十三年（一八九〇年）の暴風雨による渡良瀬川氾濫で妻子を亡くすという不幸にあっている。

何度か別子に帰りたいと希望を伝えてきてはいたが、本邦初のベッセマー転炉を完成するまではと足尾銅山に引き留められている。

ベッセマー転炉とは、ひょうたん型の転炉に溶融した銑鉄《せんてつ》を入れ、空気を注入することで、銑鉄に含まれるケイ素を酸化させ、その熱で精錬するという精錬法だ。大量の木炭や石炭を必要としない画期的な精錬法として注目されていた。

足尾銅山のベッセマー転炉は、明治二十六年（一八九三年）に完成した。

貞剛は、塩野招聘《しょうへい》の手紙をしたため始めた。

ふと外が騒がしいことに気づいて、筆を置く。まだ午前八時を過ぎたところだ。

「支配人、大変です」

部下が執務室に飛び込んできた。

「どうされましたか」

部下の顔が青ざめているのに貞剛は驚いた。

「農家の人が、取り巻いています」

三年ほど前から、農民の煙害に対する抗議運動は激しさを増している。警察が出動する事態にも発展している。

直近では、七月三日に多くの農民が押し寄せたが、貞剛が赴任してからは初めての事態だ。

「どれくらいの人数ですか」

「千二、三百名以上はいると思います。こんな大人数は初めてです」

部下は声を震わせている。

「警備の方はどうなっていますか?」

貞剛は聞く。このような事態は当然、予想していた。驚くにはあたらない。住友が「虫の害」と言い、煙害を否定し続けているのだから。

それに特に今年は、米麦の収穫が最悪になりそうだと聞いている。それぞれ例年の半分くらいしか見込めない。これでは農民が怒るのも、もっともだ。

「西条署の署長以下、警官三十名ほどと私どもで雇い入れました者たちが、この分店の周りを守ってくれていますが、抑えられるかどうか心配であります」

貞剛は部下の報告を聞くと、机から離れ、玄関に向かう。

「支配人、どこへ行かれるのですか」

「様子を見てこようと思います」

「おやめください」部下が必死の形相で引き留める。「あれが聞こえないのですか」

集まった農民たちが、「伊庭を出せ」「支配人を出せ」と大声で叫んでいる。

「聞こえています」

貞剛は表情を変えない。

「今、支配人が出て行かれると、どんなことが起きるかわかりません」

以前、不用意に久保が農民たちの前に出て、暴行を受ける寸前に辛くも逃げ出したことがあった。

もし貞剛が農民たちの前に顔を出すと、一層彼らを刺激し、最悪の事態になりかねない。それを部下は心配している。

ガチャン。

窓ガラスが割れる音がした。執務室の床に拳大の石が転がり、貞剛の足元に届いた。

「かなりの荒れようですね」

貞剛は、その石を拾い上げ、机の上に置いた。

「出てこい！」

「卑怯者《ひきょうもの》！」

農民たちが騒いでいる。

貞剛は、玄関に向かって歩く。部下が、「お待ちください」と叫んでいる。しかしその声に従うわけにはいかない。静かに歩いていく。

信不及。自分を信じきるだけだ。貞剛にはまったく気負いはない。もしここで自分が死ぬことで、農民の気が晴れ、騒動が収まり、煙害対策についての話し合いが進むのであれば、それで構わない。

ガチャン。ガチャン。

窓ガラスが、投石で次々と割られる。貞剛の歩く廊下に破片が飛び散る。踏みしめると、バリッと乾いた音がする。

「支配人！　支配人！」

部下が貞剛を呼び止める声が遠くなる。

新居浜分店の職員たちの視線が貞剛に集まる。誰もが息を潜めている。今にも農民たちが分店内に押し寄せるかもしれないと、怯《おび》えているのだ。今回は、今までにない大人数の農民たちが、徒党を組んでいる。新しい支配人として貞剛が来たことで、一気に決着をつけようというのだろうか。それとも何事も最初が肝心とばかりに、脅しをかけているのだろうか。

「投石を止《や》めろ！」

警官だろうか。悲痛な叫び声だ。

「ウォーッ」動物の雄《お》たけびのような声。ガシッ、ガシッという何か固い物がぶつかり合う音。農民たちが持っている筵旗《むしろばた》や鍬《くわ》などと、警官の警棒とがぶつかり合っているのだろう。

「なにしやがる」

「てめえらは引っ込んでろ。悪いのは住友だろうが」

「警官は、住友を守るために雇われているのか」

農民たちの怒りの声が、どんどん大きくなってくる。

玄関に着いた。

外の騒ぎが間近に感じられる。しかし、貞剛は完全な静寂の中にいるような感覚である。骨は拾ってやる。峩山和尚《がざんおしょう》の囁く声が耳元で聞こえるだけだ。

戸を開けた。

罵声《ばせい》や悲鳴が一瞬、消えた。時間が止まったかのように誰もがその場に固まった。

貞剛の目の前に、数えきれないほどの農民たちが群がっていた。

新居浜分店の中に押し入ろうと、警官や住友が雇った屈強な男たちと揉み合い、中には、額から血を流している者もいる。

筵旗が揺れ、鍬や鎌の鋼《はがね》が陽の光を反射してまぶしい。

警官が農民を抑え込んでいる。振り上げた警棒を宙で止めたまま、玄関に立つ貞剛を見つめている。抑え込まれた農民と貞剛の視線がぶつかった。

「支配人だぞ。伊庭が現れたぞ」

農民が叫んだ。

その声が波のように伝わっていく。止まっていた時間が動き出し、農民たちの雄たけびが繰り返され、徐々に大きくなっていく。

貞剛は、静かに玄関先の石段をゆっくりと下りていく。そして農民たちの前に立った。

慌てて数人の警官が貞剛の周りを取り囲んだ。

「支配人、煙害を何とかしろ。このままでは米も麦もできんのだ」

農民の叫びに呼応して、無数の筵旗が揺れる。

「精錬所を止めろ！」

「毒をまき散らすな！」

農民たちが振り回す鍬や鎌が宙でぶつかり合い、金属音や鈍い音が周囲に響き渡る。

「支配人、ここに出て来ては危険です。建物内に避難してください」

立派な髭を蓄えた警官が貞剛に忠告する。西条署の署長だ。

「大丈夫です。皆さんに顔を出さないのも失礼でしょう」

貞剛は署長の制止を柔らかく手で払うと、一歩、前に出た。

「支配人の伊庭です」

貞剛の腹の底から発せられた声は、農民たちの隅々にまで届く。

「ウォーッ」

農民たちが大声で叫んだ。

まさか支配人の伊庭が、この騒ぎの渦中に顔を出すとは思っていなかったのだ。

「皆さんの代表は誰ですか？」

貞剛が叫ぶ。

「俺たちが皆、代表だ」

農民が答える。

「それでは話し合いになりません。多数を恃《たの》むような無理強いには応じられません」

「応じられないとはどういうことだ」

農民たちの騒ぎの声が大きくなる。

「代表を決めてください。その上で話し合いましょう」

貞剛が叫ぶ。しかし、その声は興奮した農民たちに届かない。

「面倒だ！　やってしまえ」

怒号が響く。

投石が始まった。貞剛の前にも石が飛んで来る。体に当たりそうになるのを辛《かろ》うじて避ける。

鎌やこん棒、鍬を振り上げた農民たちが貞剛に向かって押し寄せてくる。

警官が立ちはだかる。

興奮してサーベルを握りしめている若い警官がいる。貞剛は、素早く見とがめて、サーベルにかけた手を摑《つか》む。流血だけはなんとしても防ぎたい。

しかし、自分の声が農民にまったく届かないのは悲しくもある。何も求めないとは思ったものの、悲しみだけは胸を塞ぐほど強烈だ。

血走った目の農民たちがすぐそばに迫った。

「ウッ」と唸《うな》る。額に鋭い痛みが走った。投石が額をかすったのだ。とっさに避けたために頭への直撃は幸いにも免れた。手で額を押さえる。血がついている。しかし、たいした量の血ではない。傷は浅い。

突然、農民たちと貞剛との間に女が飛び込んで来た。

「みなさん、止めてください。支配人様が話し合おうっておっしゃっているんですよ」

女が喉《のど》から血を吐くほどの大きな声で叫ぶ。

「お光さん。お光さんじゃないか」

貞剛は驚いた。

新居浜の支配人宅で世話をしてくれているお光だ。

「支配人様はまだ来られたばかりです。話し合おうっておっしゃってるんだから。話し合いましょう」

お光は、貞剛の呼びかけが聞こえないのか、農民たちに向かって叫び続けている。

「住友は信用ならねぇ」

「俺たちは金が欲しいんじゃねぇ。米や麦を作りたいんだ」

農民たちの悲痛な叫びが続く。貞剛は、申し訳ないと思う。なにか自分の言葉で、呼びかけたいが、言葉が浮かばない。何を言えば、農民たちの心を鎮めることができるのだろうか。自分の無力さが情けなく、苦しみさえ覚える。

お光が、貞剛をかばうように立ちはだかる。両手を広げ、貞剛を守る。

「お光さん、危ない。どきなさい」

貞剛が、手を伸ばし、お光を退《しりぞ》けた。そのとき、「あっ」とお光が悲鳴を上げ、その場に崩れた。

貞剛は、すぐに駆け寄り、お光を抱きかかえる。額から血が流れ出ている。投石が当たったのだ。

「医者だ、医者を呼べ」

貞剛は、新居浜分店の中に向かって声を張りあげた。中から数人の職員が飛び出してきた。

「君たち、この娘をすぐに医務室に運べ。医者を呼ぶんだ」

貞剛は、お光を抱え、額から流れ出る血を手で押さえる。指の間から血がしたたり落ちている。

「はい。わかりました」

一人の職員がお光を背負い、数人が周囲を守り、走って分店の中に駆け込んでいく。

「支配人も建物の中に避難してください。もうすぐ今治《いまばり》署から応援が来ます。私たちでなんとかしますから」

署長が険しい顔で言う。

「しかし……」

貞剛は、眉間《みけん》に深く皺《しわ》を寄せた。警官が貞剛の周りに集まり、壁を作るようにして分店の建物の中へと誘導していく。

貞剛は、初めて挫折《ざせつ》という言葉を自分のうちに見出していた。

京都御所の警備にあたったときも司法官として勤務に就いていたときも、いろいろ失敗があった。そして住友に入ってからも全てが順調というわけではない。しかしそれらはなんとか自分の力で克服してきた。しかし、今回、多くの怒《いか》れる農民たちを前にして、これほど自分が無力であるとは想像もしていなかった。

信不及と己に言い聞かせて農民たちの前に立ったが、それは単に傲慢であっただけだ。自分の力で、自分の言葉で、彼らの怒りを幾分かでも和らげることができるという、思い上がりでしかなかったのだ。

その結果、お光にけがをさせてしまった。大きなけがでなければいいのだが……。

——私は、死を賭《と》して、この別子に来たと思っていたが、それこそが思い上がりに過ぎない。

額の傷に手を当てた。血は止まっている。

——住友の支配人という衣を着て、それで農民たちの怒りを抑えられると思っていたのが甘い。たとえ煙害があろうとも住友の支配人として銅を捨てるわけにはいかない。それに関して農民たちの理解を得たい。銅も欲しい。農民たちの理解も欲しい。二つのものを同時に欲しがった。なんという愚か者《おろもの》だ。

「ははは」

貞剛は、力なく笑った。警官が怪訝そうな顔をして、貞剛を見ている。貞剛は、あまりの情けなさに涙が出そうになった。

「住友を守る気持ちが微塵《みじん》でもあれば、得るものは何もないだろう。否《いな》、何かを得ようと思うから失うのだ。あるがままだ」

貞剛は、ぶつぶつ呟きながら自分の中の挫折感と闘っていた。

「全員、逮捕しろ！」

署長の声が背後で聞こえた。

「ウォーッ」という、人の声というより、まるで山津波のような怒声がうなりを上げた。

貞剛が振り返ると、今治署からも応援が駆けつけたのだろうか、大勢の警官が一斉に農民たちに襲いかかっていた。振り上げた警棒やサーベルを農民たちに振り下ろしている。さすがの農民たちも悲鳴を上げて、逃げまどっている。顔も衣服も血だらけで逃げる。それを警官が追いかける。倒れた警官に農民たちが襲い掛かる。警官の額から血がふき出した。血に興奮して、さらに多くの農民たちが警官に襲い掛かる。貞剛の鼻にも血の臭いが漂ってくる。

貞剛は、警官に守られながら分店の中に入った。

「お光さんは……」

貞剛を守って傷ついたお光を医務室に見舞いに行く。

ベッドの上でお光が眠っている。頭に白い包帯を巻いている。そのそばに医者がいる。

「けがの具合はどうですか」

貞剛は医者に聞く。

「大丈夫です。血は多く出ましたが、傷はたいしたことはありません」

医者は優しく答える。

「それはよかった」

貞剛の声が聞こえたのか、お光が目を開けた。

「支配人様……」

お光が弱々しい笑みを浮かべた。

「すまなかったな。けがなんかさせて。私をかばったばかりに」

貞剛は、お光の手を取り、頭を下げた。

「支配人様、お願いがあります」

「なんだね」

「あの人たちは、悪い人じゃありません。許してあげてください。みんな米や麦を作りたいだけなんです」

お光の声に力がこもる。

「わかっている。わかっている」

貞剛は、何度も頷いた。

「良かった……」お光は安堵したように、うっすらと笑みを浮かべた。「いずれ支配人様のことを理解してくれますから」

「そうだといいね」

貞剛も笑みを浮かべた。

「小吉にいただいたえびす屋のお饅頭、とても美味しかったです。小吉が私にもくれたのですよ」

お光が言った。

「それは良かった。今度、お光さんにも買ってあげよう。さあ、ゆっくり休みなさい」

貞剛は、お光の手を布団《ふとん》の中に収めた。

「みんないい人ですから。みんな別子が大好きなんですから」

お光は目を閉じ、うわ言のように呟いた。お光は、農民たちの暴挙をまるで我がことのように貞剛に謝っている。

――この子らが誇れるようなお山にしないといけない。

貞剛は、お光の寝顔をじっと見つめていた。

第十章　宰平辞任

1

貞剛《ていごう》は、別子《べっし》銅山の煙害問題、従業員の反発や農民たちの騒擾《そうじょう》を鎮静化させることに加え、宰平《さいへい》の問題を解決しなければならなかった。

宰平の問題とは、大島供清《ともきよ》が宰平の退任を求めて激しく住友を攻撃している事態を収拾させることだ。

貞剛は、新居浜《にいはま》の支配人宅に天龍寺の峩山《がざん》を迎えていた。陣中見舞いと称して、わざわざ新居浜に来てくれたのである。

夜の席――。心づくしの料理が膳に並んでいる。貞剛は峩山と食を共にしながら、久しぶりに寛《くつろ》いだ時間を過ごしていた。

峩山は、徳利を抱え込み、先ほどから手酌で飲み続けている。

「別子行きに際して、品川殿に手紙を書きました」

貞剛が言った。

「何と書かれましたかな」

嵜山が聞く。湯呑は離さない。

「別子の山に虫がわいたそうなと書き送りました」

「虫、ですか。それは面白い」

「まさに虫です。村の人たち、山で働く人たちと、住友の者との間で言葉が通じなくなっておりますす。虫がわいているのです。精神が腐敗し、虫がうじゃうじゃとわき、天地正大の気が流れるのを妨げております」

貞剛は、若き頃、命を懸けた尊王攘夷運動を思い出し、水戸《みと》藩の国学者藤田東湖《とうこ》が詠《よ》んだ「正気《せいき》の歌」にある「天地正大の気」という表現を使った。

「天地正大の気、粋然として神州に鍾《あつ》まる。秀でては、不二の嶽となり、巍々《ぎぎ》として千秋に聳《そび》ゆ、注いでは大瀛《たいえい》の水となり、洋々として八洲を環《めぐ》る……」

嵜山は目を閉じ、「正気の歌」を吟《ぎん》じた。

貞剛はじっと、それを聞く。今まさに気が満ち、体の中に流れ込んでくる感覚を覚える。かつて死を顧みず、西川吉輔《よしすけ》の命《めい》によって京の護りに駆けつけたときの記憶が戻る。いつも自分は、後先を考えず行動してしまう癖があるようだ、と我ながらおかしみを感じてしまう。

「天地正大の気を流すためには、何が必要だと思われる」

嶮山が聞く。

「お教えください」

貞剛は頼む。

「あなたの言葉と行動で、従業員の方々や村民たちと対話することだ」

嶮山は断じる。

「どうすれば対話できますか。言葉と行動とは？」

貞剛は尋ねる。

嶮山はひと息入れるように酒を飲み、「愚《ぐ》」と言った。

「愚？」貞剛は首を傾《かし》げる。

「愚は究極の英知でありましょうな。巧智《こうち》を弄《ろう》さず、名聞名利《みょうもんみょうり》を求める心を排し、ひたすらに歩き、語ることでしょう」

嶮山はまた杯を干した。

「愚……。よい言葉をいただきました。私は、行きがかり上、他の者に任せるわけにもいかず別子の山に来ましたが、特に虫退治の勝算があるわけではありません。私自身が虫の原因でもある宰平殿の縁戚でありますから、どのように対処していいやら迷うことでしょう。果たして『愚』に徹しきれるかどうか……」

貞剛は弱気な表情を見せた。

寐山は、何も言わず酒を飲んでいる。

「一歩誤れば、二百余年の別子の歴史は虫に喰い散らかされるでしょう」

貞剛は、腹に力を込め、寐山を見つめる。

「して、貞剛殿の覚悟は？」

酔眼《すいがん》で寐山が聞く。

「私は、天地正大の気の力を借りて、一身を賭して従業員や村の人々との意思疎通に努めるつもりです。大阪には戻らず、妻を捨て、子を捨て、家を捨て、家財を捨て、一身を捨ててこそ初めて自由に働くことができるのではないかと思っています。こうして誠心誠意を込めて働けば、虫も気にはならないでしょう。別子の鬼ともなるべし、又仏ともなるべしと決意しております」

「して、宰平殿への対応は？」

寐山が衝《つ》いてくる。

「引退を促す所存です。甥だからできることがあります」

貞剛はきっぱりと答えた。

「鬼も仏も、元をただせば一つです。宰平殿にとってあなたは鬼であり、仏であろうな」

「そのつもりでおります。宰平殿が引退されれば、大きな虫も消えるのではないでしょうか」

貞剛の目が光る。

「大島供清のことですかな」

莪山が小首を傾げる。

「その問題については、家長友純《ともいと》様が最も心を痛めておられます。住友を今日の発展に導いた宰平殿を切らねばならないのですから」

「切らねば、住友の醜聞《しゅうぶん》は全国に拡大する可能性があるからですな」

「おっしゃる通りで、大島の攻撃は留まるところを知りません」

「して、煙害対策は？」

さらに莪山は問う。

「塩野門之助《しおのもんのすけ》を戻そうと思っております」

このときばかりは、貞剛の顔がほころんだ。あの筋を通すまっすぐな性格の技術者と、もう一度働くことができるかと思うと、嬉しくてたまらない。

「ほほう、塩野君を。彼は、宰平殿に解雇されたのでしたね」

「ええ、中央精錬所構想で衝突したのです」

塩野は、フランスで鉱山技術を学び、別子が銅を産出しなくなっても海外から銅鉱石を輸入し、精錬する、中央精錬所を建設することを提唱した。しかし、別子こそ住友の命と考える宰平は、別子の銅が尽きるという事態を考えることを拒否し、塩野を解雇した。塩野は、その後、足尾銅山に移った。

「塩野君を呼び戻して、何をさせるのですか?」

「ははは」貞剛は小さく笑い、「思い通りに仕事をさせようと思います」と言った。「そして新居浜製鉄所、山根精錬所なども廃止します。宰平殿が欧米からお戻りになり、鉄を造ると言い出されて造った設備ですが、煙害を拡大するだけで、住友のためにも、村の人々のためにもなりません」

「貞剛殿、まさに鬼ですね。宰平殿につながるものを全て否定されようとしている」

寂山は、感に堪《た》えない表情をした。

「いいえ、私は、宰平殿を誰よりも尊敬しています。しかし宰平殿は偉くなられ過ぎた。誰も諫言《かんげん》しない。私は、宰平殿の甥、宰平殿の配下である前に住友の人間です。住友が未来永劫《えいごう》続くために命を投げ出す覚悟なのです。もともと、国に捧げようと思っていた命です。惜しくもなんともありません。宰平殿には鬼になるかもしれませんが、住友には仏であります」

「先ほども申したが、鬼も仏も軌は一《いつ》ですぞ。鬼神の如く振る舞われるがよい。結果は求めないでよい。臨済も『もし仏を求めようとすれば、その人は仏を失い、もし道を求めようとすれば、その人は道を失い、もし祖師を求めようとすれば、その人は祖師を失うであろう』とおっしゃっています。何も求めず、ひたすら鬼神の如く、振る舞うことです」

寂山の言葉に、貞剛は深く感じ入った。

「さあ、明日はお山に登ります。もう遅い。酒宴はこれくらいにして眠ることにしましょう」

貞剛は言った。

「そうでありましたな。あまり寛いだので随分と酒が進みました。明日は、この酒を汗で流すことにしましょう」

寂山が答えた。

貞剛が手を叩くと、お光《みつ》が現れて、膳を片づけ始めた。

明日は、お光の弟小吉《こきち》の案内でお山に登る。

「あら、お坊さん、もういびきをかいておられる。こんなところで寝ては風邪を引きます」

お光が驚いた顔を、貞剛に向けた。

莪山は、大きな体を横たえ、豪快な寝息を立てていた。まるで天衣無縫《てんいむほう》な子どものようだなと貞剛は微笑ましく、その寝姿を見ていた。

2

友純は、わずかにいら立ちを覚えていた。焦りから来るものだろうと冷静に分析してみる。性格的には激するところがない穏やかな人間であると自分でも思っている。これはなにも住友の家長だからというのではない。生来のものだ。

ところがどうもよくない。気分がすぐれない。落ち着かないのだ。この須磨《すま》の別邸の広々とした庭を眺め、遠くに波音を聞いていても一向に落ち着かない。いったい如何《いかが》したものだろうか。

原因として考えられるのは貞剛が身近にいないことだ。貞剛は、友純を口説《くど》き落とし、住友の家長に据えた。そのためなにかと頼りにしているのは事実だ。

しかし別子銅山における従業員や坑夫たちの離反、煙害による農民たちの騒擾などの問題を解決するために、貞剛は別子に行ってしまった。

誰も行く者がいないために、火中の栗を拾ったのだ。手紙で状況を知らせてくれたり、時折、大阪に戻ってきてはくれるが、以前ほど頻繁に顔を合わせることがなくなったのは仕方がないことだ。

今、一番、頭を悩ませているのは元理事の大島供清のことだ。

大島は、宰平に対する恨みが尋常ではなく、貞剛が別子に赴任する直前の明治二十七年（一八九四年）六月十八日に友純宛に上申書を提出してきた。

内容は痛罵《つうば》と言っていいほど宰平を非難している。

——逐年放恣専横《ちくねんほうしせんおう》見るに忍びざるものあり。

宰平は、当初は、家長に忠実だったが、最近は専横が甚《はなは》だしい。辞任せよと迫ったが、家長や重役陣が認めないので、未だに総理人として君臨している。そこでこの上申書を提出すると大島は書く。

大島が挙げる宰平の罪状は次のようなものだ。

故友親《ともちか》が酒におぼれ、病気になったのは宰平の専横に悩んだためである。

まるで友親の死の責任は宰平にあると言っているようなものだ。

宰平は自分の親族を住友の要職に就けており、このままだと住友は宰平の親族に乗っ取られてしまうとの懸念を表明する。

貞剛もそうだが、前支配人の久保も宰平の親族である。こうした人事が不公平だと不満を募らせているのだ。

これだけでもかなり攻撃的なのだが、もっと驚きの内容が書かれている。

大島と会った際に、宰平が次のように言ったという。

「家長には定まった仕事がないので、大阪近郊に植物園を作り、その責任者になられてはと友純様に申し上げたら、それは良い考えだとおっしゃった。大島はその植物園で家長のお世話をしたらどうか」

大島は、よく考えておくと言葉を濁したのだが、これは友純をないがしろにしようとする宰平の策略であると断じ、憤慨している。

友純は、確かにそのようなことを宰平から聞いたことはあるが、決して自分をないがしろにしようとする宰平の策略だとは、邪推しなかった。

そのほかにも多々、宰平の行動への非難を書き連ね、「暗々に広瀬党とも称すべきものを組織し、畏れ多くも住友家の資産を種々の名義を設けて取りつつあるということを憚らざるなり」と宰平を糾弾《きゅうだん》し、宰平と久保の退任に賛同する者を募るという。騒ぎは大きくなるばかりだ。

問題が複雑なのは、大島に反感を持つ者ばかりではないということだ。別子銅山の幹部や本店の重任局、すなわち重役陣の中には大島に賛成し、宰平の独断専行をこころよく思わない者もいる。

この事実が大島の行動を後押ししていた。

もうすぐここに貞剛が来る。貞剛が来れば、忌憚《きたん》なく宰平のことについて相談したい。

貞剛が、別子銅山から書き寄こした手紙によると、煙害の問題なども全て宰平の問題に帰するようだ。

煙害は、兄である西園寺公望《きんもち》をも煩わせている。

住友家の問題なので口は挟まないが、重大な問題になるかもしれないので宰平と十分に相談するようにと西園寺は言う。

西園寺の懸念は現実化した。貞剛が別子に入った直後の七月に大規模な騒擾が発生し、けが人や逮捕者を出してしまった。

もはや住友だけでは手に負えない事態になりそうな気配さえする。いったい貞剛はどんな手を打とうとしているのか。

思い余って友純自ら、この須磨の別邸に大島を呼んだことがある。

大島という男のことはよく知らないが、宰平が一時は見込んだ優秀な技術者であることから、諄々《じゅんじゅん》と諭せば、わかってくれるはずだと思ったのだ。

その際の、慇懃無礼《いんぎんぶれい》な大島の態度を思い出す度に、不愉快さが蘇ってくる。

大島は、貞剛が赴任したにもかかわらず別子銅山で騒擾が発生したことで、意を強くしたのだろう。宰平を退任させねば、ますます問題は大きくなり、住友の事業は最悪の結果を招くかもしれないと、ふたたび上申しようとしていた。

友純の目の前に神妙に正座した大島が顔を上げると、目だけが異様に粘り気を帯びた光を放っていた。それを見て友純は、悲しみを覚えた。宰平に対する憎しみに心が全て支配されている。他人を憎むことに人生を捧げることほど、無意味なことはない。

「今まで住友によく尽くしてくれた。ありがたく思います」

友純は、できるだけ穏やかに話しかけた。

大島は、体を硬くし、頭を深く垂れた。

「あなたが宰平殿を総理人の座から退任させたいという思いは、十分に理解した。その件については、私や重任局に任せてくれないか」

友純の話を遮《さえぎ》るように大島は顔を上げ、興奮のために赤く充血した目で睨み返す。

「お言葉ではございますが、十分にご理解いただいているとは思いません。一刻も早く広瀬を退任させねば、家長様の立場まで危うくなることは必定《ひつじょう》であります」

大島は強い口調で言い放った。

友純は、その勢いに一瞬、たじろぐ。しかし気持ちを立て直して、「あなたの思いを受け止め、善処することを約束する。どうか上申書を取り下げてはくれないか。友純、伏してお願いする」と低頭した。

さすがに家長に頭を下げられた大島は、このまま強引に上申書を差し出すわけにはいかず、一旦は取り下げたのである。

友純は、これで大島も矛《ほこ》を収めるだろうと安堵し、兄・西園寺公望や貞剛と、宰平の処遇について協議を重ねた。

そして大島の怒りを抑えるためには、宰平を穏便に引退させるしかないだろうという結論に達したのである。

しかし、友純の予想は甘かった。見事に大島に裏切られた。

大島は、宰平の問題を住友の醜聞《しゅうぶん》として外部に公表したのである。

明治二十七年（一八九四年）十月十七日、「愛媛新聞」に「大阪の富豪住友家の大怪聞」という三段抜きの記事が掲載された。

内容は、別子銅山前支配人久保盛明が、叔父広瀬宰平の権力を笠に着て評判が悪く、また宰平の専横が著しいこと。別子銅山での農民たちの騒擾が一向に収まらないこと。最悪は、忠隈《ただくま》炭鉱買収に絡んで宰平が前鉱山局長と組み、自己の利益を得ようと謀《はか》ったというものだ。

この記事は、地方紙から東京の「開化新聞」に転載され、広く東京人の知るところとなり、疑いをかけられた前鉱山局長が、住友に抗議する事態となった。

事態は、もはや住友内部に留まらず東京にまで拡大し、政府の要人である前鉱山局長を巻き込むまでになった。

ここにきて友純は、貞剛と協議し、宰平に引退を迫ることにしたのだ。

貞剛は、鰻谷《うなぎだに》の住友本社で宰平と向き合った。貞剛は、多忙な中、この面談のために別子から大阪にやってきた。

友純は、叔父甥の関係で積もる話も多いことだろうと、その場への同席は控えた。

後に貞剛から受けた報告によると、話し合いは不調であった。

大島ごときに言われて、総理人を辞任できるか。宰平は、怒髪天《どはってん》を衝くという表現がぴったりだったらしい。

貞剛は、このままだと宰平の名誉が傷つき、晩節を汚《けが》すことになると速やかな辞任を促したのだが、宰平は納得しない。

これまでの住友への貢献をつらつらと並べたて、自分が家長をないがしろにし、住友を簒奪《さんだつ》しようとしているなど、ありえない。もしこのまま辞任すれば、大島の言説を認めたことになる。それは納得できないと言う。

貞剛の報告を聞き、友純は涙を流した。「宰平殿はさぞや悔しいことであろうな」と友純は言葉を洩らした。これまでの宰平の住友に対する貢献を考えれば、宰平が納得できないということは、痛いほど理解できる。

貞剛は、「申し訳ありません」と言い、いかにも疲労困憊《こんぱい》したような表情になった。友純は、貞剛のあのような悲痛な表情を見るのは初めてであり、非常に驚いた。冷静沈着な貞剛といえど、世話になった叔父である宰平に引退を迫るのは、余程辛かったのだろう。

「何度でも説得いたします」

貞剛は言った。

しかし、事態はますます混乱し始めたのである。

大島は、まるで脅迫でもするかのようにしつこく宰平に面談を求め、辞任を要求するに及んだのである。

宰平は、帰れ！　と怒鳴りつけ、大島を追い返したのだが、それがさらに大島の怒り、憎しみに火を点けた。

大島は、最後の手段であると、総理大臣伊藤博文《いとうひろぶみ》、農商務大臣榎本武揚《えのもとたけあき》に宰平糾弾の書を送りつけると言い、同時に別子銅山の本拠地である伊予《いよ》（愛媛県）で糾弾の演説会を催し、新聞で広告も出すと通告してきたのである。

この事態が国家の問題になれば、別子銅山の管理そのものが住友の手から奪われることさえ懸念せざるを得ない。

貞剛は、このことを友純から聞くや否や、ふたたび別子から帰阪し、今夜、この須磨の別邸で大島と会う決断をしたのである。

「伊庭様がお見えになりました。大島様もご一緒です」

女中が伝えにきた。

待ちに待った貞剛が到着した。胸の痞《つか》えが、すっと消え去るかのようにすっきりとした気分になった。

それにしても遅かったではないか。約束の時間など、とっくに過ぎている。

なぜ大島と一緒なのだろうか。ここで貞剛と大島と落ち合うことになっていたのだが、偶然、玄関で一緒になったのだろうか。

一抹《いちまつ》の不安が頭を過《よぎ》った。

「座敷に通してください。すぐに参ります」

友純はあれこれと考えるのをやめて、座敷に急いだ。

3

貞剛は神妙な表情で友純と向き合っていた。そのそばには、いかにも意気消沈したかのように、力を落とした大島が座っている。

「ご報告申し上げます」

貞剛が、背広の胸から取り出したものは一本の短刀だった。貞剛は、それをテーブルの上に置いた。

「それは？　如何《いかが》なされた？」

友純は、目を見張った。白木の鞘《さや》に納められ、中の刀身は見えないが、柔らかな曲線を描き、素朴ながら美しさを放っている。

「我が伊庭家、先祖伝来の短刀でございます。私が戊辰《ぼしん》の戦いに参ずるために京へ上りました際、持参したものです」

貞剛はきりりと引き締まった表情で説明した。

「それがどうしてここにあるのですか」

友純は、貞剛の意図が摑めず動揺を隠せない。

「実は、本日、友純様とのお目通りする前に、離れをお借りしまして大島殿とお会いしたのです」

貞剛は、静かに語る。

「なんと、それは本当ですか」

友純は、言葉が続かないほど驚いた。それで約束の時間に大幅に遅れたのか。

「私もお山に参りまして、人心の乱れが相当なものであることは実感しております。私なりに努力いたしておりますが、これを旧に復するには、まだまだ時間が必要であります。その時間を少しでも短縮するには、大島殿の問題を解決することが先決と思い定め、そこでじっくりと大島殿の要請を伺いました。短刀は、その際、私の覚悟を示すために大島殿と私の間に置かせていただきました」

貞剛の視線が鋭く友純を射抜く。普段、これほどの迫力を感じたことはなかった。友純は、冷や汗が滲み出る思いがする。ある種の恐怖を感じているとでも言っていい。これが明治という新しい世を造るための捨て石ならんとした者の覚悟なのだろう。死を賭して、大島を説得したに違いない。

「それでどうなりました」

ようやく息を整え、友純は聞いた。

貞剛は、隣に座る大島を一瞥《いちべつ》した。「大島殿はようやく納得してくれました。望みは一つ。宰平殿の早期退任であります。私も、それがよかろうと思っております。人心が、すでに宰平殿から離れている現状があるのは事実であり、今日のお山の状況、煙害などの問題を考えますとき、経営の実質的な責任者である宰平殿が責任を取られるのは、誰しもが納得することであります。私は、大島殿に、命に代えて」貞剛は、短刀に視線を向けた。「宰平殿に早期退任していただくことを約束いたしました。大島殿は、それで納得されたのです。そうでありますね」

貞剛に促され、大島はようやく我に返ったのか、真剣な表情で無言のまま低頭した。

「つきましては、宰平殿に対して総理人の『依願解雇』の辞令をしたためていただきたいのであります。その書は、私が責任をもって宰平殿にお届けいたします」

貞剛は、強い口調で言いきると、低頭した。

「大島殿、重ねて聞くが、それでよいのですね」

友純は、貞剛の迫力に圧《お》されながら大島に聞いた。

「はっ、宰平殿の早期退任が叶いましたならば、私は住友家に弓を引く気持ちなどまったく持っておりません。これまでの数々の失礼、無礼の段をお許しいただきたく思います」

「それはなりません」

友純が、決然と言い放った。

大島は驚き、友純を見つめる。

「これからは住友とは完全に縁を切っていただきます。功ある宰平殿に辞任していただくのなら、あなたも身を退《ひ》くのは当然のことでしょう」

友純の強い口調に、大島は、以前より神妙な表情になり、「わかりました」と低頭した。

「よき処断であると存じます」

貞剛は、目を細め、友純の決然とした態度を評価した。

友純は、秘書に墨と紙を運ばせた。姿勢を正し、貞剛と大島を見つめた。そして墨を磨《す》り、自分の好みの濃さにすると、筆を執った。

「――長年の功労により特に終身分家の上席に列し、前職の資格を以て礼遇候事」

と記した。封書の表書は願い出により解雇するとの意味で依願解雇とした。

「では貞剛殿、これを宰平殿に渡してくれますか。納得されたら、後日、私も会う。くれぐれもよろしく頼みます」

「確かに預かりました。宰平殿の住友を愛する気持ちは、他の人の何倍も強いと存じます。謹《つつし》んでこの辞令をお受けになることと存じます」

「これまでの貢献については感謝いたします。しかし残念ながら、今後は住友に関係することは禁じます。そのことを天下の人々に公表するが、よいか」

友純は大島に聞いた。口調は極めて穏やかだった。

「はっ、謹んでご沙汰《さた》をお受けいたします。これからは身を慎みつつ、住友の発展を陰ながら祈念してまいります」

大島は、深く低頭し、しばらく頭を上げなかった。

貞剛は、その目に涙が光っているのを見逃さなかった。

どのような経緯があったか詳しくは知らないが、宰平を憎み、貶《おとし》めることに生きがいを感じてしまったことは哀れなことだと貞剛は深い悲しみを覚えた。

貞剛は、大島と対峙し、その前に短刀を置いた。そして主家に仇《あだ》を為すことは、死に値することである。お前が腹を切るなら、私も切る、と宰平糾弾の行為を止めるよう迫った。大島は、あっけにとられたような表情をしたが、貞剛の覚悟に圧され、「宰平殿が腹を切られるなら」と言った。貞剛は、「間違いなく辞任していただく。もし違《たが》うようであれば、この貞剛が死を以て謝す」と答えた。

——大島は折れたが、次は宰平殿を説得しなければなるまい。難儀なことよ。

貞剛は、声にならない声で自らに呟いた。

4

「小吉、たくさん植えるんだぞ」

貞剛は、杉の苗を山の斜面に植える。

「うん、おじさんもね。坂が急だから転がらないでね」

小吉が弾んだ声で言い、額の汗を拭う。

「こら、小吉。支配人におじさんなんて言うんじゃない」

山林課長の本荘が叱る。

「そうですよ、小吉。失礼です」

姉のお光も叱る。

「だって、おじさんはおじさんだもの」

小吉が、べそをかく。

「よい、よい。おじさんでよい。いつも小吉にはお山へ行くのに助けてもらっているからな」

貞剛が言い、腰を伸ばす。

本荘の指導の下、ようやく本格的な杉や檜《ひのき》の植林が始まった。

雪も解け、五月の明るい太陽が別子の山々の斜面を照らしている。しかし陽光が当たれば当たるほど、赤茶けた土がむき出しになった山の斜面の悲惨さは残酷なまでに際立っている。

別子銅山が所有あるいは借用している、薪炭などを確保するための山林は六万六二二五町歩。内訳は、所有山林六二百二町歩、他は、国からの借用山林である。国からの借用は江戸幕府由来の第一備林二万二五五三町歩、明治政府由来の第二備林三万七四七十町歩となっている。

ちなみに六万六二二五町歩とは、東京ドーム約一万四千個分となる。

山林は別子銅山がある愛媛県側からばかりでなく、高知県側にまで広がってい
る。広大な範囲を管理し、それらの木々を枯らし、伐採しつくしていたのだ。
これまで住友でも、植林を行っていなかったわけではない。山林を借用する際の
条件として植林が義務づけられていた。しかし、その本数は、年間数万本に過ぎ
ず、伐採数にはとても及ばなかった。
また植林に対する考え方も、あくまで別子銅山の薪炭確保のためであった。
しかし貞剛は違った。貞剛は、山を自然に戻すという考え方に立った植林を行お
うとしていた。
それは住友のためではない。自分たちの利益を優先し破壊し尽くした自然に謝罪
し、元通りにする植林だった。住友の利益は度外視している。
「このまま別子の山を荒蕪《こうぶ》するに任せておくことは、天地の大道に背くものであ
る。どうにかして乱伐のあとを償《つぐな》い、別子全山を元の青々とした姿にして、これを
大自然に返さなければならない」という言葉に、貞剛の考え方が全て表れている。
貞剛は、山林課長の本荘を執務室に呼んだ。
「年間に二百万本以上の植林を行う」
貞剛は言った。
本荘は目を丸くし、心底驚いたが、すぐに破顔し、貞剛に握手を求めてきた。本

荘はかねてから大規模植林を上申していたのだ。

実は、自然復元という壮大な計画の他に、もう一つ、貞剛には、植林を早急に進めなければならない事情があった。

それは明治政府の林野行政の転換が迫っているとの情報を得ていたからだ。

幕末の戊辰戦争以来の友人である品川弥二郎は山林局長などを務め、日本の森や農地のある自然環境を守るという強い意志を持っていた。

「日本の森は日本の財産である。国有にして民間の乱伐から守らねばならない」

これが品川の考えだった。貞剛は度々このことを品川から聞かされていた。

「本荘さん、別子の山をこのまま荒れるままにしておいたら、いずれ国に取り上げられてしまいますぞ。もう住友なんぞに任せられないと言われてしまいます」

貞剛は本荘に言った。

「支配人のおっしゃる通りだと思います」

本荘は、貞剛の危機感を本物であると受け止めた。

「植林の方法を検討してくれ」

貞剛の指示を受けた、本荘ら山林課は、奈良県吉野地方から杉、檜の苗を仕入れ、吉野式造林法を採用することにした。

日本有数の美林と言われる吉野杉を育てた造林法である。

杉や檜を高密度で植林し、間伐を多く繰り返し、百年という長い視野で木を育てるもので、長伐期多間伐施業方式と言われる。

「小吉、百年後にはこの山は見事な森になっているからな」

貞剛は、小吉の頭を撫でた。

「百年後かぁ。おいらも爺《じい》さんになっているね。生きているのかな」

小吉が貞剛を見上げて言った。

「そうだなぁ。小吉も結婚し、子どもができ、その子どもが美しい森を見て、これは小吉爺さんが造った森だと誇りに思うかもしれない」

貞剛は優しく微笑んだ。目の前には大勢の人たちが植林を行っている姿が見える。

貞剛には夢があった。今は、住友が雇い入れた人たちで植林を行っているが、いずれは別子銅山で働く人たちや村の人たちが、楽しみながら植林事業に参加してもらうことだ。木を植え、育てることは、百年計画でやらねばならない。百年先の未来を夢みることだ。

「おじさん、何を嬉しそうに笑っているの」

小吉が聞く。

「百年先の美しい森の景色を見ていたんだよ」

貞剛は言った。

そのとき、ふいに宰平の顔が浮かんだ。

大島の問題を最終決着させるために、宰平に友純からの依願解雇の辞令を見せたときの、怒りを爆発させた顔だ。

＊

貞剛は、友純の意を受け、新居浜の宰平邸に来ていた。

母屋《おもや》二階の望煙楼《ぼうえんろう》で宰平を待つ。広大な宰平邸の中で、ここだけはそれほど広くなく落ち着く。

煙を望むと名づけられているように、この部屋からは新居浜にある住友の精錬所の煙が立ち昇るのを眺めることができる。

貞剛は、ガラス障子を開ける。晩秋の空は、青く、高く澄みきっている。風が吹き上がってくる。すでに冬の気配を含んでいるのだろうか。肌に冷たい。

「貞剛、いい景色だろう」

背後から声がした。貞剛が振り返ると、宰平がいた。

「はい。新居浜の海がよく見えます」

「ワシは、用事がないときは、日がな一日、ここから新居浜を眺めているんだ。製鉄所や精錬所からの煙を見ていると、なんとも心地がよい」

「いい眺めですね」

「今日は、なんの用事だ。またワシに辞めろという話か？　あの家長の友純様はどうも見込み違いだ。辛抱がない。あんな大島ごとき虚《うつ》け者にいいように乗せられておる。あんな奴の戯言《たわごと》など、放っておけばよい。どうせ金目当てじゃ。金でも渡して黙らせろ。そうではないか、貞剛」

室内に響き渡る宰平の声。

貞剛は、何も言わず座敷の真ん中にある座卓に着く。宰平も貞剛の前に座った。

「叔父さん」

貞剛は、宰平のことを総理人と呼ばずに「叔父さん」と親しみを込めて呼んだ。

宰平の表情が、一瞬の戸惑いの後、綻《ほころ》んだ。故郷、近江《おうみ》の国に戻ったような気持ちになったのだろう。

「大島との問題は、一住友の問題を超えて、西園寺公を始め、政府のご要人の方々まで悩ますことになっております」

「そんなことわかっておる。西園寺公も、ワシに辞めろと言う。住友家に傷がつくなどと言う。あのお方になんの権限がある。養子で迎えた友純様の兄上というだけではないか。ワシは、この住友を守り、育ててきたんだ。歴代の家長など、何もせずに酔っぱらい、遊んでいただけではないか。ワシが、全てを取り仕切り、全てやってきた。この別子だって住友家は、売っぱらおうとしたんだぞ。それを防ぎ、今日の繁栄を築いたのはワシだ。こんなことは子どもだって知っている。貞剛だって知っているだろう。それならば、大島を取るのか、ワシを取るのか、考えなくともわかるはずだ。それを世間体が悪いからと、辞めろ、辞めろの大合唱だ。いい加減にせいと言いたい」

宰平は、口角泡を飛ばす勢いで話す。唾が貞剛のところまで飛んでくる。

「承知しています。しかし……」

貞剛は、ぐっと宰平を見据える。

「しかし……。しかし、なんだ」

宰平の表情が険しくなる。貞剛は身内だ。身内の者に非難されることは、宰平には我慢ならない。

「これを預かって参りました。正式には、友純様からのご手交《しゅこう》になります」

貞剛は、座卓に「依願解雇」の辞令を置いた。

宰平は辞令を手に取ると、みるみる顔を赤らめた。額に血管が浮き上がる。

「これを友純様自らがお書きになったのか」

宰平が貞剛を睨む。目の玉が飛び出るような形相だ。

「お書きになりました」

貞剛は、感情を交えず答える。

「むむ、貞剛……」

宰平は、奥歯が折れそうなほど強く嚙《か》みしめる。ぎりぎりという音が、唇の間から漏れてくる。

感情のおもむくままに、辞令を破ろうとする。

「叔父さん、破ってはなりません。家長がお書きになったものです」

貞剛が止める。

「家長など、飾りだ。ワシが住友だ」

宰平は、脂汗《あぶらあせ》を流しながら、荒い息を吐き、辞令を座卓に置く。宰平の手のひらが座卓を打つ、激しい音がした。

「友純様のご意思です。尊重していただきたいと思います」

「貞剛、お前まで弓を引くのか。お前を取り立ててやったのはワシだぞ」

「承知しております。感謝しております」

貞剛は、体を宰平に寄せた。

「お前のような裏切り者から、叔父さんなどと気楽に呼ばれとうないわ」

宰平は、憎しみを込めて貞剛をののしる。

「それでは総理人と呼ばせていただきます。総理人のことを尊敬し、感謝していない住友の人間はおりません。誰もが総理人の功績を認めております。しかし大島の問題に象徴的に表れておりますが、別子の従業員、坑夫、そして農民たちの離反、煙害など多くの問題が発生しております。それらは新しい経営陣が新しい発想でやらねば、解決しません。誰もが総理人の偉大さに遠慮し、お考えを忖度《そんたく》し、口をつぐんでおります。このままでは住友家の名前に傷がつくだけでなく、総理人が最も愛し、これまでその発展に献身されてきた別子銅山の経営も立ち行かなくなって参ります。この際、ご勇退を決断されることをお願い申し上げます」

貞剛は座卓を離れ、座布団を脇にどけると、額を畳に擦《こす》りつけんばかりに腰を折った。

そして顔を上げ、「叔父さん」と言った。「晩節を汚すことだけはお避けくださいませ」貞剛はふたたび低頭し、そのままじっと待った。

宰平が、「ううう」と小さく唸る声だけが聞こえてくる。

「後は、お前がやるのか」

宰平は聞く。

「それはわかりません」

貞剛は、顔を上げた。

「こんな仕打ちが、最後に待っていようとは、悔しくて、腹立たしくて、どのような言葉を尽くしても尽くしきれんわ」

宰平は天井を仰いだ。目のあたりに光るものが見える。涙であろうか。

「申し訳ございません。しかし、これも総理人が生涯をかけて育てられた住友のためであります」

「後は、お前がやれ。貞剛、ワシの名を汚すな」

「過分なお言葉です。もし、私が総理人の後を継ぐことになったとしても、私は長く務めるつもりはございません。本日、このように総理人に弓を引いた身でありますから。総理人のなされたことの仕上げだけを務めさせていただきます」

貞剛は宰平を見据えた。

「ワシは、今回のこと、納得したわけではない。大島ごときに負けたわけではない。しかし友純様のご意思とあれば、仕方がない。身を退くと申し上げてくれないか。正式なご沙汰を心待ちにしているとな」

宰平は、言葉を嚙みしめるように言った。一語、一語を発する度に心を鎮めているかのようだ。

「承知いたしました」

貞剛はふたたび低頭した。

宰平が、正式に友純から「依願解雇」の書を渡され、総理人を辞任したのは、明治二十七年（一八九四年）十一月十五日のことだった。

＊

「おじさん、おじさん」

小吉が何度も呼びかけている。

「おお、どうかしたか、小吉」

貞剛は、やっと我に返った。

「もうお昼だよ。姉ちゃんが作ってくれたおむすびを食べようって、みんながあっちで待ってるよ」

小吉が指さす方向には、お光や本荘たち別子銅山の職員たちが座っていた。皆、明るい顔だ。

「支配人様！　早くしないと全部、食べられてしまいますよ」

お光が、手を振っている。

「おお、今、行くぞ」

貞剛は、手についた土を手拭いで払い落とした。

5

貞剛が、別子銅山支配人に就任して以来、義務づけていることがある。

それはできるだけ山に住み、歓喜坑《かんきこう》などの坑道に出かけ、人々に声をかけ続けること。

新居浜にいるときは、支配人宅を出て歩きながら村の人々に挨拶をすること。そして鉱山鉄道は極力利用しないで山へ登ること。

なぜ歩くのか。理由があるようで、ない。というより自分でも理屈があって行っていることではない。

別子銅山を経営している住友と、銅山で働く坑夫やその家族、煙害で苦しむ村の人々との間に言葉が通じなくなっていることが問題である。

「愚」になれと嵬山は言った。何も求めず「愚」になれば、言葉が通じるようになるのだろうか。

——いけない、いけない。何も求めずと言いながら、結果を求めている。

貞剛は矛盾に恥じ入る気持ちになる。

「虫がいる」と貞剛は、品川にも手紙で書き送った。いつの間にか虫がそれぞれの関係を喰い散らかし、悪化させてしまっている。虫を退治するためには、どんな方法がいいのだろうか。貞剛は、真剣に悩んだ。

殺虫剤という強力な薬剤を散布すればいいのだろうか。すなわち、不満分子などを徹底的に排除したり、村の人々に金を与え、文句を言わせなくする手段だ。しかしそれでは何も解決しない。殺虫剤に抵抗力を持った虫に喰われるだけのことだ。

貞剛は『臨済録』を読んでいた。この書は難しく、内容がなかなか理解できない。

ある日、「無事是貴人」という言葉が、文字通り目に飛び込んできた。その途端に、目の前に光が差してきた。ありとあらゆるものが輝きを帯び始めたのだ。いったいどうしたことかと目を擦った。

「無事是貴人。但莫造作。祇是平常（無事これ貴人。ただ造作することなかれ。ただこれ平常なり）」

老子は無為を為《な》すと言った。道を究めるとは自然のままであることだという意味であろう。

『臨済録』も同じ意味だ。余計なことをするな。ただあるがままが良い。何かを企んだり、仕掛けたりしてはならない。平常であることが尊いのだ。

この瞬間に、貞剛は歩くことを決意した。とにかく何も謀ることなく、何も求めず、ただ歩くだけだ。これが峩山の言う「愚」なのかもしれない。

村の中を歩き、山に向かう。人々は警戒し、奇異な目で見る。中には、枯れた稲や麦を握りしめて、怒鳴ってくる者もいる。

しかし、ただ歩き続ける。文句を言ってくる者にも、挨拶をしてくる者にも、返すのは等しく微笑みだけだ。

銅山に到着し、目出度町《めったまち》の賑わいの中を歩く。歓喜坑や歓東坑《かんとうこう》などの坑道に行く。そこでは座って坑夫たちが坑道に入っていくのを眺めている。

坑夫たちが怪訝そうな顔で貞剛を眺めて眼前を通過していく。中には、支配人様ですかと声をかける者もいる。そのときは、はい、ご苦労様です、と笑みを浮かべる。すると、長兵衛です、と自己紹介をしてくる。その後は、その坑夫に会えば、長兵衛さん、おはようございますと挨拶をする。

昼になれば、その場でお光が作ってくれたおむすびを頬張る。ただそれだけだ。

あの支配人おかしいんじゃないか。何もしないで高い給料を取りやがって。一日、ぼんやり座っているだけじゃないか。なんでも新居浜から歩いてお山に登ってきたらしいぜ。それも毎日のことらしい。そりゃ、ご苦労なことだ。お偉いさんだったら鉄道に乗らないのかね。あんな無能な支配人を送り込んできて住友はどうかしたんじゃないのか。

不思議なことに、聞き耳も立てないのに人々の声が聞こえてくる。坐禅《ざぜん》というのは、何も寺だけでやることではない。ここでおむすびを食べながら、澄みきった別子の空を眺めているだけでも坐禅のように、心が静まってくる。どんな雑音、嘲《あざけ》りなどが聞こえようと、心が騒ぐことがなくなってきた。

妻の梅が新居浜に来た。そのときも貞剛は、変わらず山に歩いて登った。不思議に思った梅は、「あなたは毎日、いったい何をなさっているのですか」と尋ねた。貞剛はただ笑って、「釣瓶《つるべ》の稽古だな。毎日、上がったり、下がったり」とだけ答えた。梅はあきれ顔で「虚けも、そこまで徹底すると偉いものだわね」と感心した。翌日、梅は貞剛に弁当を持たせ、黙々と山に向かって歩く貞剛を見送った。

別子の冬は寒く、雪に見舞われる。坑夫たちも春の到来まで仕事を休むことになる。しかし貞剛は、そんな時季でも山に登った。食料など生活物資を運ぶ人たちに助けられながら山に登る。草鞋が擦《す》りきれると、雪が足に付着し、指先が痛いほど冷たくなる。それでも貞剛は歩いた。

銅山の支配人宅に滞在しているときも、坑夫たちが生活している場所に歩いて行き、声を掛けられればにこやかに笑顔で話に加わったのである。

貞剛が、あまりにも銅山を歩くので、いつもはしかめ面《つら》で書類を見てばかりいた銅山の従業員たちも、いつの間にか外を歩き始めた。そしてどちらからともなく従業員と坑夫たちが声を掛け合い、笑い合うようになってきた。


ある日、貞剛は小足谷《こあしたに》小学校に向かっていた。

住友は、別子銅山で働く従業員の子弟教育に早くから力を注いでいた。この小学校は明治六年（一八七三年）に目出度町に開校され、その後、明治二十二年（一八八九年）に小足谷に移転した。明治三十二年（一八九九年）には、三百名近い生徒たちが熱心に学んでいる。新居浜の小学校より先生が良いということで、わざわざこの小学校で学ばせたいと依頼してくる父兄もいるほどだった。

貞剛は、この小学校で学んでいる小吉たちに授業をするためにやってきた。

以前、ここでは住友の従業員の子弟のみ学んでいた。しかしある冬の夜のことだった。貞剛は、銅山の支配人宅で本を読んでいた。すると、入り口の戸を叩く音がする。夜も遅い。九時を過ぎ外は真っ暗だが、雪が積もり、それに月明かりが反映し、ほの明るい。

誰かと思って戸を開けると、そこに小吉と、両親が申し訳なさそうに立っていた。

「どうしましたか。さあ、中にお入りなさい。寒いでしょう。何もないが、熱い茶くらいは出しましょう」

貞剛は、三人を中に招き入れた。「どうぞ、お上がりなさい。そこでは寒い」

両親は、小吉を間にして土間に立ったままだ。冬だというのに薄着だ。

「いえ、私らはここで結構です。座敷に上がるような身分ではありませんので」

父親が言う。無精髭が伸びてはいるが、決して不潔ではない。少し怯《おび》えたように見えるが、誠実な印象の目をしている。母親は、お光とよく似て目鼻立ちが整った上品な顔だ。

貞剛がいくら勧めても座敷に上がらないため、貞剛は仕方なく火鉢を持ってきて、土間近くの床に置いた。

「せめて火鉢で暖まりなさい」

貞剛は言った。

父親は躊躇《ちゅうちょ》していたが、ようやく火鉢の周りの床に腰を掛けた。父親が座ると、その後ろに小吉と母親が座った。

「さて、こんな夜分に何事ですか？」

貞剛は父親に聞いた。

父親は、母親と顔を見合わすと、意を決したような真剣さで、「お願いがありまして……失礼を承知で参りました」と言った。

「なんでしょうか？　小吉がいるところを見ると、小吉のことですね」

貞剛の言葉に、小吉の表情が、一瞬、明るくなった。

「その通りです。お願いといいますのは、小吉を小学校に入れてくださらないかということです。無理なことは重々承知です。私たち流れの坑夫は、明日はどこに行くかわからない身です。それで小吉は小足谷小学校には入れません。しかし小吉の将来を考えますと、ぜひ勉強をさせたいと思いまして……。小吉もそれを強く望むものですから」

父親は、言葉を選びながら話す。そして貞剛を見つめ、小さく頭を下げた。

「小吉」

貞剛は、父親の背後に隠れて、神妙にしている小吉に声をかけた。

「はい。おじさん」

小吉は言った。

「こら、おじさんではありません」

母親が怒った。

「いや、良いのです。私と小吉の間ではおじさんで良いのです。小学校へ行きたいのか」

「はい」

小吉は元気よく返事をする。

「お父さん、お母さん、私の方こそ謝ります。皆さんのお子さんが学校に行っていないとは気づきませんでした。明日、すぐに手続きをして、他にもお仲間で小学校に通いたいというお子さんがいれば、入学を許可します」

貞剛は言った。

「本当、おじさん」

小吉が、父親の背後から顔を出した。その顔は喜びに溢れている。

「本当だよ。しっかりと勉強をしなさい」

貞剛が優しく言った。

「ありがとうございます」

父親と母親が何度も頭を下げる。

「ああ、それから費用のことは心配しなくてよろしいですから。そのこともお仲間にお伝えください」

貞剛の言葉に、父親と母親は顔を見合わせ、ほっとしたような顔をした。

貧しさのせいで教育の機会を失わせてはいけない。山の木を育てるのと同じくらい人を育てるのは重要である。これは貞剛の信念でもあった。

　小吉を小学校に入学させたことで、貞剛が住友の職員であろうと、坑夫であろうと、差別しないという評判が立った。すると、今までは銅山を歩いても冷ややかな空気を感じていたが、それが一変した。貞剛を見る視線が優しくなり、声をかけてくる者も増えてきた。

　貞剛は、小吉に感謝した。これで虫の何匹かを退治できたかもしれない。誰もが求めているのは、公平な扱いということだ。人事において宰平が親族を優遇するという不公平に不満が溜まっていたのだが、それが少し払拭《ふっしょく》できたかもしれない。

小学校には、小吉の他に多くの坑夫の子弟が入学した。

　校庭に貞剛が現れると、校長が飛んできた。

「支配人様、本日はご足労《そくろう》をおかけします。子どもたちが支配人様の授業を受けたいと言うものですから」

　校長は、冷や汗を拭いながら頭を何度も下げる。

「なんのなんの、私も良い機会ですから。楽しみです」

　貞剛は言う。

　教室に案内されると、そこには大勢の子どもたちがいた。貞剛に向かって一斉に拍手をする。ひときわ一生懸命に手を叩いているのは小吉だ。貞剛は、小吉に目配せした。小吉も笑顔を返した。

貞剛が教えるのは、『論語』だ。貞剛は教壇に立ち、子どもたちを見渡す。皆、教科書を広げて貞剛の言葉を待っている。

「子《し》のたまわく、学びて時にこれを習う……」

貞剛の言葉に合わせて、子どもたちが大きな声で復唱する。貞剛は、嬉しくてたまらない。彼らから、エネルギーをもらっている実感がある。このときほど別子銅山に来てよかったと思ったことはなかった。

あるときは、坑夫の案内で歓喜坑にも入った。

「こんな鋪《しき》（坑道）に入りたいと言った、もの好きな支配人はいませんよ」

坑道内を案内してくれるのは小吉の父親だ。

入ってみると、すぐに暗くなった。灯は腰に提《さ》げたカンテラだけだ。鉱石を運びだすトロッコ用の線路に沿って慎重に歩く。足元がおぼつかない。水があるのだろう。歩くたびに水音がし、足が濡れていく。振り向くと、鋪入り口が小さく丸く光っている。だんだんと天井が低くなる。天井からは水滴が落ちてくる。小吉の父親の腰でゆらゆらと揺れるカンテラの明かりを頼りについていく。広いところに出た。看板が掛けられていて見張り所と書いてある。

「ここは坑夫の出入りを管理するところです」

二人の男が、椅子に座っている。

「支配人様だよ」

小吉の父親が言う。

二人は、慌てて立ち上がるが、天井で頭を打たないように、やや前かがみになっている。

「ここを過ぎると、急に天井が低くなっていますので気をつけてください。地獄の一丁目などと言う奴もいます。なにせ光なんぞまったく届きませんから。頼りはこのカンテラだけです」

小吉の父親が腹ばいになる。恐怖心すら感じるほど狭い穴を潜《くぐ》り抜けると、また広いところに出た。鎚《つち》と鑿《のみ》で壁を削っている男がいる。坑道の中は暑い。貞剛の額から汗がしたたり落ちてくる。鎚と鑿を振るう男は上半身裸だ。鑿の音が坑道内に響く。男は、一心不乱に鎚を振り上げている。腰のカンテラが男の黒光りする体を照らす。貞剛はあまりの神々しさに思わず手を合わせた。

支配人自らが坑道の奥深くに入ったという話は、すぐに別子銅山中に広まった。

それ以来、貞剛とすれ違う坑夫たちの視線に親しみがこもってきたのである。彼らは、貞剛を仲間だと認めたのだろう。

貞剛は、「無事是貴人」の臨済の言葉を心に繰り返しつつ、まるで修行のように銅山を歩き続けた。
その一方で、未来の住友のために着々と布石《ふせき》を打ちつつあったのである。

第十一章　四阪島移転。そして引退

1

——大仕事にとりかかるか。

貞剛《ていごう》は、塩野門之助《しおのもんのすけ》の提案を聞きながら、己の覚悟を言い聞かせるように胸のうちで呟く。

机には、瀬戸内海に浮かぶ小さな島々の地図が広げられていた。

「四阪島《しさかじま》しかありません」

塩野が強く主張する。隣には共に地図を覗き込むように見ている別子《べっし》銅山副支配人の小池鶴蔵がいる。

貞剛は、別子銅山関連の精錬所から出る亜硫酸ガスによる煙害をなんとしてでも食い止めねば、住友の未来はないと思っていた。

別子銅山に巣くっていた虫もようやく大人しくなり、坑夫と彼らを管理する住友の職員たちとの意思疎通にも齟齬《そご》がなくなってきた。

荒れ果てたはげ山となった別子の山々への植林も進んでいる。

いよいよ、始めるときがきた。

貞剛は、煙害防止のためには精錬所の移転しかないと考えるようになっていた。毎日、銅山に登り、事務所の窓越しに精錬所から上がる煙を見ていた。あの煙をどこに持って行くか。悩みは、それ一点だった。そのとき、遠くに瀬戸内海が見えた。

――海……？

精錬所を海に移転すればどうだろうか。煙は、海に吸い込まれてしまうのではないか。突飛《とっぴ》な考えのようだが、光り輝く波を見ていると、この考えは捨てがたいと思うようになった。

かねてから招聘《しょうへい》していた塩野が足尾《あしお》銅山から戻ってきてくれた。

広瀬宰平《ひろせさいへい》に反旗を翻したため、別子に近づくことすらできなかったが、宰平の退任とともにようやく禁制が解けた。

足尾銅山では水害で家族を失う不幸にあったようだが、世話好きな女性と一緒に暮らしており、想像していた以上に明るい。貞剛は安心した。トレードマークのフロックコートに山高帽は健在だった。

貞剛は、別子の煙害の実情を塩野につぶさに語った。

足尾銅山で渡良瀬川《わたらせがわ》流域での鉱毒被害の問題を経験してきた塩野にとって、煙害は非常に身近な問題として認識できた。

「煙害をなくし、地元と協調していかねば住友の未来はないと思っている。産業発展のために銅が必要だと言っても、人々の生活を踏みにじってよいわけがない。住友と地元の人々が共存共栄してこそ未来があるのだ」

貞剛の言葉に塩野は感激した。

足尾銅山は、鉱毒被害を全て金銭で解決しようと無理をしているため、田中正《しょう》造《ぞう》をリーダーとする反対派との間で激しい争いとなっているからだ。

「臨済の言葉に、仏に逢《お》うては仏を殺し、祖師に逢うては祖師を殺し、という言葉がある。私はね、この言葉通りの覚悟なのだよ」

貞剛は穏やかに言う。

「と、おっしゃいますと？」

塩野は、理解ができず問い直す。

「住友という会社を破壊してもいい、潰してもいいと思っているということだ。それくらいの覚悟がなければ、煙害は防げない。人々を害するということは、国家を害しているということだ。国家を害するなら、住友の存在は許されない」

貞剛は静かな口調だが、力を込めて言った。

塩野は、電撃に打たれたように感激した。

今日まで会ってきた事業家は利益優先の人たちがほとんどだった。国家のためと言いながら、その実は自分のためだ。ところが貞剛は違う。自己を捨て、公のために住友を経営しようとしている。

――この人のために働きたい。

「士は、己を知る者の為に死す」と司馬遷《しばせん》の『史記』にあるが、塩野はそのような心境になった。

「絶対に煙害を防ぎましょう」

塩野は貞剛に誓った。経営者と技術者というより同志のような思いがした。

貞剛は、精錬所の移転先を探すように塩野に命じた。塩野は、小池と共に候補地探しを開始した。この動きは、一切、外部に漏れることがないよう秘密裏に行われた。もし外部に漏洩《ろうえい》すれば、どんな横槍が入るかわからない。

貞剛は、海を候補の一つと考えていたが、そのことは自分の心に仕舞い込んだ。先入観なく候補地を選定してほしいからだ。

そして塩野は四阪島を提案してきたのだ。期せずして、貞剛が考えていた「海」

だった。

2

四阪島は、新居浜《にいはま》沖北西二〇キロに位置する。美濃島《みのしま》、家《いえ》ノ島、鼠島《ねずみ》、明神《みようじん》島、梶島《かじ》の五島からなるが、四阪島と称されている。

「水はありません」

塩野は明瞭に言う。

「水がなければ暮らせんだろう」

貞剛が懸念を示す。

「大丈夫です。新居浜から運びます。設備の冷却は海水を使います。海水を使うと設備が傷むとの心配がありますが、実験の結果、問題がないとわかりました」

「水がないにもかかわらず四阪島に決めたのは、どのような理由からなんだね」

「まずですね、別子の高橋《たかはし》精錬所と新居浜の惣開《そうびらき》精錬所という二か所の精錬所を運営することは合理的ではありません。これを統合するとなると、相当な規模になりますので、それなりの場所が必要です」

「なるほどな。煙害の原因である陸の精錬所を全て移転させるのだな」

貞剛は、これは相当な冒険だと即座に悟った。

重役たちは間違いなく反対するだろう。そんな海上の孤島に精錬所を全て移せば、もしものことがあれば銅を製造できなくなるではないか、と。

「もし全ての精錬を新居浜に移せば、煙害の規模は、推定しますに現在の十九倍にも達します。このような事態を地元の方々が容認するはずがありません」

塩野は、煙害防止という貞剛の方針を忠実に順守し、移転候補地を探したのだ。

「そんな事態となれば反対運動はさらに大きくなるだろう」

「四阪島の利点は海上の孤島であることです。精錬所から排出された煙は、陸に到達する前に海に落ち、亜硫酸ガスは海に吸収されます。陸に煙は届きません」

「それは間違いないか」

「十分に検討しました。精錬所からの煙を一か所に集めて、直径約十メートル、高さ約六五メートルの大煙突を造り、そこから煙を放出すれば、もう陸を汚すことはありません」

塩野の自信たっぷりな口調は貞剛を勇気づけた。

「さらに申し上げますと、四阪島は海運の便がよく、原材料などの物流面でも優れております。ここがアジアの一大精錬所になる可能性を秘めております。もし別子で銅の産出がなくなったとしても国内の別の銅山、あるいは海外の銅山から原材料を運び込むことが可能です。こんなことを言うと、広瀬様に怒鳴られますね」

塩野は、首をすくめて小さく笑いこぼした。

「大丈夫だよ。私は君の中央精錬所構想には賛成だからね」

貞剛は軽く頷き、微笑した。

「四阪島の周囲は深い海ですから、精錬の残滓《ざんし》である鍰《からみ》も海に捨てることができます。働き手も新居浜などで集めることができます」

塩野は自分の説明に満足したのか、地図を軽く叩いた。ここで決まり、とでも言うのだろう。

利点が多い。しかし、えてしてそういうときは、もしもの場合の失点も多くなる。これで本当に煙害の解決になるのだろうか。本当に海に亜硫酸ガスが溶け込み、陸には影響を与えなくなるのだろうか。

貞剛は、塩野を見つめた。

――仏と魔とは是《こ》れ染浄《ぜんじょう》一境なり
貞剛の脳裏に臨済の言葉が浮かぶ。仏も魔も心の悟りと迷いの両面であるとの意味だ。

迷っても意味がない。塩野を信じ、塩野に賭けるしか道はない。それが自分の覚悟である。目の前の靄《もや》が消えていく気がした。

「四阪島の所有権はどうなっている」

貞剛は、意を決したようにさっぱりとした表情で聞いた。

「全て民間の保有です」

小池が答える。

「ただちに買収にかかってくれ。当面、極秘だ。名義は私にしておいた方がいいだろう。住友が表に出ない方がいい。何かと問題があるかもしれないからな」

「わかりました」

小池は答えたものの浮かない表情だ。

「どうした？　何か気にかかることがあるのか」

「いえ、もし四阪島を買収した後で不都合なことがありましたら、いかがいたしましょうか？」

小池が、貞剛の反応をうかがうような顔をしている。

「そんなことを心配しているのか。今回は私が個人として全て買収する。もし上手《うま》くいかなければ桃でも植える。桃の花の満開の下で宴《うたげ》でも開こうではないか」

貞剛は、豪気に笑った。

塩野も小池も、貞剛の言葉に安堵したように声を上げて笑った。

「これで農民を苦しめることもなくなりますぞ」

塩野が力強く言った。

塩野と小池の二人は、秘密裏に行動し、四阪島の買収を進めていく。最終的にその総額は九千三百円となった。

この金額を現在の価値に換算するのは簡単ではないが、明治二十八年（一八九五年）当時の米一〇キロが八十銭。現在の米一〇キロの価格が三千円から五千円とすると、約三千五百万円から約五千八百万円ほどになるだろう。

貞剛はそれを、とりあえず自分の懐《ふところ》から捻出したのだ。今回の移転プロジェクトに賭ける意気込みが知れようというものだ。

貞剛は、塩野と小池と別れて支配人宅に戻った。

四阪島へ精錬所を移転することを決断した興奮が、まだ体を火照《ほて》らせていた。

新居浜の支配人宅に戻ると、お光《みつ》と小吉《こきち》が迎えてくれた。今夜は小吉に勉強を教えがてら、一緒に夕食を食べようと約束していたのだ。

大阪に家族を残している貞剛にとって、お光や小吉と過ごすひと時はなによりの癒しとなる。

「おじさん、遅いよ。お腹、へっちゃった」

小吉が口を尖《とが》らせて文句を言う。

「悪い悪い。しかし、食事の前に風呂に入りたいな。お光さん、湯は沸いているかね」

「はい、準備してあります」

「小吉、一緒に風呂に入ろうか」

貞剛は小吉の頭を撫でる。

「おじさんの背中を流してあげるよ」

小吉は湯屋の方へ駆けだす。

「支配人様、申し訳ございません。小吉は、風呂が大好きなのですが、山では子どもは、いつでも風呂に入ることはできません。水は貴重ですから」

別子銅山には歓喜坑《かんきこう》などの坑道の出口に共同浴場が設けられている。坑夫や砕女《かなめ》たちは、そこで一日の汗や汚れを落とし、湯に浸《つ》かり体の疲れを取る。しかし大人数で入る風呂では、小吉のような子どもがゆっくりと湯に浸かっているわけにはいかない。

「いつでもこの新居浜の役宅の風呂に入りに来ればよい。遠慮は無用だ。ところで今日の夕食は何かな」

貞剛は、いかにも楽しみだという表情になる。お光の料理の腕はなかなかのものだ。

「今日は鯛めしを用意しています」

「おお、鯛めしか。これは楽しみだ。早く風呂に入るぞ」

貞剛の気持ちが弾む。

鯛めしは、新鮮な鯛の刺身を出汁《だし》と卵を溶いた中に浸け、それを温かいご飯にかけるものだ。

貞剛は、新居浜に来て初めて食べたが、その美味《うま》さに驚いた。料理法は、やや荒っぽい漁師メシなのだが、大阪や京にはない素朴さがなんとも言えない。

「おじさん、早く」

小吉が湯屋から声をかける。

「今、行くぞ」

貞剛は、嬉しさに体が浮くような快活な気分になる。大きな課題が一歩前に進んだ喜びが、全身にみなぎっているのだろう。

3

貞剛は、天龍寺の方丈《ほうじょう》で峩山《がざん》と会っていた。

目の前には曹源池《そうげんち》庭園が広がっている。夢窓疎石《むそうそせき》の作で六百年近くも経ているのに、その素晴らしさは人々を魅了し続けている。

手前の白砂は日本の浜辺、その先の荒々しい岩組みは、中国の磯《いそ》。荒れる海を越えて日本に渡ってきた数多《あまた》の高僧たち、またその海を渡って中国で仏教の神髄《しんずい》を学んだ日本の学僧たちを象徴しているのかもしれない。池の背後には嵐山《あらしやま》から亀山《かめやま》を望むことができる。五月の爽やかな風に揺れる若葉の緑が池に映り込んでいる。

貞剛は、友純《ともいと》に別子の状況や四阪島への精錬所移転案などを報告に来た。

特に四阪島の件については、貞剛が良かれと思う方法で進めるようにとの言葉をもらった。貞剛と友純は、煙害問題に関しては同志のようなものだった。共に早期の解決を願っていた。四阪島の買収を進めている件は、当分の間、重役たちにも内密にすることで意見が一致した。どこからか情報が洩れれば不測の事態を招きかねない。

報告が終わり、ふいに峩山に会いたいと思って京都の天龍寺に来たのである。

峩山は、貞剛を曹源池庭園が見える方丈の縁に案内し、一緒に座った。

「いい庭ですね」

貞剛は、庭を眺めながら言う。

「夢窓疎石師は、禅の心をこの庭に表わしたと言われているが、禅などには本来、こんな立派な庭は不要だ。ただ座ればいいだけだ。この庭も方便だな」

「多くの人を仏の世界に導く方便なのですか。和尚《おしょう》にかかったら、世の森羅万象《しんらばんしょう》は皆、方便となりますね」

「臨済師は『四大色身《しきしん》は是《こ》れ無常なり』とおっしゃっている。全て仮の存在なのだよ。そのことを徹底すれば悟りになる。実体のないものを求めれば迷いになる」

「仮の中であくせくしているわけですね」

貞剛は庭を見続け、峩山の言葉を噛みしめている。

「ただし心は万鏡《ばんきょう》に従って転ずとも申しましてな。森羅万象は万鏡に映り、変化する。時々の心が絶対なのだ。今を絶対と定めれば、喜びもなく、また憂いもない。貞剛殿は今の、ただ今の役目を果たされればよい。それが禅の心に通じておる」

「よくわかりました」

貞剛は、今、多くの事業を一気に成し遂げようと考えていた。

それは一方で迷いでもあった。大恩ある宰平の事業を全て根本から見直すことになるからだ。

恩を仇《あだ》で返すということになりはしないか。これは士《さむらい》として教育を受けた貞剛にとって身を切るように辛いことだった。

峩山の話を聞いていると、迷いが少しずつ晴れていく気がする。

全ては仮の姿。鏡に映る森羅万象。その都度都度が絶対……。

要するに袈山は我欲を捨て、あるがまま、望むがままに進めと言ってくれている。

貞剛が心の支えとする五箇条の御誓文の中に、「旧来の陋習《ろうしゅう》を破り、天地の公道に基《もとづ》くべし」という一条がある。

住友の陋習を払わねば、新しい時代に生き残ってはいけない。陋習を払うことができるのは、中興の祖、宰平の甥である自分をおいて他にない。

他の人にこのような血を流す役目をやらせるわけにはいかない。全ての非難は我が身、一身に受けるべきだ。

全ては仮の姿、無常なり……か。成果を上げようとか、評価を得ようとか、何かを求めてはいけない。実体のないものを求めて迷いの道に踏み入るだけだ。自分を無にして、判断していこう。

「和尚」

「なんでしょうか？」

「山を登るときと、下るときはどちらが大変でしょうか？」

貞剛は静かな口調で聞いた。

「さあての……。普通は、山を登る坂道が辛いだろうな。息が切れ、足が上がらなくなる。まだ頂上が見えない。しかし拙僧《せっそう》は下山の方が大変だと思う」

寂山は、半眼《はんがん》になり、庭を見るともなく見ている。

「理由を教えてください」

貞剛も庭をぼんやりと眺める。肉体が溶け、庭と一体になっていく。

「登りで力を使い果たし、もはや下山する力が残っていない場合もある。また下山しようと思ったとき、えてして目の前に次の山頂が現れるものだ。次の山を克服してから下山すればいい、登れるのは今だ、そう思ってその山頂を目指す。切りがない。そのうちに疲れきって遭難してしまう。下山すると決めたら、無事に里に辿りつくことのみを考えねばならない。妙な欲を出せば、下山に失敗する。足が弱っているのに、焦って早足になる。足元をしっかり見ていないために木の根に足を取られ、大きく転倒してしまうこともある。かように考えると、無事に下りきるというのは非常に困難なことだ」

「上手く下山しないといけません」

貞剛は庭から視線を転じ、寂山を見つめた。

「その通りだが、上手くやろうと思うことが我欲になる。何事も無常、仮の姿だ。それをわきまえれば、下山は楽しいだろう」

寂山は、貞剛の考えが手に取るようにわかるようだ。

貞剛は、全てをやり切り、自分のけじめとしての下山を今の段階から考えているのだ。

「なんだか池の周囲の木々が、先ほどより鮮やかに見え始めた気がします」

貞剛は気持ちが晴れてくる気がした。

「心の万鏡がきれいに磨かれたのであろう」

峩山は屈託のない笑みを浮かべた。

4

明治二十八年（一八九五年）五月四日、五日と貞剛は住友尾道《おのみち》支店に重役を招集し、第一回の重役会を開いた。

これは住友にとっては画期的なことである。それまでも重任局で合議制で案件を処理してはいたものの、形式的であった。

宰平の力が大きすぎたからである。合議制とは形ばかりで宰平の独裁専横だった。

この重役会は、実質的な合議制に改めようとする貞剛の考えによるものだった。五箇条の御誓文にいう「広く会議を興し、万機公論に決すべし」の実践だった。合議制で何が決められる。小心翼々《しょうしんよくよく》とした重役たちなどあてになるものか。貞剛、よく覚えておけよ。重役たちは、住友の命ともいうべき別子銅山を売ってしまおうとしたのだぞ。それを止めたのは、私の決断だ。

宰平の激しい叱責が聞こえてくるようだ。

決断すべきときには、責任ある者が無心になって決断しなければならない。しかしたった一人の独裁よりは、重役たちが責任を持って発言し、その上で決断する、この合議制の方が間違いを未然に防げるのではないだろうか。

また一人一人の重役が責任を持って住友について考えることで人材の育成にもなる。その中から真に住友を担う人材を見出せばよい。

「住友は、万機公論に決すべし。この方針で行く。独裁は許さない」

貞剛は、集めた重役たちに強く宣言した。

この日が、住友の経営近代化の第一歩となったと言っても過言ではないだろう。

集まったのは貞剛の他に田辺貞吉《ていきち》、田艇吉《でんていきち》、谷勘次《たにかんじ》、豊島住作《てしまじゅうさく》、服部婓《はっとりあやお》の五名。小池鶴蔵は社用で欠席した。

宰平引退の後、総理人は決まっていなかったが、筆頭重役である貞剛が代理を務めていた。

議題は本店新築、海外貿易などいくつかあったが、最重要は住友銀行の創設だった。

貞剛は、重役たちの協議を経て住友銀行を創設したいと考えていた。

住友内部では、明治五年（一八七二年）の国立銀行条例発布の頃から、銀行業に参入するべきではないかという意見があった。

しかし宰平が大反対したのである。

宰平は「銀行などは両替屋の変形変称」に過ぎないと言い、「このような業務を住友はやるべきではない。他にやるべき困難な事業がある。それを為すことで国家の利益を増進し、以《もっ》て主家の名誉と信用を併せ得るべきである」と別子優先の方針を主張していた。

銅山という重工業優先であった宰平にとっては、金利で稼ぐ銀行という事業は虚業に近いという考えを持っていたのではないだろうか。そのため住友では銀行業への進出がタブーとなっていた。

貞剛は、宰平のこの方針にかねてより疑問を抱いていた。

多くの産業を育てる銀行業は国家の利益になる。それは住友の事業として取り組んでもいいのではないかと考えていたのだ。

この考えに呼応するかのように、明治二十八年（一八九五年）四月に本店商務課長・岡素男と尾道支店長・上村喜平が、それぞれ銀行創設の意見書を提出していた。

住友は金融業とまったく無縁であったわけではない。倉庫で預かった米穀や公債、株式などを担保に融資をする並合業《なみあい》を営み、貸出金残高は百万円近くとなっていたのだ。

これを現在価値に換算するのは難しいが、六十億円以上ではないだろうか。後に金融王と言われる安田善次郎《ぜんじろう》が、明治十三年（一八八〇年）に創業した安田銀行の明治二十八年（一八九五年）における貸出金残高は三百四十七万一千円であるから、住友の並合業はかなりの規模であったと推定される。

ちなみに安田銀行は、明治二十八年において資本金百万円、預金四百三十四万三千円である。

岡や上村は、銀行業の重要性をかねてから研究していた。

彼らが銀行創設の意見書を提出したのは、宰平の引退だけが理由ではない。日清《にっしん》戦争が明治二十八年四月に日本の勝利で終わったのだが、この年の下期頃から猛烈な銀行設立ブームが起こったのである。その理由は、事業会社設立が大変な勢いで活発化したため、それを支える銀行が必要となったのだ。岡たちは、この時流から銀行の創設が急務であると判断した。住友が行っている並合業、現在で言えばノンバンクになるのだが、その限界を肌身に感じていたのだろう。

銀行に改組し、預金を集め、それを原資にして多くの貸出金需要に応えたいというのが、岡たちの願いだった。

岡は銀行を設立し、「一般商工業の発達を助成すること、もはや一日も猶予すべきに非《あら》ず」と主張する。

上村は、三井、三菱などの大富豪は、銀行を兼業してますます隆盛となり、住友のような単純なる質屋業（並合業）では到底太刀打ちできないと悲憤慷慨《ひふんこうがい》する。そして住友は進取の気性に富む事業家として尊敬されているにもかかわらず、銀行業に進出せず、手をこまねいているのは、忍びがたいとまで言う。

議論は白熱した。特に金を預かるということに対する責任問題が議論された。

反対派は住友の名声を考えれば、預金者が殺到して預金が集まりすぎる、そうなると運用先に困り、無理な貸出を行い、不良債権を作ってしまい、損失を出すのではないかと主張する。

それに対して賛成派は運用先に困ることはない、仮にそのような事態に陥ったときは国債などで運用すればよい、預金を集めることこそ銀行の本来の姿であると反論した。

貞剛は、両者の意見をよく聞き、岡や上村の意見書を読み込んだうえで、銀行創設を決断した。

住友はすでに並合業によって銀行業の下地ができていること、どの富豪も右手に事業を拡大すれば左手に銀行を置く、両輪の経営を行っていることなどが決議理由として挙げられた。

預金に関しても「あくまで手堅き方法を取れば、危険の憂いなくして、幾分か利益を増すべきこと」と結論づけている。

他人から金を預かり、利息や元金の不払いなどという不測の事態を引き起こすことがないよう手堅い運営を行うことを求めている。

貞剛は、新規事業を興すにあたって次のような基本精神を重役たちに徹底した。

「住友の事業とは、どんな人でもできるというような種類の事業であってはなりません。住友の信望と、住友の大資本と、住友の人材を以て行わねば到底計画さえできないというような事業こそ、住友は己の事業として、これに全力を尽くすべきなのです。それでこそ住友の存在が、国家的にも社会的にも大きな意義を持つのです。単に利益があがるからといって他の真似をして同じような事業を計画したり、あるいは資本があるからといって既成事業を圧倒したりするのは、いやしくも住友の為すべきことでありません。

そのようなことはいたずらに資本を重複固定させることになり、資本の効率を悪化させ、同時に我が国の産業の健全なる発展を阻害する点において社会的見地より、したがって住友存立の根本義より、断然、慎まなければなりません。

住友の事業は住友自身を利するとともに、国家を利し、社会を利する事業でなければなりません。この意味においてそれが将来有望であり、社会に貢献しうる事業ならば、住友は社会に代わってこれの経営の任にあたるという凜乎《りんこ》たる大市民的精神を逸してはならないのであります。

さらにもし、その事業が本当に日本のためになる事業であって、しかも住友のみの資本を以てしては到底成し遂げられないほどの大事業であるならば、住友はちっぽけな自尊心にとらわれないでいつでも進んで住友自体を放下《ほうげ》し、すなわち一切の執着を捨て、日本中の大資本家と合同し、敢然《かんぜん》とこれを造り上げようという雄渾《ゆうこん》なる大気魄《だいきはく》を絶えずしっかりと蓄えていなければならないのであります」

そして締めくくりとして、次のように述べた。

「現実を重んじるも現実にとらわれず、常に理想を望んで現実に先んじること、ただ一歩なれの精神で事業に臨むのです」

この最後の言葉は、平易だが、含蓄《がんちく》がある。理想を掲げて、現実の少し先を行く事業に取り組めというのだ。目先の利益や他が行っているから新規参入するという浅薄《せんぱく》な考えでの事業は、住友では許されないのだ。

貞剛が話し終えると、期せずして重役の中から拍手が起きた。住友の中核をなす重役たちが、貞剛の精神を共有し、住友の未来に向かって気持ちを一つにしたのである。

宰平という偉大な中興の祖が経営から退き、ややもすると経営が混乱、浮遊する可能性があった。そこに貞剛の言葉が、太い柱石となったのである。

住友は、この尾道会議において、これまでとは一線を画す新しい住友に脱皮した。

この年、明治二十八年（一八九五年）七月二十六日に、住友吉左衛門友純《きちざえもんともいと》の名義で大蔵大臣宛に銀行設立願書を提出し、同年九月十八日付けで認可された。

住友銀行は、資本金百万円で開業したが、この資本金は家長友純の全額出資であり、個人銀行としての出発だった。これは住友の事業は全て家業として個人経営の形で行われているからである。

銀行支配人に本店支配人田辺、銀行創設の意見書を提出した岡は本店貸付課長に就任し、上村は尾道支店長に留任した。

日清戦争（一八九四〜一八九五年）の終盤にかけて日本国内では多くの銀行が設立され、その数は明治二十八年の一千四十三行から、明治三十六年（一九〇三年）には二千三百八行と、二倍以上に増大した。そのうちの一行として住友銀行は順調に発展していく。

貞剛は、銀行以外にも国家を利する事業を始める。住友金属工業（現・日本製鉄）の前身となる住友伸銅所などである。

住友は、貞剛のもとで事業の多角化を進め、近代企業グループとしての体制を整えていくのである。

5

貞剛は、新居浜の広瀬邸に来ていた。宰平に呼び出されたのである。

「ここからの眺めは最高だ。惣開精錬所から立ち昇る煙を見ていると、まだまだ血が躍るような活気が満ちてくる」

母屋《おもや》に建つ登楼「望煙楼《ぼうえんろう》」の北向きの窓からは、惣開精錬所と新居浜港に出入りする船舶を眺めることができる。

室内をせわしなく歩き、時折、海の方角を指さす宰平を貞剛は見つめていた。呼び出された理由はわかっている。精錬所を四阪島に移転するのを中止しろというのだ。

宰平は明らかに怒っていた。

「ワシはお前が、これほどの愚か者だとは思わなかった。四阪島へ全ての精錬所を移転するなど、愚策の極みだ。すぐに撤回しろ。それになぜワシに一言、事前に相談しないのだ。そうすればこんなバカなことは即刻、中止させたのに」

宰平の飛ばす唾が貞剛の顔にかかりそうになる。

「友純様に上申書を提出されたと伺っております」

貞剛は、静かな口調で言った。

「おお、上申いたした。お前の口車に断じて乗ってはなりませんとな。住友が破壊されますと申し上げた」

宰平は明治二十九年（一八九六年）三月に、「別子鉱山工場、新居浜惣開移転の儀を聞き、驚愕の余り卑見《ひけん》を具陳《ぐちん》す」という上申書を友純に提出したのである。

「精錬所の四阪島への移転については友純様の了承を得ております」

「あの方は何もわかっておられない。ワシは、引退して二年も経とうかという身だ。経営に意見できる立場でないことは重々承知だ。しかしこの住友家の一大事を座視するわけにはいかない。知って言わざるは不忠。大いなる不忠だ。ワシは逆命利君《めいりくん》を忠としておる。引退した身であるが、今回ばかりはまかりでなければならぬと思ったのだ。ワシは、住友家と共に成長してきた。ワシの血の全てが住友家、ワシ自身が住友家なのだ。その満腔《まんこう》の思いを吐露申し上げたのだ」

宰平は、総理人を明治二十七年（一八九四年）十一月に引退し、自分の人生を振り返る『半世物語』を執筆、出版するなどしていたが、住友とは距離を置きながら暮らしていた。しかし、自分の境遇には極めて不満を抱いていた。

宰平は総理人として、家長を経営に関与させず実質的に住友を支配し、明治二十五年（一八九二年）七月には民間人で初めて勲四等瑞宝章《ずいほうしょう》を受章するなど、権力の頂点に昇り詰めつつあった。

否、権力の頂点に立っていたと言えるだろう。

誰も宰平に対して異論を差しはさむことはない。権力は自ら腐敗するとの言葉の通り、宰平におごりが見え始める。その時期を狙ったかのように煙害問題、大島供《とも》清《きよ》の宰平独裁糾弾問題など、住友の経営基盤を揺るがすような問題が次々にふき出してくる。

その結果として、明治二十七年（一八九四年）十一月に突如引退を迫られたのである。

それは勇退というものではなく、住友からの追放ともいえるものだった。少なくとも宰平は、そう思ったに違いない。まさに憤懣《ふんまん》を抱いたまま、宰平は住友を去ったのである。

「煙害を解決するためにはこれしかないと考えています。煙害を収束させることは、住友存続にかかわる重大問題ですから」

「煙害の解決は、新居浜周辺の住民に損害賠償をすればいいんだ。これを移転で解決しようとするのは新居浜の住民への裏切りだ。徳義に反する行為だ」

宰平は激する。

「新居浜と住友の永続的関係を考えれば、賠償金という金ではなく根本的な解決策が必要なのです」

「とにかく賠償金で解決するのが一番だ。煙害で田畑が荒れようが、山の木々が枯れようが、全て賠償金で対処しろ。これまでも別子はそうやって問題を解決してきたではないか」

「このままでは別子は、足尾銅山の轍《てつ》を踏むことになります。国家的な問題となる可能性が十分にあります」

貞剛は、冷静に話を進める。

「では四阪島がなぜ不適当なのか言って聞かせてやろう。まずは無人島に職員や労働者を移住させねばならないんだぞ。工場は勿論、港湾設備、社宅などを整備するのにいったいどれだけかかると思っているんだ。それに水がないというではないか。飲料水、工業用水をどうするつもりだ。波が荒れたら銅鉱石も水も食料も何もかも運搬できないのだぞ。移転したからといって煙害が確実になくなるとは限らん。おそらくワシの予想では被害を拡大するだけになるのではないかと思う。そんな不確実な事業に巨費を投ずるなど、愚の骨頂だ。その金を損害賠償に使えば、問題は一挙に解決する。こんな決定をするお前を見損なった。お前は住友を破壊するのか。ワシが、再興した、住友を、甥のお前が破壊するのか」

宰平は、目を吊り上げ、拳を振り上げ、全身で怒りを露《あら》わにしている。引退後、経営にまったく参画できなかったことの鬱憤《うっぷん》を晴らすかのようだ。

「確かに叔父さんからみれば破天荒《はてんこう》な計画に見えるかもしれません。しかし現状のように高橋精錬所と惣開精錬所に分かれているのは、非効率極まりありません。

今、住友には将来に向かっての投資ができるだけの余力があります。これは叔父さんの経営改革のお蔭です。感謝しております。煙害を解決し、効率的な精錬事業のためには両精錬所を統合した一大精錬所が必要なのです。その候補地は別子山中の高橋精錬所を拡張する案と四阪島であります。試算しましたので、ご覧ください」

貞剛は、塩野が作成した四阪島と高橋精錬所の産銅コスト比較表を宰平に提示した。

「こんなもの！」

宰平は、まともに見ようとはしなかったが、構わずに貞剛は説明を続ける。

宰平の怒りは痛いほど貞剛の胸を衝く。手塩にかけた惣開精錬所を移転させようとしたり、宰平の念願であった製鉄事業も中止したり、その上、銀行まで設立するという、宰平の功績を全否定するようなことばかりを貞剛が行うからだ。

しかし貞剛にしてみれば、宰平が独裁的権力を振るっていたときには不可能だったことを、遅ればせながら急いで実現することで、住友を永続させようと考えていた。

これが畢竟《ひっきょう》、宰平の功績を世に残すことになると信じているからだ。たとえ一時的に宰平に憎まれようとも、いずれ理解してくれるときが来るに違いない。これが貞剛の真意だったのである。

「見積もりによりますと、高橋精錬所を拡張する場合は、建築費など約七十一万五千円、営業経費約六十四万六千円必要です。しかし四阪島移転の場合は、建築費など約五十万三千円、営業経費約六十三万四千円となります。したがって六〇キロ当たりの産銅コストは高橋精錬所は九円二十三銭五厘、四阪島移転後は九円五銭三厘となります。四阪島移転の方が、わずか十八銭ではありますが、有利となります」

「たかが十八銭ごときで惣開も高橋も捨てるというのか！」

宰平はまったく聞く耳を持たない。

「叔父さん、本当にこのままでいいのですか。時代は、変わってきています。住友の言う事なら誰もが黙って聞く時代ではないのです。人々の声に耳を傾け、それに真摯《しんし》に対応することが求められる時代となっているのです」

「時代が変わっただと？　ワシはいつでも自利利他、公私一如の住友の精神をもっておる」

「その公私一如の『公』は、住友ではございません。今は天下国家、国民でありま
す」

貞剛は、明快に言った。

宰平の「自利利他、公私一如」は住友が高く掲げる企業倫理であるが、宰平の場合は、どうしても公は住友となる。それは仕方がない。住友に幼い頃から仕えてきたのだから。しかし戊辰《ぼしん》戦争を戦い、絶えず国家、国民というものを考えてきた貞剛にとって「公」は住友ではなく国家、国民だった。それに奉仕しない企業は存在を許されないという考えだった。

「ワシも天下国家を考えておる」

憤慨して、宰平が鼻息を荒くする。

「それならば、どれだけ新居浜周辺の住民が煙害で塗炭《とたん》の苦しみに耐えているかお考えください。周辺の山々は焼《や》き鉱の燃料調達、煙害などによって無残なはげ山になっています。住友に別子、新居浜の自然を破壊し、人々を苦しめる権利がありますか。自然は、天下のものです。国家のものです。住友の自由にできるものではありません。自然をないがしろにして、国家をないがしろにして、人々をないがしろにして、住友が繁栄することは許されません。人道に基づく経営、天下国家に恥じぬ

経営をしてこそ住友の存続が許されるのです。真の利他の心で事業を行わねば住友は破滅への道を歩むことでしょう。それを防ぐことが、私の使命です。なにとぞ、ご理解ください」

貞剛は畳に額を擦《こす》りつけるほど、深く頭を下げた。

宰平は、貞剛の必死の訴えを黙って聞いていた。

その表情は当初、怒り、憤懣、苦渋《くじゅう》に満ちていたが、徐々に平常心へと変わっていった。

「貞剛、もうよい。頭を上げてくれ」

宰平の声が少し穏やかに変わっている。

貞剛は、ゆっくりと顔を上げる。宰平が、苦渋の中にも笑みを浮かべている。悲しげではあるが、わずかではあるものの笑みが見えるのは見間違いではない。

「いろいろと申し上げました失礼をお許しください。しかし、私は……」

貞剛は、言葉を続けようとした。

「もうよい」

宰平は貞剛に向けて手をかざした。

「やはりお前とワシには同じ血が流れている。お前が、ワシの叱責に梃子《てこ》でも動かぬ姿を見ていると、ワシが重役たちに向かって別子のお山の売却はまかりならんと抗議したことを思い出す。もうよい。わかったとは言わんが好きにしろ。四阪島への移転に賛成ではないが、これ以上反対はせん。言うことはすべて言った。腹の虫は収まらんが、今さらワシが何を言おうと詮無《せんな》きことだとわかった」

「申し訳ございません」

貞剛はふたたび頭を下げた。

「しかし、これだけは言っておく。これだけの決断をした以上、もし上手くいかないというような場合の出処進退だけは覚悟しておけよ」

宰平は、貞剛に四阪島への移転事業の責任を明確にするよう、覚悟を迫った。

「承知しております」

貞剛は、きっぱりと言った。

同時に貞剛の目から涙が溢れ出た。泣くなどというのは男として情けないと思いながらも涙が止まらない。

貞剛は、宰平の背中を追ってきた。あらゆる面で世話になり、最高の経営者として尊敬し、その指導に従ってきた。

ところが運命は貞剛に、宰平に対して弓を引き、矢を放つことを強《し》いた。なぜこのような役目を果たさねばならないのか。運命の神を呪いたい。

しかしやらざるを得ない。宰平との縁を切る覚悟でこの場に臨んだ。案の定《じょう》、宰平は怒りに打ち震えた。しかし、とにもかくにも理解を示してくれた。

安堵した……。

同時に宰平に対する申し訳なさと、四阪島移転だけではなく、総理人辞任を迫り宰平を追い詰めた自分の非情さに対する許しがたい思いが、貞剛の感情を激しく揺さぶったのだ。

*

貞剛は、家長友純に四阪島移転について具体的な意見書を提出した。

四阪島に一大中央精錬所を造ることの数々の利点を挙げた。

煙害解決にはこの方法しかないこと、別子や惣開は大規模中央精錬所を建設するにふさわしくないことを主張した。

これに加えて四阪島移転の利点をより強調した。

問題になっている亜硫酸ガスは、海上の孤島である四阪島からは陸地に到達せず、海水に溶け込むことで無害になる。

新居浜が廃《すた》れるということはない。なぜなら新居浜に運輸、購買、機械などの部署を残すので、四阪島精錬所が発展すれば、失業者が出ることはない。また新居浜周辺の住民を精錬所従業員として雇用するので彼らにも利点が大きい。その他、四阪島移転で煙害がなくなれば、住民の反対運動は沈静化するなどを移転に関する意見書に列記した。

貞剛は、友純に対して、四阪島移転に関しては異論や支障が出るのは承知の上であり、大きな利益の前には様々な害を忍ばざるを得ないとし、「速やかに断行あらんことを渇望」すると上申した。

友純は、四阪島移転の上申書を明治二十九年（一八九六年）九月に裁可した。漁業関係者との補償交渉も終え、工事は翌明治三十年（一八九七年）二月に着手となった。完成までに紆余《うよ》曲折《きょくせつ》があったが、明治三十七年（一九〇四年）末に竣工し、翌明治三十八年（一九〇五年）一月一日に本格操業するに至った。

当初、移転にかかわる建設費などは約五十万三千円だったが、完成時には約百七十三万円にまで膨らんでいた。

別子銅山の二年分の純利益に相当したということを鑑《かんが》みると、おそらく実感としては優に百億円を超えるだろう。

貞剛は四阪島への精錬所移転のほか、別子の山々への植林、第三通洞からの鉱毒水を別子銅山に流れる河川に放出しないようにする坑水路や、その鉱毒水をろ過、中和する設備建設などの環境対策に全力を傾けたのである。

貞剛は、住友の事業における投資金額の大半を別子銅山にかかわる環境改善に振り向けたのだ。この時代にそんな経営者はいなかった。現在よりも過酷な資本主義がまかり通っており、どの経営者も国家、国民の利益よりも自分の利益を優先していたのである。

貞剛の耳に、住友を評価する声が意外なところから聞こえてきた。

明治三十四年（一九〇一年）三月二十三日の第十五回帝国議会での田中正造の演説である。

「伊予《いよ》の別子銅山と足尾銅山とは天地の差があるので、実になんとも譬《たと》え比べ合いのならぬほどの事情《ことわり》がある。伊予の国の別子銅山は第一鉱業主は住友である。それゆえ社会の事理人情を知っておる者で、己が金を儲けさえすればよいものだというような、そういう間違いの考えを持たない」

田中は、住友と足尾銅山を経営する古河《ふるかわ》財閥との経営姿勢の差を強調する。

「住友は山を以てこれを子々孫々に伝えて、これを宝にしておくというのである。足尾銅山の方はそんなもんではない。つまり、どしどし山を掘れるだけ掘り、この真中の良いところだけを取って、前後を捨てて川へ抛《ほう》りこ」む、などと述べた。

経営の永続性を重視する住友を評価し、短期的な利益に目を奪われる古河財閥を批判する。

「住友は害の区域の少ないにもかかわらず、この精錬地を島の中に移して、まず近傍の漁業者に害の至らぬようにするために、海の中の十町ばかりも毒水を持ち出して、海の中に注ぐようにしている」

住友の四阪島への精錬所移転を評価する。

「もっとも伊予の別子銅山といえども、苦情を起こされて色々やられて有志が骨を折ったからそうなったのであろうが、始まりは無経験ということがお互いにあろうが、人より悪いと言われて、その悪いことの過《あやま》ちを改めるのを知っておるのは住友である。住友は事理を知った人である。世の中、人間の人間たる行いたることを知っておる者でございますから、一方、人間として、人間の行いを知らない者と較べてはいけない」

田中は、住友は人間であるが古河財閥は非人間的であると痛烈に批判する。そして、こう言ったのだ。

「決して伊予国の別子銅山の鉱業主と、古河市兵衛《いちべえ》とは較べものになる人物ではない」

別子銅山の鉱業主とは、貞剛のことである。田中は、貞剛と古河市兵衛を比較し、断然、貞剛が優れていると言う。

田中と貞剛は、第一回衆議院議員選挙の当選同期である。

貞剛は住友家の事情で、早々に議員を辞任せざるを得なかったが、もし議員を続けていたら鉱毒問題を話し合い、解決に向けて協力できただろうにと惜しんでいた。

貞剛は、田中の国会演説に住友を評価する内容が大きく織り込まれたことを嬉しく思った。

第一回帝国議会の議場において、銅山経営者である貞剛に田中は話しかけてきた。本来なら対立する関係にあたるにもかかわらず、非常に親しげな態度だった。

「金儲け主義に陥って、この国の自然や農民を苦しめてはなりませんぞ」と田中は、率直に言った。

——田中さんに褒められてしまったが、住民を守り、自然を守るのは経営者として当然のことだ。

西川吉輔先生や江藤新平先生は、人々の法の下の平等を実現しようと命を懸けられた。私は、あらゆるものは自然の前で平等だと考える。人も、人が造る組織も、自然に抗《あらが》って存在することは許されない。したがって人間が自然環境を破壊することは許されないことなのだ。もし人間が傲慢になり自然を破壊すれば、必ずや自然から反撃されることだろう。

さらに貞剛は、考える。

――人間は、住友は、そして私は何を求めて事業を行っているのだろうか。事業というものは不思議なものだ。発展しはじめると、さらに発展させたいと願うようになる。欲が出る。

そのうち事業が私たちを動かすようになり、私たちは気づかぬうちに事業拡大の奴隷となる。やがて事業の目的も何もかもがわからなくなる。

「諸法は空相にして、変ずれば即ち有、変ぜざれば即ち無。三界唯心《さんがいゆいしん》、万法唯識《まんぽうゆいしき》なり。所以《ゆえ》に言う。夢幻空花《むげんくうげ》、何ぞ把捉《はそく》を労せん」と臨済は言う。

すべては空《くう》。自分たちは夢幻空花というべき空を捉えようと事業にあくせくしているのではないだろうか。ならばすべてを自然に還すのが私の役割ではないか……。

6

「おじさん、行ってしまうのですか」

小吉が寂しげな顔をした。

「山でやるべきことはあらかたやり終えたのだよ。あとは大阪に帰って、やり残したことをしなくてはならないんだ」

貞剛は、大きくなった小吉の頭を撫でた。

初めて会ったときは六歳。貞剛が、五年の歳月を別子で過ごすうちに当然ながら小吉も年を重ね、十一歳となった。学校では勉学に励み、優秀な生徒だと聞いている。

「おじさん、大きくなったら住友で仕事をしたいんです。いいですか？」

小吉が目を輝かす。

「ああ、いいとも。ぜひ小吉のような元気のいい男子を職員にしたい。そのためにはもっと勉強するんだぞ」

「はい。父に上級の学校に行かせてほしいと頼んでいます。別子にはないので新居浜の中学校へ進みたいと思っています」

「そりゃいい。それならいっそのこと大阪に来い。おじさんが面倒をみてやるから。お父さんに私から頼んでやろう」

「本当ですか」

小吉は勢い込んで身を乗り出す。

「約束だ」

貞剛は小指を突き立てた。

「ありがとうございます」

小吉も、自分の小指を絡める。

「食事ができましたよ」

お光が声をかける。

「今日は、私の送別の夕餉《ゆうげ》だ。みんなでいっぱい食べよう」

貞剛は立ち上がると膳が並べられている座敷へと向かう。小吉は、貞剛が大阪に出てくるようにと約束してくれたことが嬉しくてたまらない様子で、その後についていく。

座敷には、お光が用意してくれた料理が並んでいる。

小ぶりではあるが、尾頭《おかしら》付きの鯛もある。

「お光も、良き伴侶《はんりよ》が見つかってよかったな。私からのお祝いだ」

貞剛は、胸元から祝儀袋を出した。中には、心ばかりの祝いが入っている。

お光は、それを押し戴《いただ》くようにして受け取った。

「よろしいんですか」

お光が遠慮がちに聞く。

「本当に世話になった。お光の作る料理のお蔭で、風邪ひとつ引かなかった。お礼を言わねばならないのはこちらの方だ」

貞剛は、今は二十歳《はたち》となったお光を見つめた。

美しくなった。良き縁談があり、新居浜で新居を構えることになっている。伴侶は、住友に出入りしている衣料問屋の跡取りだ。職員や坑夫が着る制服などの衣服を納入する際に、お光を見初《みそ》めたという。

「支配人様には私たち姉弟は良くしていただきました。心から感謝しております」

お光は深く頭を下げた。

小吉もそれに倣う。

顔を上げたとき、お光の目には涙が光っていた。

「二人が私と仲良くしてくれたお蔭で、村の人や山で働く人とも心を通じ合わせることができるようになったのだよ。特に小吉と一緒にお山に登るたびに、多くの人と挨拶を交わせるようになっていったことは嬉しい限りだった。ささくれだった人の心に潤いが戻ってきた気がした」

「おじさんは変な人だと思いました。毎日、毎日、山に登るだけですから。こんなことなら僕にも支配人が務まると思ったくらいです」

小吉が笑顔で言う。

「こらっ、小吉。なんてことを言うの」

お光が焦って叱る。

「ははは、小吉の言う通りだ」

貞剛は、恥じ入るように頭をかいた。

「でも不思議なのは、おじさんがお山に登るたびにみんなが笑顔になっていくんです。それまで人を押しのけて歩いていたような人が、ゆっくり歩くようになって……。道まで譲るようになったのです。僕にも『支配人様はどんな方だね』と聞いてくる人が少しずつ増えていきました」

「なんて答えたんだね」

「優しい人ですと言いました」

小吉はぺろっと舌を出した。

「本当か？」

貞剛はにやりとして小吉をからかうように聞いた。

「本当ですよ」

小吉が真面目な顔になった。

「それはありがとう。私がこの別子でやったことは、お山に登ることと木を植えることだけかな。さあ、料理が冷めないうちにいただこう」

貞剛は、料理に手を合わせた。お光も小吉も手を合わす。

「おじさんと木を植えたのは楽しかった。もっともっと植えたい」

小吉はご飯を口に含んだまま話す。

「小吉、行儀が悪いですよ」

「姉さんには叱られてばかりだ。旦那《だんな》さんもきっと叱られるんだろうな」

「こら、小吉！」

お光が怒りながら、頬を赤らめる。

「次の支配人にも木を植えるようにと頼んでおいたから、小吉も手伝ってくれ。これからも毎年、百万本以上の木を植える。小吉が大人になる頃には、お山は素晴らしい緑の山になっているだろう」

貞剛の目の前に緑の木々が豊かに生長した別子の山々が広がった。決して謙遜ではなく、自分がやった事業で、後世に誇れるものがあるとしたら植林だろうと思った。

後任の支配人には鈴木馬左也《まさや》を指名した。

鈴木は貞剛が内務省から引き抜いた人材である。文久《ぶんきゅう》元年（一八六一年）生まれの三十九歳だ。

明治二十三年（一八九〇年）に行われた別子銅山開鉱二百年祭の際、大阪府書記官だった鈴木に出会った。

鈴木は宮崎県生まれで東京帝国大学を卒業、内務省に入省し、将来を嘱望《しょくぼう》されていたが、貞剛の誘いに応じて住友入りを決意した。

見込み通りの人材だった。トップになる人間の資質には構想力と決断力が必要だが、鈴木はその両方を備えていた。

――私が凪《なぎ》の人間なら、宰平は嵐の人材だ。宰平の嵐が吹き荒れた後、私がそれを鎮め、なぎ倒された木々や稲を起こし、倒れた家々の再建に尽力した。私の後が同じ凪の人材では企業は衰微《すいび》する。

とかく経営者は自分の器より小さき者、自分に従順な者を後継者に選びがちだ。蟹《かに》は自分の甲羅《こうら》に似せて穴を掘るという諺《ことわざ》がある。あれは分相応という意味のようだが、後継者選びの失敗を言い得ている。自分と同等、あるいはそれ以下の者を後継者に選んではいけない。自分の穴より大きい穴を掘る者を選ぶべきだ。少なくとも自分と違う資質の後継者を選ばねばならない。その点、鈴木なら大丈夫だ。植林の意義を理解し、私の何倍もの規模で継続してくれるだろう。

明治二十九年（一八九六年）十月一日に貞剛は、住友家法を改正した。

改正の第一は、重任局を廃止し、重役会で重要事項を審議すること、第二は、総理人を総理事と改称すること、第三は、従来、支配人の下位にあった理事を重役として重役会の構成員とすることだった。

宰平のような独裁者を生み出さないための改革だった。もし独裁的権限を振るうようなトップが現れても、その暴走を許さず、重役たちが彼の行動を責任をもって制御できる体制に変えた。

独裁は経営の意思決定の迅速化には最適である。しかし間違った道に進んだ場合、企業は滅びの道へまっしぐらに突き進んでしまう。重役による合議制は、意思決定に多少時間がかかるかもしれないが、トップの暴走を防ぎ、企業を正常な道に戻すことができる。貞剛は、第二の宰平を生み出さないような組織に改正したのである。

この改正は、貞剛自身が退任した後も、住友の組織が正常に機能することを見据えてのことだ。貞剛の、人生の下山に向けての措置だとも言えるだろう。

「おじさん、どうしたの？」

小吉が怪訝そうに見つめている。

「ああ、明日、別子を去ると思うといろいろ思い出してな」

貞剛は、箸を置き、穏やかな表情で小吉を見つめた。

「先ほど、おじさんが言ったようにお山が緑でいっぱいになったら、また一緒にお山に登りたいな」

「必ず一緒に登ろう。なあ、小吉、昔の人の言葉に『山川草木悉皆成仏《さんせんそうもくしつかいじょうぶつ》』というのがある。その意味は、自然のあらゆるものに仏様が宿っておられるということだ。住友は、仏様が宿っておられる山の木々や野の草花、田畑の稲や野菜などを精錬所の煙で台無しにしてしまったが、許してくれよ。おじさんの後を継ぐ者が必ず元通りにしてみせるからな。お山に木がいっぱいになると、お山がお喜びになって皆を守ってくださるのだ。大雨になっても木がしっかりと根づいてお山が崩れるのを防いでくれる。はげ山のままだと、お山は怒って少しの雨でも崩れてしまうのだよ」

貞剛は、手を伸ばして小吉の頭を撫でた。

「木がいっぱいになると、お山がお喜びになるの？」小吉は好奇心を刺激されたのか、目を見開いて貞剛を見つめた。「お山は、今ではおじさんのこと怒っていないと思うよ。きっとね。だって、過ちて改めざる、これを過ちという孔子様もおっしゃっているから。おじさんは過ちを認めて改めたんだから」

小吉は、明るい口調で言った。

貞剛は驚いた。まさか小吉から孔子の言葉で、教えられるとは思わなかった。

「小吉、偉いぞ」

貞剛は、心から愉快になり「ははは」と声に出して笑った。

明日、別子を去るのか……。笑いながらも一抹《いちまつ》の寂しさを感じていた。

＊

貞剛は、明治三十二年（一八九九年）一月、鈴木馬左也の着任を得て、大阪に帰任した。別子暮らしは五カ年に及んだ。

新居浜の港は多くの見送りの人々で埋まった。勿論、小吉もお光もいる。小吉は、人目をはばからず大泣きに泣いた。

汽船が、港を離れる。貞剛はデッキから遠くなりつつある別子の山々を眺めていた。頂《いただき》には白い雪が積もっている。長く厳しい冬が始まっていた。

「五ヶ年の跡見返れば雪の山……」

思わず口をついて句が飛び出した。やるべきことはやったというこころよい満足感に満たされていく思いだ。

後日、この句を品川弥二郎に贈ると、早速「月と花とは人に譲りて」と返してきたのである。

貞剛が暮らした五年の別子は、冬の時代。雪月花《せつげつか》で言えば、雪の時代だった。しかしそのことになんら拘泥《こうでい》することなく、月と花とを愛《め》でる良き時代は後任にあっさりと譲るという貞剛の潔さを品川は称賛したのだ。

しかし、厳しい冬の時代は、まだまだ終わっていなかった。

7

明治三十二年（一八九九年）八月二十八日午前八時頃、過去に経験がないような暴風雨が愛媛県を襲った。

午前八時半頃、細かく霧のような雨が降り始めた。空は陰気な厚い黒雲に覆われ、朝の光はまったく地を照らしていない。夜が続いているかのように暗い。風が徐々に強くなる。その風が非常に冷たく、別子の山の人々の体も心も冷えさせるようだった。

「嵐になるのかな。風が冷たくて鬼の舌で舐められているように気持ちが悪い」

「今年は大雨が多いですな。早く仕事を終えて家にいた方がいい」

人々が囁いている。

小吉は、空を見上げた。真っ黒な雲に体ごと包まれてしまいそうで不安が募る。風の音が、徐々に大きくなる。雨は霧雨《きりさめ》から、雨粒が顔に当たって痛いほどになってきた。風が強くなり、ウォンウォンと獣《けもの》のような叫び声が聞こえてくる。

「姉ちゃん、大嵐になるよ」

家から出てきたお光に不安そうに呟いた。

お光は、新居浜の嫁ぎ先から骨休めに戻ってきていた。お腹には小さな命が宿っていた。

「嫌だわね。なんだか寒い」

お光は、風に当たると、寒そうに肩をすぼめ、体を震わせた。

小吉の家は、見花谷《けんかだに》の坑夫住宅の中の一軒だ。今日は、お光が久しぶりに顔を見せたので父は仕事を休み、家にいる。母は、朝食の後片づけをしている。

小吉は背後を振り返った。坑夫住宅が、銅山川に向かう谷あいの斜面に階段状に密集している。家と家の間には人一人が通れる幅の道があるだけで、軒を連ねるという表現がぴったりだ。本来なら谷あいを流れる水の道なのだが、そこを家が埋め尽くしている。別子の家は、全て谷を切り開いて造られており、戸数は七百三十戸以上だ。そこに四千人近くが暮らしている。

「本当に木がないなぁ」

小吉の足元に濁った水が流れ始めた。

——はげ山のままだと、お山は怒って少しの雨でも崩れてしまうのだよ……。

ふいに貞剛の言葉が小吉の頭を過《よぎ》った。

突然、雷が轟《とどろ》いた。真っ暗な谷が雷光に照らされて不気味に青光りした。

——山が怒っている……。

小吉は、急いで家の中に入った。

午後八時過ぎ——。

風雨は猛烈に強くなった。家が飛ばされそうになり、がたがたときしみ始める。ひっきりなしに雷鳴が轟く。その度に雷光が家の中に飛び込み、ランプに照らされて酒を飲む父の影を切り裂く。

「お父ちゃん……」

「どうした小吉」

「怖いよ」

「大丈夫だ。お山に働くものはこれくらいの嵐を恐れてはならん」

豪快に湯呑の酒を呷《あお》る。しかしその表情にはこわばりが見えた。

「あんた、どうなるかね」

母が、いざという時のために衣服や貴重品をまとめ始めている。

「なあに、すぐ止むさ」

父の言葉とは裏腹に風雨は強さを増し、一向に弱まる気配はない。

「よりによって、せっかくお暇《いとま》をいただいて実家に帰ってきたときに」

お光が嘆く。

そのとき、小吉の耳にどっどどっと地響きのような音が聞こえた気がした。それはまさしく山の怒りの声で、小吉は鼓動が一気に高まり、苦しくて胸を押さえた。

*

「なんだと！」

貞剛は、思わず叫んだ。

別子銅山が土石流で崩壊し、大惨事になっているとの急報が新居浜分店から大阪の住友本店に届いたのである。

同年八月三十日午前十時のことだ。

新居浜分店とは、電信電話は不通になっていたが、汽船で急報を運んできた。

八月二十八日の深夜、暴風雨の中を警備員の玉井と銀行の出張所員岩橋が牛車道を転げるようにして走り、銅山越を越え、必死の思いで新居浜分店に辿りつき、別子銅山の惨状を伝えた。

——二十八日の夜になり風雨はますます激しくなり、突如、山が崩れ、山津波が見花谷の坑夫住宅を押し流したのであります。雷鳴が轟き、風雨激しき中で、隣の人の声さえ聞こえぬ中にもかかわらず老若男女の悲鳴が聞こえるのです。雷光に照らされると、土砂に埋もれた家屋、人々が助けを求めて手を上げますが、そのまま銅山川に流されていくのです。母親が小児を背負い、体の前には乳飲み子を抱えたまま、土砂に埋まっております。坑夫の胴体も土砂に埋まっておりますが、頭は木石が直撃し、無残にも潰されております。それらが雷光の青い光に照らされますと、もう地獄絵図であります。

玉井と岩橋の二人は、惨状を伝え終わると、気を失ってその場に倒れ込んだ。

「すぐに別子に向かうのだ」

貞剛は、たまたま大阪本店に来ていた別子支配人・鈴木馬左也に指示した。

貞剛と鈴木は手分けし、陸軍と大阪の医学校に救護隊派遣を要請した。八月三十日午後十時二十分、臨時編成した二十九名の救護隊員とともに二人は汽船に乗り込み、新居浜へと向かった。

瀬戸内海はまだ風雨が強く、汽船は大きく揺れた。貞剛は雨に打たれながらも甲板に立ち、別子の方向を睨んでいた。暗闇で何も見えないのだが、貞剛の心を占めていたのは、小吉たち別子の人々の安否だった。

「小吉、お光、みんな、無事でいるんだぞ！」

貞剛は、暗闇に向かって声を振り絞って叫んだ。

新居浜分店に入った貞剛は、状況の報告を受け、鈴木を鉱山に向かわせた。貞剛は、新居浜分店で救援活動の全体を指揮した。

被災者の救護、死者の捜索、負傷者の手当て、食料といった救援物資の手配など、部下を励まし、不眠不休で働いた。

地元紙「海南新聞」は九月一日付けで、住友が別子の被災者救済のために汽船木津川丸を使い、四阪島で精錬所や社宅建設にあたっていた人夫を数百名、別子に派遣したと報じている。

貞剛は、四阪島精錬所移転工事に携わっていた約千数百名の人夫の大半を別子の道路、鉄道の復旧にあたらせたのである。

新居浜分店に寄せられる情報は悲惨で、耳を塞ぎたくなるものばかりだった。

暴風雨の中、必死で高台に逃げ、助かった坑夫が報告する。

「夜が明けると、自分が住んでいた見花谷の坑夫住宅は土石流で跡形もない。五十余りあった住宅はわずか四戸を残すのみ。流れの坑夫、稼ぎ人も多く住んでいた住宅も、完全に土砂に埋まっている。死屍累々《ししるいるい》というのはこのことを言うのだと思った。土砂からは血の気を失った手や足が突き出ている。ある者は手足がちぎれ、頭は砕け、妊婦の腹は裂け、胎児が飛び出している。地獄もかくやという惨状である。一体どれだけの人が亡くなったのか。助かった者は、土砂に埋まる人を自らの手で掘り出す。爪は割れ、手は血だらけだ。家族の名前を呼び、徘徊《はいかい》する者、呆然とまるで阿呆のようにその場にうずくまる者。まだ雨は降っていたが、雨音に混じって土砂に埋まった人々の苦悶の声が聞こえ、震えが止まらない……」

貞剛は、救援や復旧にあたる者を督励《とくれい》しつつも、小吉と、その家族のことが頭から離れない。しかし個人的な感情で動くわけにはいかないと自制していた。せめても、と山に登る部下に、小吉や家族のことで情報があれば知らせてくれるように頼んでいた。

九月三日午後、家長友純が別子に到着した。

「被害はどうですか」

友純は貞剛に聞いた。

「昨日までに死者は二百四十二名、行方不明者二百七十余名であります」

貞剛の表情は苦渋に満ちていた。

「そうですか……」

友純は言葉を失い、呆然とした。

翌四日の早朝、友純は部下を伴って、まだ復旧が十分でない山道を歩き、別子の山に登り、被災地を見舞った。

「伊庭様、伊庭様」

部下が喘《あえ》ぎながら駆け寄ってきた。また緊急事態かと貞剛は身構えた。

「どうした？」

貞剛は椅子から飛び跳ねるように立ち上がった。

「住友病院に小吉という少年が収容されておりまして、伊庭様に家族は全員無事だと伝えてほしいと申しております」

部下が報告した。

貞剛はその場に崩れ落ちそうになり、椅子を摑んでようやく耐えた。全身が震えだす。喜びのためだ。自然と涙が溢れ、表情が緩む。部下が怪訝な顔をして見ている。

「そうか、そうか」

貞剛は独り言のように繰り返した。

「その子に、おじさんはここにいるぞと伝えてくれ。すぐに見舞いに行くともな」

貞剛は流れる涙を拭いもせずに言った。

「承知いたしました」

部下は、貞剛の言葉を伝えるために山に戻った。

貞剛は、救援の指揮を部下に任せ、住友病院に向かった。

病院には多くの負傷者が収容されていた。貞剛が姿を現すと、「おじさん！」と小吉が駆けてきた。

「小吉！」貞剛は飛び込んできた小吉を両手でしっかりと抱きしめた。視線の先には、お光や父、母が疲れた顔ながら笑顔で立っていた。

「おじさん、山が怒ったんだ。僕には山の怒りがわかったんだ」

小吉は息を弾ませて叫んだ。

お光が近づいてきた。

「今回は小吉のお蔭で助かりました。山が怒っていると、ぐずぐずする私たちを引っ張って外に出ました。外は真っ暗で何も見えません。雨や風はうなりを上げて吹き荒れています。家にいた方が安全ではないかと思いましたが、『おじさんが山が怒っていると言った』と聞きません。それで小吉に引っ張られる形でなんとか手探りしながら病院まで逃げてきました。ここでは院長先生が古い包帯などを燃やし焚《た》き火《び》をしてくださっていたので、その灯を頼りにして歩きました。時には流れる土砂に足を取られそうになりましたが……」お光は涙を流す。「ようやく病院に辿りついたとき、雷鳴が轟き、雷の光の中に私たちが住んでいた家がドドドドと土砂で流されるのが見えました……」

お光は、その場に崩れた。小吉も声を上げて泣き出した。

「助かってよかった。家などまた建て直せばよい。とにかく助かってよかった」

貞剛は小吉を強く抱きしめた。小吉の父、母がお光の体を抱きかかえるようにして支えている。二人は、何度も貞剛を見つめて、頭を下げていた。

＊

同年九月十五日付けの「海南新聞」によると、豪雨による愛媛県下の死者は八百八人、そのうち「宇摩《うま》郡別子山の死者は総数五百八十四人にて内発見数四百六十七人なり。その内訳は左の如し。別子山にて発見二百四十一人、徳島県にて発見百八十六人、三島警察管内にて発見四十人、発見未済百十七人」と報道している。

別子銅山から遠く徳島県吉野川下流へ流された遺体が多かったのである。

正式な記録では別子銅山での死者は五百十三人となっているが、元禄《げんろく》開坑以来二百余年、かつてない大惨事となったのである。

九月十一日、十二日には真言宗・禅宗の僧侶百十人による法要が営まれた。

貞剛は住友として被災者に十分な見舞い金を支給した。また友純も自分の家計から二万円余りを被災者に提供した。そして別途、被害が甚大《じんだい》であった新居、宇摩両郡の被災者に多額の米穀など救援物資を提供した。

貞剛と鈴木はこのまま別子で精錬などを再開するのは不可能と考え、採鉱課を除く精錬所などの施設を全て新居浜に移すことにした。

貞剛は四阪島移転を決断したことが間違いではなかったと、このときほど確信したことはなかった。

貞剛は鈴木に、山の怒りを買ったのは、自然を破壊したからだと言い、一層の植林を命じた。木々による山の保水力を高めないと同じような被害がまた生じる可能性が高いからである。

鈴木はこの年は百四十五万本と、かつてない規模の植林を行った。その後も二百数十万本以上もの規模に拡大し続けたのだった。

「海南新聞」は九月七日付けで、別子銅山が他に比して圧倒的に死者や被害が多かったことについて、如何《いか》に豪雨とはいえ、平地ならばこれほどの被害にならなかったと批判的な記事を掲載した。

別子銅山は、とても人家を建てることができないような急斜面を階段状に切り開き、人家を建設している。人家は斜面から張り出し、土台は柱で支えている始末。これでは柱が倒れれば、次々と人家が崩れるのは当然だと人災の面も強調した。

この指摘は正しい。見花谷と両見谷《りょうけんだに》の坑夫住宅が最も大きな被害を受け、三百人余りの死者を出してしまったからである。

鈴木は坑夫や職員の住宅を再建するにあたって、貞剛に「雇人に貸付する住宅の坪数の件」という上申書を提出した。

それまで貸家講という従業員らの互助会任せになっていた住宅を全て住友が管理し、建坪なども以前よりも格段に広くして、安全性はもとより衛生面にも配慮した住宅群に変えたのである。

小吉の両親のように稼ぎ人と言われた流れの坑夫であっても、それまでの六坪程度の住宅から十五坪程度の住宅に住めるように改善された。

貞剛は、別子銅山の再建を鈴木に託すとふたたび大阪に戻った。

小吉には、二度とふたたび山の怒りを買わぬようにとの思いを込め「木を植えてくれよ」と強く言い、頼み込んだ。

小吉は、「はい。絶対に緑のお山にします」と強い口調で答えた。

後に小吉は別子銅山の山林課に入り、植林事業に活躍する。

8

明治三十三年（一九〇〇年）一月、貞剛は総理事に就任する。そして次々と後の住友グループの基盤となる企業群を立ち上げ、事業の多角化に着手する。

住友銀行東京支店を開業し、住友の事業の東京進出を果たす。日本鋳鋼所《ちゅうこうじょ》を買収し、住友鋳鋼場を開設する。これは後に住友金属工業（現・日本製鉄）や住友電工、住友軽金属工業へと発展していく。また別子銅山から山林課を独立させたが、これは住友林業に育っていく。また土木課は後に三井住友建設となり、さらに住友銀行の倉庫部門は住友倉庫となる。

まさに今日の住友グループの姿は、貞剛の総理事時代の賜物《たまもの》なのである。

一方、別子銅山の第三通洞を完成させ、銅山経営の効率性を格段に向上させた。産銅を第三通洞を通じて東平《とうなる》に運び、ここで一旦貯蔵し、新居浜で精錬するというルートが確立したのである。

——そろそろだな。

貞剛は、書類に判を押しながら呟いた。下山を決意したのだ。

後任に決めている鈴木もよく育った。まだ四十代で若く、多少粗削りのところがあるが、それは老人よりはずっとましだ。

貞剛は、雑誌『実業之日本』から依頼されて書いた原稿を取り出し、読み返し始めた。

そのタイトルは、「少壮と老成」とした。

その原稿は「白髪《しらが》は敬《うやま》えということは、和漢洋共に昔から同じ様に言い伝えてあるところをみると、これは動かすべからざる定則であろう」という書き出しで始まる。

貞剛は、老人の価値は経験であるが、その経験に重きを置きすぎると、大きな間違いを起こすと書く。

「とかく老人の癖として、何事につけても経験という刃物を振り回して少壮者を威《おど》しつけ、何がな経験者の意見に服従せしめようとする傾きがあり、また少壮者は平生からこの刃物の恐るべく貴《たっと》ぶべきを知っているから、大抵は経験者の命令に盲従する」と皮肉を込めて批判し、これは「大変な間違いである」と断ずる。

時代は、絶えず変化しており、昔の経験は、今には役に立たないからである。

そもそも経験は実体験であり、少壮者は、今からいろいろと経験していくのだから失敗は仕方がない。それを老人の言うことを聞かなかったから失敗したのだと批判するのはおかしい。むしろ「少壮者に貴ぶ所は敢為《かんい》の気力である」と経験を振りかざす保守的な老人を叱る。そのため老人に従っていたら、少壮者は新しい事業もできず、経験も積めない。

「老人の保守と少壮の進取とはとかく相容れないもの」なのだ。そして「事業の進歩発達に最も害するものは、青年の過失ではなくて、老人の跋扈《ばっこ》である」と喝破《かっぱ》する。ただし返す刀で少壮者には成功を急ぐなと注意する。一代でできねば、二代でも三代でもかけてやるくらいの決心が必要だと説く。

貞剛は、「これでいい」と原稿を読み終えると、自ら封をし、秘書に渡し、出版社に届けるようにと言った。

この原稿は、明治三十七年（一九〇四年）二月十五日発行の『実業之日本』に掲載された。

原稿の反響は大きかった。友純も「まさか引退をお考えではあるまいな」と気をもむ様子で聞いてきた。

貞剛はにこやかに、「もうそろそろ譲るべきかと思っております」と答えた。

「それは困る。なりません。伊庭殿はまだ五十八歳ではありませんか。老人ではありません」

友純は、動揺を隠しきれない。なにせ貞剛は、学習院の学生であった自分を住友に誘い入れた張本人である。

「ありがたいお言葉でありますが、やるべきことはやらせていただいたと思っております。これからは住友を離れて、近江《おうみ》の石山《いしやま》（現・滋賀県大津市田辺町）に住まいを構えましたので、そこで妻や母と共に静かに暮らしたいと願っております。敢《あ》えて申し上げれば、不遜《ふそん》ながら出処進退の範の一つになればと考えております」

貞剛は、家長として立派に育った友純を慈《いつく》しむように見つめた。

友純は、貞剛の最後の一言で全て悟った。宰平の轍《てつ》を踏まないように自戒しているのだ。加えて甥の身でありながら、恩人である叔父宰平に引導を渡す役目を果たしたことの責任を取る決意なのだ。

「宰平殿にもご決意を話されましたか」

友純は聞いた。

宰平は、須磨《すま》の別邸で隠棲《いんせい》している。

「挨拶に参る所存です」

「なんとおっしゃるでしょうかね」

友純の問いかけに貞剛は、少しの間、考える風でいた。

「そうか……と一言だけではないでしょうか」

貞剛は微笑みながら言った。

「ははは」友純は笑い、「そうでしょうな。宰平殿は英雄ですから、伊庭殿と会われただけで、その思いの深さを理解されることでしょう」と言う。

貞剛は、七十七歳になったが未だに住友家を思う気持ちが衰えない宰平に思いを馳せた。

「残念なことが一つ、ございます」

貞剛は神妙な顔つきになった。

「それはどんなことでしょうか」

友純が聞く。

「盟友の嶷山和尚と品川弥二郎を共に失ったことです。二人とは長年の友人で、引退すれば石山の別邸で語り明かそうと思っておりましたので……」

品川も嶷山も、貞剛が総理事になったのを見届けるかのようにそれぞれ明治三十三年（一九〇〇年）の二月、十月に他界したのである。

「それは残念なことですね」

「二人の遺影を石山に迎え入れ、それに朝夕、語りかけたいと思っております」

貞剛は、静かに手を合わせた。


明治三十七年（一九〇四年）七月六日、貞剛は総理事を退職し、活機園《かつきえん》と名づけた石山の別邸に住まいを移した。「活機」とは、世俗を離れながらも人情の機微に通じるという禅の心を表したものだ。貞剛の引退後の暮らしにふさわしい。

翌明治三十八年（一九〇五年）一月、貞剛が心血を注いだ四阪島精錬所が本格稼働を開始した。しかし貞剛と塩野の計画に反して四阪島から立ち昇る亜硫酸ガスは、海に溶け込むことなく風に乗り、陸に渡り、煙害をより広範囲に拡大してしまった。

後任である鈴木はこの対策に苦慮した。煙害を根本的に解決できたのは、昭和十四年（一九三九年）七月に亜硫酸ガスを中和する工場の完成まで待つ必要があった。このときの総理事は六代目の小倉正恆《おぐらまさつね》だった。

小倉は工場の完成にあたって、「煙害は賠償金で片づけるべきではなく、技術を以て解決すべきであると信じておりました。このことは先輩の人々も同様に考えておられたことでありました。技術的になんとか解決の方法がないものかと苦心されました」と挨拶した。

そのとき、小倉の目には、貞剛の姿が映っていたことだろう。小倉は、明治三十二年（一八九九年）に住友に入社以来、貞剛の薫陶《くんとう》を受けてきたからである。

貞剛が言い残したように住友の歴代の総理事は、煙害の根本解決のために何代も懸けて辛抱強く努力し続けたのである。

貞剛は、活機園から自分の後継者たちの苦労、努力を静かに見守り続けた。

＊

大正三年（一九一四年）一月三十一日、宰平が須磨の別邸で亡くなった。八十七歳だった。

葬儀は二月二十一日、住友家家葬として執り行われた。参会者が千名近くになる盛大な葬儀となった。

貞剛は、遺影に向かい、手を合わせ、しばらく顔を上げなかった。

――あなたはまさに元亀天正以来の英雄でした。私はあなたの世話になりながら、あなたに弓を引くことになりました。お許しください。しかしあなたが命を捧げられた住友の基盤を固める役割を、いささかでも果たしたのではないかと思っておりますが、うぬぼれでしょうか……。

貞剛が顔を上げると、遺影の宰平がわずかに笑った気がした。

――私もそれほど遠くない時期にそちらに向かいます。鮒《ふな》ずしでも食べながら、じっくりと話しましょう。

大正七年（一九一八年）には母田鶴《たづ》を見送り、そして、大正十四年（一九二五年）には最愛の妻、梅を見送った。

梅は、死を前にして、病のために延期していた金婚式を祝いたいと貞剛に頼んだ。

住友から贈られた金婚盃を使わずに死んでは申し訳ないと思ったのだろう。

貞剛は、梅の願い通り金婚式を行った。その席で梅は貞剛の酌を、二度もその金婚盃で受け、「目出たいことです」と喜びの表情を浮かべた。

貞剛は、梅の手を取り、苦労をかけたと双眸《そうぼう》に涙を滲ませて、詫びた。

運命の非情さを感じたのは、大正十五年（一九二六年）に友純の急死に遭遇したことである。まさか、自分より先に亡くなるとは想像もしていなかった。享年六十三だった。貞剛は、老体に鞭《むち》打ち、嫡子厚《あつし》の後見人を務めざるを得なかった。

＊

貞剛は寝台に体を横たえながら、庭を眺めていた。

死はすぐそばまで来ているという実感があった。

家族にも、住友の関係者にも、感謝の気持ちを伝えた。こんなに安らかな気持ちで死を迎えられるほど目出たいことはない。

庭の木々は自由に育ち、あたかも別子のお山を偲《しの》ばせる。折からの陽光に生の気を生き生きと発している。

木々が死に絶えた赤茶けた別子の山々も、今ではこの庭のように緑豊かになったことであろう。

意識が遠のいていく。

「おじさん、おじさん」

閉じかけた瞼《まぶた》を開ける。

庭に少年が立っている。

「小吉、小吉ではないか」

貞剛は、力を振り絞って笑みを作る。

「おじさん、お山へ登ろうよ。ほら」

小吉が手を前に差し出す。その手には、赤い実をたわわにつけた小枝が握られていた。

「おお、アカモノが実ったのか」

それは別子銅山に繁茂する美しくも可憐《かれん》な植物だ。

「おじさんと植えた木は立派に育っているよ。さあ、アカモノ摘みに今からお山に行こうよ」

「よし、よし、わかった……今すぐ……」

小吉の手からアカモノを受け取ろうと貞剛は手を伸ばした。しかしその手は力なく寝台の縁に落ちた。

貞剛は夢を見るような笑みを湛《たた》えたまま返らぬ旅へと出立した。

大正十五年（一九二六年）十月二十三日、午前七時、享年八十だった。

活機園の庭は、秋の光に満ち、さわやかな風が木々の葉を揺らしていた。

エピローグ

三井住友銀行広報部の森田隆志《たかし》はインドネシアから帰国すると、伊庭貞剛《いばていごう》について調べ始めた。

残されている文献や資料を集め、住友グループ企業の関係者に取材した。

「すっかり伊庭貞剛に魅せられたようだな」

森田があまりに熱心に伊庭貞剛のことを調べているので、彼にインドネシアに行けば住友の精神がわかると言った部長が、からかい気味に言う。

「部長がおっしゃられたようにインドネシアで住友の精神の一端に触れることはできたのですが、それだけでは不十分に思えました。しかし調べれば調べる程、興味深い人物ですね」

「まさか住友中興の祖と讃《たた》えられる伊庭貞剛の思いが、インドネシアで生きているとは思わなかっただろう」

「まったくです。住友という一企業の利益よりも、国家社会の利益、自然との共生などを優先するという考え方は現代でも通用します。まさにＥＳＧ（環境・社会・企業統治）経営の先駆者というべき人物です。もし伊庭貞剛が総理事になっていなければ、今頃、住友は無かったでしょうね。ということは、私もここに存在していないことになります」

「そうかもしれんなぁ」

部長は遠くに視線を送り、思いを馳せているような表情をした。

「別子《べっし》銅山の自然を荒れるままに放置していれば、住友は社会から存在を許されなかったでしょう。伊庭貞剛が、住友を破壊するほどの覚悟で、植林をし、精錬所を四阪島《しさかじま》に移転するという大きな投資をしたことは百年、二百年という未来を見据えていたからでしょうね」

「森田の言う通りだ。誰もが未来への投資などと簡単に口にするが、実際にそれをやれるかとなると、できないものだ。そのときに、経営者の資質が問われるというわけだ。それともう一点、伊庭貞剛の優れたところがあるだろう」

部長は、森田に気づいたかという顔を向けた。

「出処進退の鮮やかさでしょうか」

森田は答える。

「事業の進歩発達に最も害するものは、青年の過失ではなく、老人の跋扈《ばっこ》である。この文句は素晴らしいと思わないか」

部長が目を輝かせた。

「素晴らしいと思います。私も部長と同感です」

森田の気持ちが弾んだ。

伊庭貞剛は、権力のピークであっさりと身を引き、後進に道を譲った。五十八歳という年齢だった。当時の感覚でも、まだまだ活躍できる年齢ではないだろうか。

「今の日本経済になかなかイノベーションが起きないのは、老人が跋扈しているためではないか。多くの会社を眺めると八十歳を過ぎても権力を握って放さない経営者がいる。確かに一概にすべてが悪いとは言わない。立派な方もいる。しかしだ……」

部長の言葉に熱がこもり始めた。

森田も真剣に耳を傾ける。

「経営者の最大の仕事は、後継者を育てることだと言われるだろう」

部長が問いかける。

「はい」

森田は答える。

「後継者が育っていないからと七十歳、八十歳を超えても経営の実権を握って放さないのは、やはり問題だ。その一点だけで経営者失格と言えるだろう。世間では、高齢者に運転免許の返上を勧めているにもかかわらず、経営の返上は勧めない。これはおかしい。伊庭貞剛は、身をもってそれを世間に示したのだよ。伊庭貞剛だって、後任の鈴木馬左也《まさや》に完全に満足していたわけではないと思う。しかし自分が身を退《ひ》くことで鈴木が育つことを知っていたんだ。住友では経営者は伊庭貞剛の姿勢を見倣って、いつまでも居座ることができないんだ」

「あらためて学ぶところが多い人物だと思います」

「現在のようにイノベーションの重要性が声高《こわだか》に言われる時代だからこそ、伊庭貞剛という人物をもっと見直すべきだな」

部長は大きく頷いた。自分の発言に納得したのだろう。

「私たちの企業は、伊庭貞剛という人物が祖先にいたことに、もっと感謝しなければなりませんね」

森田は言った。

「なあ、森田。今、お前が調べている伊庭貞剛について、まとめてレポートしてくれないか。三井住友銀行の若手行員に読ませたいんだ」

部長が強い口調で言った。

「わかりました。私の力でどこまでまとめられるか心配ですが、頑張ってみます。そこでお願いですが、よろしいですか？」

森田は、ぐっと部長に身を寄せる。

「お願いってなんだ？　言ってみろ」

部長が怪訝《けげん》な顔をした。

「別子のお山に登ってみたいんです。新居浜《にいはま》出張を認めてください」

森田は言うや否《いな》や、頭を下げた。

「よっしゃ。行ってこい。その代わり、伊庭貞剛と同じようにお山に歩いて登るんだぞ。音《ね》を上げるな」

部長が笑顔で言った。

「ありがとうございます」

森田の表情が明るくなった。

もっともっと伊庭貞剛に近づきたい。そのためには別子銅山跡を歩き、彼と同じ景色を眺め、同じ空気を吸わねばならない。森田は伊庭貞剛のために、アカモノの実を摘もうと思った。

「企業っていうのは生き物なんだ。先達《せんだつ》の思いが途切れることなく、ＤＮＡとなって俺にもお前にも受け継がれているんだ。そのことを絶対に忘れるな」

「はい」

森田は晴れ晴れとした顔で、部長を見つめた。

あとがき

インドネシアで住友林業を取材した際、その経営が国土報恩の思想で営まれていることを知りました。そしてそれは伊庭貞剛という人物の影響だと伺いました。そのとき以来、いつかこの人物を描きたいと考えていましたが、ようやくその夢が叶い、望外の幸せです。

この小説は住友史料館副館長の末岡照啓氏の多数の論考、そして献身的なご協力がなければ書くことができませんでした。本当にありがとうございました。そして三井住友銀行様を始め、住友金属鉱山様、住友商事様、住友重機械工業様など住友グループ各社様、並びに別子銅山記念館様、新居浜市広瀬歴史記念館様、住友活機園様のご協力にも深く感謝いたします。

皆さまと一緒に登った別子銅山の素晴らしい景色、人々の営みの跡に心を揺さぶられました。とりわけ東洋のマチュピチュと言われる東平《とうなる》にかかった二重の虹の鮮やかさ、美しさは思い出す度に今も感動が蘇ってきます。皆さまのご支援、ご鞭撻に感謝いたします。

江上　剛

参考文献

『住友春翠』　住友春翠編纂委員会
『幽翁』　西川正治郎著、小島直記監修・図書出版社
『予は下野の百姓なり　田中正造と足尾鉱毒事件　新聞でみる公害の原点』　下野新聞社
『臨済録』　朝比奈宗源訳注・たちばな出版
『「臨済録」　禅の語録のことばと思想』　小川隆著・岩波書店
『坑夫』　夏目漱石著・新潮文庫
『辛酸　田中正造と足尾鉱毒事件』　城山三郎著・角川文庫
『幕末「住友」参謀　広瀬宰平』　佐藤雅美著・学陽書房人物文庫
『住友四百年　源泉』　西ゆうじ作、長尾朋寿画・講談社
『田中正造文集（一）　鉱毒と政治』　由井正臣・小松裕編　岩波文庫
『西川吉輔』　小林正彰著・西川吉輔顕彰会
『荘子　第一冊（内篇）』　金谷治訳注・岩波文庫
『荘子　第二冊（外篇）』　金谷治訳注・岩波文庫
『ビジネスリーダーのための「貞観政要講義」』　田口佳史著・光文社
『石田梅岩「都鄙問答」』　城島明彦現代語訳・致知出版社

『日本風景論』　志賀重昂著・講談社学術文庫
『明治の怪物経営者たち　明敏にして毒気あり』　小堺昭三著・学陽書房人物文庫
『別子銅山中興の祖　伊庭貞剛物語』　木本正次著・愛媛新聞社
『別子太平記　愛媛新居浜別子銅山物語』　井川香四郎著・徳間書店
『日本の鉱夫　友子制度の歴史』　村串仁三郎著・世界書院
『増訂版　江藤新平　急進的改革者の悲劇』　毛利敏彦著・中公新書
『「人間」としての生き方　現代語訳「東洋倫理概論」を読む』　安岡正篤著、武石章訳、
安岡正泰監修・PHP文庫
『コミュニティー・キャピタル論　近江商人、温州企業、トヨタ、長期繁栄の秘密』　西
口敏宏、辻田素子著・光文社新書
『住友回想記』　川田順著、小島直記監修　図書出版社
『新装丁版　現代の帝王学』　伊藤肇著・プレジデント社
『新装版　左遷の哲学　「嵐の中でも時間はたつ」』　伊藤肇著・産業能率大学出版部
『企業家たちの挑戦　日本の近代11』　宮本又郎著・中央公論新社
『新装版　孫子の兵法』　守屋洋著・産業能率大学出版部
『品川子爵伝』　村田峯次郎著・大日本図書
『住友銀行八十年史』　住友銀行行史編纂委員会編

『住友林業社史（上巻）』　住友林業社史編纂委員会編
「近代住友の経営理念形成史　企業者史的アプローチ」　大阪学院大学国際学部　瀬岡誠
「鉱山技師　塩野門之助（上）　住友派遣のフランス留学生」　佐々木正勇　日本大学文理学部内日本大学史学会　史叢
「伊庭貞剛の社会的基盤　品川弥二郎を中心にして」　瀬岡誠　大阪学院大学国際学学会国際学論集
「別子銅山における植林事業の展開」　原直行　香川大学経済論叢第75巻第4号
「広瀬宰平の企業者史的研究　引退前後の意識と行動を中心にして」　瀬岡誠、瀬岡和子
『田中正造全集第八巻』　田中正造全集編纂会編・岩波書店
「近代日本の環境問題と別子鉱山の煙害克服　四阪島移転と尾道会見・煙害賠償協議会の意義」　末岡照啓著・住友史料館報
『広瀬宰平と近代日本：特別企画展記念講演録』　末岡照啓著、新居浜市広瀬歴史記念館編
『伊庭貞剛小伝　環境対策の先駆者』　末岡照啓著、新居浜市広瀬歴史記念館編
『広瀬宰平と伊庭貞剛の軌跡』　末岡照啓編　新居浜市広瀬歴史記念館
「海南新聞」　多数
住友グループ広報委員会他、住友グループによる別子銅山関連資料多数

順不同

特別収録対談

伊庭貞剛は時代の先を行く経営者だった

十倉雅和（日本経済団体連合会会長・住友化学株式会社代表取締役会長）
×江上　剛（作家）

ESG経営を先取りした伊庭貞剛

江上　本書を執筆したきっかけは、住友林業さんの取材でインドネシア・ジャワ島のプロボリンゴという街に行ったことです。本書の冒頭でも書きましたが、住友林業さんは日本に輸出する木材製品の原料となる木を長年にわたって住民とともに植林し、持続可能な森林経営を実践されている。素晴らしいなあと思ったときに、社員の方から「弊社は住友第二代総理事である伊《い》庭《ば》貞剛《ていごう》の精神を受け継いで持続可能な経営をしている」と聞きました。明治期に日本の将来を考えて行動していた経営者がいたことを知らしめたいと思い、筆を執《と》った次第です。

十倉　ありがとうございます。私は「義」という言葉を自分の信条にしています。「義」とは、自分や会社でなく、より広いパブリックのことを考えて動くという意味ですが、貞剛は、まさにそれを体現した人だと思います。この本のタイトル通り、住友を壊してでもという覚悟をもって、社会や地域を守ることを実践されたわけですから。

江上　貞剛は、別子《べっし》銅山の煙害を解決するために、これまで銅山の近くにあった製錬所を四阪島《しさかじま》に移しました。純利益の二年分も費やしていますから、かなりの出費です。

十倉　社を賭けたプロジェクトは各社それぞれありますが、貞剛は相当思い切って、しかも利益を出すことではなく、煙害を防ぐことを第一の目的に投資をしました。当時、そういう判断をする経営者は、日本どころか、世界を見渡してもあまりいなかったのではないでしょうか。最近は、ＥＳＧ（環境・社会・企業統治）経営について盛んに取り上げられるようになりましたが、貞剛は時代のはるか先を行っていた。心から尊敬しています。

住友グループに息づく「自利利他公私一如」の精神

江上　貞剛は、「自分たちだけでなく、パブリックのことを考える」という思想を持って行動しました。この考えは、貞剛以前にも住友にあったようですね。

十倉　住友家初代の政友《まさとも》は、涅槃宗《ねはんしゅう》に帰依《きえ》していました。宗教家として、常に社会のことを考えていたのです。以後、四百年以上にわたり、住友グループ各社は事業経営の根本精神を継承してきました。その一つが「自利利他公私一如《じりりたこうしいちにょ》」です。住友の事業は、一住友を利するものではなく、広く地域社会や国家を利するものでなくてはならないという意味です。

　貞剛の座右の銘に、私の好きなものがあります。「君子財を愛す、これを取るに道有り」です。これは物語にも出てくるとおり東嶺禅師《とうれいぜんじ》の言葉で「お金を稼いで財産を築くことは恥ずかしいことではなく、君子のすることである。しかし、モラルのない儲け方をしてはいけない」という意味です。今から五十年前に経済学者の宇《う》沢弘文《ざわひろふみ》先生が「社会性の視座」を提唱されましたが、社会の一員である企業の経営に社会性の視座を取り入れることは今を生きる我々にとっても非常に重要なことです。また、貞剛の言葉に、「あくまで現実を重んずるも、現実に囚《とら》はれず、常に理想を望んで現実に先んずること唯一歩なれ」があります。事業には、現実問題としてさまざまなことがあるが、目先のことだけに追われるのではなく、遠い将来を見《み》据《す》えたビジョンを持つべきだということを意味します。つまり、単なる現実主義者でも空想論者でもなく、現実的に考えて、少しでも理想に近づくことが大切だということです。今も住友グループ各社には、実践を重んじる「プラグマティズム（実用主義）」の文化が根付いているといえます。

江上　最近またよく言われている、自社の存在意義を見つめ直す「パーパス経営」も、まさに住友グループの「志《こころざし》経営」そのものです。社員が共通の価値観を抱《いだ》き、地球環境を守っていくんだという使命を持ちながら会社の経営に参画しているのは、本当に素晴らしいことだと思います。昨今はＧＡＦＡ（Google, Amazon, Facebook, Apple）などの世界的なＩＴ企業ばかりが注目されて、日本企業は遅れていると言われることが多いですが、世界に向かって発信できる材料はいくらでもあるような気がします。

十倉　企業は株主だけのものではない、社会的存在であるべきだということを、日本企業は「三方《さんぽう》よし」といって昔から行ってきました。そのことに自信を持ち、世界をリードしていくべきだと思います。

化学会社だからこそ貢献できること

江上　十倉会長が、経団連の新年の会見でおっしゃっていた、「サステイナブル（持続可能）な地球環境を実現するには、日本が官民を挙げてグリーン・トランスフォーメーション（GX）を進めないといけない」という言葉は、貞剛の考えと通ずるものがあると思います。未来の日本や世界を見据えて、過去の延長ではなく、それを一度壊すくらいのことに挑んで、新しい産業を生み出していく。そんな呼びかけではないかと受け取りました。

十倉　素晴らしい受け止め方をしていただいて光栄です。GXの力点はG（グリーン）ではなく、X（トランスフォーメーション）にあります。社会の変化が起こるなかで、国民一人ひとりも、そして企業も産業も変わらなければならない。まさに社会変容が求められます。岸田文雄《きしだふみお》首相は「新しい資本主義」というコンセプトを掲げられましたが、経団連もそれより前に、「サステイナブルな資本主義」を掲げています。どちらも思いは一緒です。

資本主義・市場経済は、適度な競争やイノベーションを生み出し、効率的に資源配分ができる素晴らしい制度ですが、新自由主義や市場原理主義のような、「市場に任せておけばすべては解決する」という考えでは、いま起こっている格差の問題も、生態系の崩壊の問題も解決できません。自然環境や医療、教育といった「社会的共通資本」は市場経済に任せきるのでなく、市場経済の仕組みを使ってコントロールするといったことも必要です。政府や公的機関の果たす役割も大きいでしょう。

美しい地球を我々の子供や孫の世代に残すために、温室効果ガスの排出を実質ゼロにするカーボンニュートラルに官民を挙げて取り組んでいかなければいけないと思います。

江上　一方で、住友化学のトップとしては、GXをどうお考えでしょうか。化学会社には石油を原材料とする製品が多くあり、CO_2の排出量も多いのではないかと思いますが。

十倉　かつて高度経済成長期の日本で公害が深刻化したとき、化学企業は非難されましたが、逆に公害を解決する技術もまた、化学から多く出てきました。NO_x（窒素酸化物）やSO_x（硫黄酸化物）を減らしたのは、化学技術でした。

同様に、カーボンニュートラルを実現するために、CO_2の排出を減らす努力に加えて、回収・利用・貯留することにも、化学の力は大きく貢献できると考えています。

現に住友化学グループは、そのためのさまざまな新技術を研究開発しています。ユニークな事例として、自然界に存在する微生物を使ったカーボンネガティブ（CO_2の吸収量が排出量より多い状態）の技術があります。植物の根に共生する「菌《きん》根菌《こんきん》」は、植物の光合成によるCO_2吸収を促進するだけでなく、地中に炭素化合物の形でCO_2を固定化させる役割を果たします。この菌は、植物の根にリンや窒素などの栄養を与えることで植物がよく育ち、また、菌根菌も植物がCO_2から合成した炭素化合物をもらって生存します。この関係により、より多くのCO_2の固定化が可能となるのです。

その他にも、石油化学製品の原料となるナフサを分解するときの熱源に化石燃料ではなくアンモニアを使うことでCO_2の排出を削減する技術。あるいは、ごみやプラスチック廃棄物を化学品の基礎原料であるアルコールやオレフィンなどに変換し、新しいプラスチックの原料として利用する、炭素資源のリサイクル技術なども研究開発しています。

江上　さまざまな技術を開発されているのですね。

十倉　いまよく耳にする「脱炭素」という言葉は適切ではないのではないかと気になっています。人間や有機物を構成する炭素は、非常に有用な物質です。炭素を使わないのではなく、有効に利用する、リサイクルすることが重要なのです。

自社の製造工程で排出されるCO_2を減らすのと同時に、社会でCO_2を削減するための新しい技術を開発すること、つまり「責務」と「貢献」の両方が大切だと考えています。弊社内部では、カーボンニュートラルに向けた取り組みは、社会課題を解決すると同時に、自分たちのビジネスチャンスでもあるとポジティブに捉《とら》える人が多く、すごく熱心です。

江上　化学会社は未来を拓《ひら》いていく産業だということを、改めて実感しました。

十倉　住友化学は、銅の製錬で排出される亜硫酸ガスを回収して硫酸にし、肥料を作ることが発祥でした。今、我々が地球温暖化などの環境問題克服のためにイノベーション創出に取り組んでいる思いは、煙害解決に奮闘した当時と共通しているように感じますね。

物語の最後の部分にあるように、皮肉にも、貞剛が四阪島に製錬所を移転したことは、かえって煙害を広げる結果となりました。しかし、彼の志は受け継がれ、三十年ほどを費やし煙害の抜本的な解決がなされています。できることを一歩一歩やっていこうというプラグマティズムは、貞剛が残した重要な遺伝子だと思うのです。いまできることをして、上手くいかなければ次の一手を考えていく。そうすれば、サステイナブルな地球環境を実現するための具体策が見つかると信じています。

江上　これからの未来を感じさせてくれるようなお話、ありがとうございました。「ESGの先駆者」としての貞剛を、もっとたくさんの人に知っていただければと思います。

初出

本書は、二〇一九年三月にＰＨＰ研究所から刊行された『住友を破壊した男　伊庭貞剛伝』を改題し、加筆・修正したものです。

著者紹介
江上　剛（えがみ　ごう）
1954年、兵庫県生まれ。早稲田大学政治経済学部卒業。77年、第一勧業銀行（現・みずほ銀行）入行。人事、広報等を経て、築地支店長時代の2002年に『非情銀行』で作家デビュー。03年に同行を退職し、執筆生活に入る。
主な著書に、『創世の日　巨大財閥解体と総師の決断』『Disruptor 金融の破壊者』『会社人生、五十の壁』『我、弁明せず』『成り上がり』『怪物商人』『翼、ふたたび』『百年先が見えた男』『奇跡の改革』『クロカネの道をゆく』『再建の神様』、「庶務行員 多加賀主水」「特命金融捜査官」シリーズなどがある。

ＰＨＰ文芸文庫　住友を破壊した男

2022年３月18日　第１版第１刷

著　者　江　上　剛
発行者　永　田　貴　之
発行所　株式会社ＰＨＰ研究所
東京本部　〒135-8137 江東区豊洲5-6-52
第三制作部　☎03-3520-9620（編集）
普及部　☎03-3520-9630（販売）
京都本部　〒601-8411 京都市南区西九条北ノ内町11
PHP INTERFACE　https://www.php.co.jp/
組　版　朝日メディアインターナショナル株式会社
印刷所　株式会社光邦
製本所　株式会社大進堂

ISBN978-4-569-90197-8

PHP文芸文庫

我、弁明せず

江上 剛 著

明治・大正・昭和の激動の中、三井財閥トップ、蔵相兼商工相、日銀総裁として、信念を貫いた池田成彬。その怒濤の人生を描く長編小説。

PHP文芸文庫

成り上がり

金融王・安田善次郎

江上 剛 著

ハダカ一貫から日本一の金融王へ！　挫折、失敗の連続を乗り越えて成功をつかんだ安田善次郎の、波瀾万丈の前半生に光を当てた長編。

PHP文芸文庫

怪物商人

江上 剛 著

死の商人と呼ばれた男の真実とは⁉ 大成建設、帝国ホテルなどを設立し、一代で財閥を築き上げた大倉喜八郎の生涯を熱く描く長編小説。

PHP文芸文庫

翼、ふたたび

江上剛 著

航空会社が経営破綻、大量リストラ、二次破綻の危機……崖っぷちからの再生に奮闘する人々を描いた、感動のノンフィクション小説！

PHP文芸文庫

奇跡の改革

江上剛 著

全ビジネスマン必読！　本業消失という危機に際し、奇跡のV字回復を成し遂げた富士フイルムをモデルに描いたノンフィクション小説。

PHP文芸文庫

百年先が見えた男

江上　剛　著

百年先が見えた経営者——現在のクラレを作り上げ、国交回復前に中国へのプラント輸出を実現させた男の生涯を描いた感動の長編小説。

PHP文芸文庫

クロカネの道をゆく

「鉄道の父」と呼ばれた男

江上剛 著

「長州ファイブ」の一人として伊藤博文らと海を渡り、日本に鉄道を敷くべく、ひたむきに生きた男・井上勝を感動的に描く長編小説。

PHP文芸文庫

大正の后《きさき》

昭和への激動

植松三十里 著

妻として大正天皇を支え、母として昭和天皇を見守り続けた貞明皇后。その感動の生涯と家族との絆を描いた著者渾身の長編小説。